Hedwig Courths-Mahler

Die schöne Melusine

Ungekürzte Originalfassung von 1924

Hedwig Courths-Mahler: Die schöne Melusine. Ungekürzte Originalfassung von 1924

Erstdruck: Leipzig, Verlag von Friedrich Rothbarth, 1924.

Neuausgabe
Herausgegeben von Karl-Maria Guth
Berlin 2024

Der Text dieser Ausgabe wurde behutsam an die neue deutsche Rechtschreibung angepasst.

Umschlaggestaltung von Thomas Schultz-Overhage

Gesetzt aus der Minion Pro, 11 pt

Verlag: Henricus - Edition Deutsche Klassik GmbH
Mörchinger Str. 33, 14169 Berlin, info@henricus-verlag.de
Druck: Libri Plureos GmbH, Friedensallee 273, 22763 Hamburg

ISBN 978-3-7437-4839-2

Bibliografische Information der Deutschen Nationalbibliothek:
Die Deutsche Nationalbibliothek verzeichnet diese Publikation in der Deutschen Nationalbibliografie; detaillierte bibliografische Daten sind im Internet über www.dnb.de abrufbar.

»Mein lieber Lutz!
Ehe mir der nahende Frühling zu viel Arbeit bringt und meine Zeit zu knapp bemessen ist, will ich dir noch einmal ausführlich schreiben. Du weißt ja, wenn draußen die Feldarbeiten beginnen, bin ich den ganzen Tag unterwegs. Die Jahresabrechnung, die ich dir kürzlich sandte, wird dir gezeigt haben, dass ich wiederum trotz aller Mühe nur einen sehr geringen Reingewinn erzielt habe, und es ist mir sehr lieb, dass du, wie du mir mitteilst, auf jeden Zuschuss von zu Hause verzichten kannst.

So kann ich einige sehr notwendige Arbeiten vornehmen lassen. Am Kuhstall und an der großen Scheune müssen die Dächer ausgebessert werden, und einige Zimmer im Wohnhaus brauchen unbedingt neue Tapeten. Du weißt, unnötig gebe ich keinen Pfennig aus, dafür kennst du deine Mutter.

Käthe muss für den Sommer einige neue Kleider haben, sie wächst so schnell aus allem heraus, und nun sie eine erwachsene junge Dame ist, kann ich sie in den alten Fähnchen nicht mehr herumlaufen lassen. Sie verspricht bildhübsch zu werden. Von Muttereitelkeit weiß ich mich frei, es ist mein objektives Urteil. Ich hoffe, Käthe macht bald eine gute Partie, ich sehe mich schon langsam nach einer solchen um, denn mit achtzehn Jahren ist eine junge Dame heiratsfähig, wenn sie so kräftig und gesund ist wie sie. Findet sich hier im Umkreis keine Partie für sie, muss man sie im Winter vielleicht nach Berlin oder Dresden bringen, damit sie Gelegenheit zu einer guten Partie findet.

Du wirst natürlich, wie ich dich kenne, die Stirn kraus ziehen, wenn du es liest. Ich kenne ja deine, leider recht unvernünftigen, Ansichten über diesen Punkt. Es wäre mir aber sehr viel lieber, du wärest nicht so ideal veranlagt, sondern hättest meinen praktischen Sinn geerbt. Dann hättest du dich längst nach einer reichen Frau umgesehen, denn eine arme kannst du keinesfalls brauchen. Das wäre das Ende, Lutz, wenn du dich an ein armes Mädchen verplempertest. Ich habe große Angst, dass du es tun könntest. Das darfst du mir nicht antun, mein Sohn.

Du wirst denken, dass ich mir unnötige Sorge wegen unserer Lage mache, weil uns ja das Erbe Onkel Rudolfs sicher ist. Mit diesem rechne ich freilich und mehr als du. Ich denke Tag und Nacht daran und will nicht daran zweifeln, dass uns der Wildenauer all sein Hab und Gut vermacht. Ohne diese Hoffnung hätte ich längst die Flinte ins Korn geworfen. Sie hält mich aufrecht. Eines Tages, das weiß ich, werden alle unsere Sorgen von uns genommen werden, denn Onkel Rudolf kann ja niemand als uns zu seinen Erben einsetzen. Da er selbst weder Frau noch Kind hat, stehen wir ihm doch am nächsten. Und außerdem hat er vor Jahren deinem Vater versprochen, ihm Wildenau zu vererben. Dein Vater ist ihm ja nun leider im Tode vorangegangen, aber es ist doch selbstverständlich, dass wir nun das Erbe antreten. Sehr lange hat Onkel Rudolf kaum noch zu leben, trotzdem er kaum fünfundvierzig Jahre alt ist. Sein Leiden wird ihm einen frühen Tod bringen. Aber – man täuscht sich auch manchmal. Doch, wie dem auch sei, eines Tages gehört uns all sein Reichtum und sein herrlicher Besitz.

Deshalb ertrage ich auch willig all seine galligen, sarkastischen Ausfälle, die mir oft das Leben schwer machen. Sooft wir mit ihm zusammenkommen, lässt er es nicht an allerlei hässlichen Bosheiten fehlen. Doch ich ertrage sie für euch, für dich und Käthe.

Aber wie gesagt, trotz seines Herzleidens kann er länger leben, als wir annehmen, denn er ist dabei noch unglaublich rüstig, wenn er auch von Zeit zu Zeit sehr zusammenfällt. Er erholt sich immer wieder. Und deshalb können wir auf Jahre hinaus noch nicht mit dem Erbe rechnen. Das legt dir die Pflicht auf, eine reiche Frau heimzuführen, damit wir ein wenig freier atmen können. Und Käthe muss auch eine gute Partie machen, dafür sorge ich. Dann können wir mit Ruhe Onkel Rudolfs Ende abwarten.

Also, sei vernünftig, Lutz, und sieh dich bald nach einer reichen Frau um. Du weißt ja, dass die Einkünfte von Jahr zu Jahr geringer werden und dass ich nicht viel mehr als die Hypothekenzinsen herauswirtschafte, trotzdem ich von früh bis spät auf dem Posten bin. Doch, das weißt du ja alles selbst.

Nun habe ich dir noch etwas anderes zu melden. Denke dir, gestern kam aus Amerika ein Brief an deinen Vater an. Er war von Maria Hartau, einer Cousine deines Vaters, die wohl nichts von seinem Tode gehört hat. Du wirst dich erinnern, dass dein Vater zuweilen von dieser seiner Lieblingscousine gesprochen hat. Ich habe sie wenig gekannt, weiß nur, dass sie mit einem obskuren Maler in die weite Welt gelaufen ist, weil ihre Eltern sie vernünftigerweise mit einem vermögenden Manne verheiraten wollten. Sie hat dann diesen Maler Hartau in England geheiratet und ist mit ihm nach Amerika gegangen. Dort ist es ihr natürlich ziemlich schlecht gegangen, wie sie in ihrem Briefe schreibt. Ich habe ihn selbstverständlich geöffnet und gelesen, da dein Vater nicht mehr am Leben ist.

Diese Maria Hartau, die bisher nie etwas von sich hören ließ, ist gestorben. Sie hat sich vor ihrem Tode daran erinnert, dass sie mit deinem Vater sehr sympathisiert hat, und wohl auch daran, dass er immer ein idealer Weltverbesserer war und allen Menschen helfen wollte. Sie spekuliert jedenfalls auf diese Gutmütigkeit und schickt uns quasi als teures Vermächtnis ihre Tochter, als ganz sicher nimmt sie es an, dass diese in Berndorf Aufnahme finden wird. Sie lässt uns gar keine Wahl, keine Möglichkeit, Nein zu sagen. Und wenn wir nun nicht als Barbaren gelten wollen, müssen wir sie einfach aufnehmen, wenigstens bis sich ein anderes Unterkommen gefunden hat. Da ihre Mutter unstreitig eine Freiin von Berndorf war, und außer uns keine Berndorfs mehr existieren, haben wir eine gewisse moralische Verpflichtung, uns ihrer anzunehmen.

Das fehlt mir nun gerade noch, dass mir die Sorge um anderer Leute Kinder aufgebürdet wird. Unnütze Brotesser können wir wahrlich in Berndorf nicht brauchen. Was sagst du dazu, mein Sohn? Ich lege dir den Brief Maria Hartaus mit ein, sende ihn mir zurück in deinem Antwortschreiben.

Aber nun will ich schließen, gleich wird Onkel Rudolf kommen, ich habe ihn zum Mittagessen eingeladen. Ein Genuss ist seine Gesellschaft nicht für uns, aber man muss ihn mit Geduld ertragen. Käthe fürchtet sich geradezu vor seiner spöttischen Art und liefe am liebsten davon, wenn er kommt. Aber sie ist gottlob vernünftig und weiß, was auf dem Spiele steht. Trotz ihrer Jugend kann sie sich in Fällen, wo es nötig erscheint, tadellos beherrschen. Also für heut lebe wohl, mein lieber Lutz, und lass bald von dir hören. Käthe lässt dich grüßen. Wann wirst du wieder einmal nach Berndorf kommen?

Mit herzlichem Gruß

Deine Mutter.«

Als Lutz von Berndorf diesen Brief zu Ende gelesen hatte, faltete er ihn nachdenklich zusammen. Seine Brust hob sich, als mühe er sich, die Last loszuwerden, die ihn bedrückte.

Seine Mutter war ihm allzeit innerlich fremd geblieben. Ihre Art war der seinen so verschieden, dass es zwischen ihnen kein herzliches Einverständnis geben konnte, wie es zwischen ihm und seinem Vater geherrscht hatte. Er wusste sehr wohl, dass die kalte, kleinliche und berechnende Art der Mutter diesem das Leben verbittert hatte. Freilich, ohne sie wären die Verhältnisse in Berndorf noch weniger geordnet gewesen. Wenn sie nicht stets gerechnet und geknausert hätte, wäre das Gut wohl schon unter den Hammer gekommen. Sein gutherziger Vater hatte zu viel an andre gedacht und zu wenig an sich selbst. Das musste Lutz zugestehen, dass seine Mutter eine sehr tüchtige und sparsame Wirtschafterin war.

Deshalb hatte er ihr auch gutwillig das Regiment in Berndorf abgetreten, als er nach seines Vaters Tode Herr von Berndorf wurde. Wahrscheinlich hätte sie sich auch das Regiment nicht nehmen lassen, denn sie war auch eine herrschsüchtige Natur.

Lutz hatte von seinem verstorbenen Vater die Erlaubnis erhalten, Chemie zu studieren. Er wollte seine Zukunft nicht auf das verschuldete Berndorf aufbauen und noch weniger auf die Möglichkeit, seinen Onkel Rudolf in Wildenau zu beerben. Rudolf von Wildenaus Mutter war eine Freiin von Berndorf gewesen. Er und Lutz von Berndorfs Vater waren Vettern. Lutz war eine zu tatkräftige Natur, um ruhig zuzusehen, wie sich die Verhältnisse auf Berndorf täglich verschlimmerten. Ändern konnte er es nicht, deshalb suchte er seine Zukunft auf eine andre Art zu meistern. Er wollte es in der Hand haben, sich selbst sein Schicksal zu zimmern.

Seine Mutter hatte zwar nur widerstrebend ihre Einwilligung zu seinem Studium gegeben. Sie sah in ihrem Sohn den Erben des fürstlichen Besitzes Wildenau und wollte nicht, dass er einen andern Beruf als den des Landwirts ergriffe. Aber in dieser Angelegenheit hatte ihr sonst nur zu nachgiebiger Gatte ein Machtwort gesprochen. Er wollte seinem Sohn die Berufswahl freigestellt sehen. Außerdem redete er seiner Gattin gütlich zu:

»Der Landwirt liegt Lutz ohnedies im Blute. Kommt er dazu, Herr auf Wildenau zu werden, so wird er sich schnell einarbeiten. Unbedingt sicher ist das aber durchaus nicht. Rudolf ist in den besten Jahren und kann trotz seines Herzleidens noch jeden Tag heiraten oder auch sein Hab und Gut anderweitig vererben. Und dann bliebe Lutz nur Berndorf. Ich möchte nicht, dass er, wie ich, seine besten Kräfte daransetzt, die Hypothekenzinsen herauszuwirtschaften, um schließlich, wenn er sich Jahr um Jahr damit abgequält hat, vor dem Ruin zu stehen. Mein Sohn soll frei sein von dieser Last. Er soll einen Beruf ergreifen, den er mit Lust und Liebe ausübt, und der ihn in den Stand setzt, im Leben vorwärtszukommen. Im Übrigen können ihm seine Studien als Chemiker später auch von Nutzen sein, wenn er sich vielleicht einmal als Landwirt betätigt. Das vergiss nicht zu bedenken. Die Zeit, die er seinem Studium widmet, ist keinesfalls für ihn verloren.«

So hatte Lutz' Vater zu seiner Gattin gesprochen, und in diesem Falle hatte sie sich seinem Willen gefügt.

Jetzt war sie auch ganz einverstanden, dass ihr Sohn diesen Beruf ausübte, denn er hatte nach Beendigung seiner Studien bereits ein Einkommen, dass ihn auf jeden Zuschuss von zu Hause verzichten ließ. Er war, nachdem er seinen Doktor gemacht und sein Examen mit Auszeichnung bestanden hatte, Assistent eines berühmten Professors an einem chemischen Laboratorium geworden und lebte jetzt in Berlin.

Langsam hatte er den Brief zusammengefaltet und wollte ihn wieder in das Kuvert schieben. Da erblickte er erst den eingelegten Brief, den die Mutter erwähnt hatte, und zog ihn aus dem Kuvert. Er las:

»Lieber Vetter Theo, liebe Martha!
Ihr werdet Euch wundern, nach so langer Zeit von einer zu hören, die für euch alle verschollen war. Ich habe euch in all der Zeit absichtlich keine Nachricht gegeben, denn meine Eltern und Geschwister haben den Stab über mich gebrochen und meine Briefe ungeöffnet zurückgeschickt, und so wollte ich euch nicht in die peinliche Lage versetzen, mich ebenfalls verleugnen zu müssen. Dass du, mein lieber Vetter, mich nicht verdammt hast, weil ich meinem Herzen und dem Mann meiner Liebe folgte und mich nicht an den ungeliebten Mann verkaufte, dem mich die Eltern ausliefern wollten, weiß ich. Du hast mir ein gutes Wort damals auf meinen heimlichen Weg gegeben: ›Bleib dir selbst getreu, Maria, denn keine Untreue bestraft sich härter, als die gegen sich selbst!‹ – Für dieses Wort danke ich dir noch heute in meinen letzten Lebensstunden. Und ich habe es allezeit beherzigt. Meine Eltern und Geschwister sind tot – ich erfuhr

es durch fremde Menschen – ganz zufällig. Ich habe nie wieder ein Wort von ihnen gehört. Auch sonst lebt, wie ich kürzlich zufällig in Erfahrung brachte, niemand von meinen Verwandten mehr als ihr beiden, du, Theo, und deine Gattin. Und so kann ich mich jetzt in meiner Herzensnot auch nur an euch beide wenden.

Ich habe nicht viel Glück im Leben gehabt, soweit das Glück aus realen Gütern des Lebens besteht. Wir sind arm geblieben, mein Mann und ich, haben immer nur aus der Hand in den Mund gelebt. Aber sonst war mein Leben ein reiches und gesegnetes, ich habe lieben dürfen und bin geliebt worden, wie es nur wenigen Menschen beschieden ist. Solange wir beide arbeiten konnten, blieb uns auch ernste Sorge fern. Wir hatten, was wir brauchten, für uns und unser einziges Kind, unsere Tochter Winnifred.

Aber nun ist all mein bescheidenes Glück zerbrochen. Mein geliebter Mann starb nach langem Leiden vor zwei Jahren. Seine Krankheit zehrte unsern Sparpfennig und meine Kräfte auf. Mein Herz wurde krank vor Kummer um ihn und vor Angst, was aus meiner Tochter würde, wenn ich die Augen schließe. Der Arzt gibt mir nur noch eine kurze Frist. Da ist die Angst um Winnifred riesengroß an mich herangekrochen. Was wird aus meinem Kinde, wenn ich die Augen schließe?

Winnifred ist ein sehr sensitives schüchternes Geschöpf, passt nicht in dieses Land, wo man seine Ellenbogen rücksichtslos gebrauchen muss, wenn man seinen Platz behaupten will. Sie ist scheu und gar nicht geeignet für den Lebenskampf. Mein Mann und ich haben uns heimlich immer an ihrer echt deutschen zärtlichen Gemütsart gefreut. Wir konnten ja bisher die Hände über sie breiten, nichts Raues und Böses durfte an sie heran. Aber nun, wenn ich nicht mehr bin, steht sie einsam, schutzlos im Leben, hier in fremdem Lande, in dem sie sich mit ihrer deutschen Art nie zurechtfinden wird. Sie würde hier zugrunde gehen, ich fühle es.

Und da habe ich in meiner Angst und Not an euch gedacht, an dich, Vetter Theo, den ich als einen edlen, gütigen Menschen kenne. Ich hörte, dass ihr noch in Berndorf wohnt. Erbarmt euch meines Kindes, lieber Theo, liebe Martha. Ich habe keine Zeit mehr, erst bei euch anzufragen, ob ich euch Winnifred ins Haus schicken darf, ich tue es, weil ich mir keinen andern Rat weiß. Einer Sterbenden letzte Bitte fleht um eure Hilfe! Nehmt Winnifred bei euch auf, wenigstens bis sie in Deutschland festen Fuß gefasst hat, bis sie sich an die Verhältnisse dort gewöhnt. Sie hat eine sehr sorgfältige Erziehung genossen und scheut sich vor keiner Arbeit. Könnt ihr sie nicht in eurem Hause gebrauchen, so verhelft ihr zu einer Stellung, in der sie Familienschutz und Anschluss findet, vielleicht als Gesellschafterin oder dergleichen. Sie ist sehr musikalisch und hat alles gelernt, was sie in solcher Stellung braucht. Ich will mit dem beruhigenden Gedanken den letzten Schritt ins dunkle Nichts gehen, dass ihr barmherzig sein werdet.

Winnifred ist neunzehn Jahre alt. Sie hat mir versprechen müssen, gleich nach meinem Tode nach Deutschland zu reisen, unter dem Schutz eines Freundes meines Mannes, des Kapitän Karst, der sie auf seinem Dampfer mitnehmen will. Sie wird euch herzlich dankbar sein für alles, was ihr für sie tun werdet. Ich bitte euch, lasst sie in Frieden, einige Zeit wenigstens, in Berndorf weilen, bis sich ein anderes sicheres Unterkommen für sie findet. Seid gütig und großherzig. Des Himmels reichster Segen soll es euch lohnen.

Dieser Brief soll erst nach meinem Tode an euch abgehen, er soll euch melden, dass ich nicht mehr am Leben bin. Winnifred wird also bald nach diesem Schreiben bei euch eintreffen. Zürnt ihr nicht, falls sie euch ungelegen kommt. Ich habe ihr die Überzeugung beigebracht, dass ihr sie gern aufnehmen werdet auf einige Zeit. Sonst hätte sie sich nicht zu euch gewagt. Erbarmt euch – ich will mit dem Glauben an eure Güte und mit dem heißen Wunsche, dass sie euch gesegnet wird, die Augen schließen.

Lebt wohl, Gott mit euch auf allen Wegen.

Eure Cousine Maria Hartau, geb. Freiin Berndorf.«

Lutz sah sinnend vor sich hin, als er den Brief zu Ende gelesen hatte. »Armes Ding! – Sie wird in Berndorf nicht auf Rosen gebettet sein«, dachte er. Er sah nach der Uhr. Eine Stunde hatte er noch Zeit, ehe er ins Laboratorium ging. Schnell beendete er sein Frühstück, um den Brief seiner Mutter zu beantworten. Diese Antwort lautete:

»Liebe Mutter!

Herzlichen Dank für deinen lieben Brief. Beiliegend erhältst du auch das Schreiben von Maria Hartau zurück. Es freut mich, dass du dich entschlossen hast, Winnifred Hartau bei dir aufzunehmen.

Ob sie uns erwünscht kommt oder nicht, kommt nicht in Betracht. Sie ist eine Hilflose und uns verwandt, also besteht für mich kein Zweifel, dass wir ihr eine Heimat bieten müssen. Was dann weiter mit ihr geschehen soll, werden wir sehen. Man muss sie erst kennenlernen.

Bitte teile mir nur mit, wann sie eingetroffen ist und welchen Eindruck sie macht. Vielleicht freut sich Käthe auf eine junge Gefährtin. Und wenn sie bescheidene Ansprüche hat, die wir erfüllen können, dann lässt es sich wohl einrichten, dass sie für immer bleibt. Sie kann dir ja ein wenig zur Hand sein.

Doch das können wir ja noch besprechen. Ostern komme ich auf vierzehn Tage heim. So lange wird das Laboratorium geschlossen. Dann können wir auch über andere Dinge reden.

Momentan stecke ich in wichtigen Arbeiten, von denen ich dir berichten will, wenn ich heimkomme. Es wird dich interessieren. Deshalb habe ich jetzt keine Zeit, ausführlich zu schreiben. Grüße Käthe herzlich und auch Onkel Rudolf. Lasst euch durch seine Grillen nicht so sehr gegen ihn einnehmen. Er ist doch ein guter edler Mensch, mit dem ich mich viel besser stehen würde, wenn er mir von dir nicht immer als Erbonkel vorgehalten würde. Das reizt mich geradezu, ihm schroff gegenüberzustehen, damit ich nicht in den Verdacht der Erbschleicherei komme, dazu habe ich kein Talent.

Mit herzlichen Grüßen

dein treuer Sohn Lutz.«

Als er mit diesem Briefe fertig war, begab er sich ins Laboratorium.

* *
*

Lutz von Berndorf hatte unterwegs den Brief an seine Mutter zur Post gegeben.

Mit Eifer machte er sich dann an seine Arbeit. Wie immer war er ganz bei der Sache. Er blieb auch über die Mittagszeit im Laboratorium, weil er in dieser Pause an einer Erfindung arbeitete, die er gemacht hatte, und die sein Geheimnis war. Durch den Diener ließ er sich das Essen holen, damit er nicht fortzugehen brauchte.

Er kam heut zu einem befriedigenden Resultat und beendete diese Arbeit, ehe die Mittagspause ganz zu Ende war. Dann nahm er schnell seine Mahlzeit ein und begab sich wieder an seine Arbeit.

Er war in diese so sehr vertieft, dass er sich überrascht aufrichtete, als der Diener zu ihm trat und sagte:

»Herr Doktor, ich sollte Sie daran erinnern, dass Sie heut pünktlich Schluss machen müssen, weil Sie bei Exzellenz Blümer eingeladen sind.«

Lutz sah einen Moment geistesabwesend in das Gesicht des Dieners. Aber dann richtete er sich vollends auf und lachte: »Ach so, Leimert! Richtig! Ich danke Ihnen, helfen Sie mir, die Gläser in Ordnung zu bringen. Wie spät ist es denn?«

Er sah nach der Uhr und nickte. »Ich komme noch zurecht.«

Schnell ordnete er alles Nötige auf seinem Arbeitsplatz mithilfe des Dieners, und wenige Minuten später schritt er seiner in der Nähe gelegenen Wohnung zu. Diese bestand aus zwei behaglich eingerichteten Zimmern, die ihm die Witwe eines Rechnungsrates vermietet hatte. Das Dienstmädchen öffnete ihm mit freundlichem Gesicht die Wohnungstür. »Ich habe schon alles zurechtgelegt, Herr Doktor«, sagte es. Er nickte ihr lächelnd zu. »Sie sind wirklich eine Perle, Berta. Bitte, sagen Sie Frau Rat, ich möchte noch eine Tasse Tee und einige belegte Butterbrote genießen, ehe ich gehe.«

Berta ging, um den Auftrag auszurichten, und Lutz betrat seine Zimmer.

Schnell machte er Toilette. Der Ankleidespiegel warf seine schlanke vornehme Erscheinung zurück. Auf der sehnigen kraftvollen Gestalt saß ein Kopf, den man nicht leicht übersehen konnte. Das gebräunte Gesicht hatte markante ausdrucksvolle Züge. Um den schmallippigen Mund lag ein Zug, der Energie und Entschlossenheit verriet, und die tief liegenden Augen, über denen sich eine schöne gedankenvolle Stirn wölbte, sahen voll Klugheit und Wärme ins Leben. Sie blickten groß und scharf zufassend bei seiner Arbeit und zeigten einen weicheren Schimmer, wenn ihm etwas gefiel oder fesselte, was zu seinem Herzen sprach.

Meist war er ernst und nachdenklich gestimmt. Er hatte nicht die sonnige Heiterkeit, die über Menschen liegt, denen eine glückliche sorglose Jugend beschert wurde. Die Verschiedenheit seiner Eltern, ihr wenig harmonisches Verhältnis zueinander, hatte Schatten auf seine Entwicklung geworfen und ihn ernst und reif über seine Jahre gemacht.

Aber wenn zuweilen sein Gesicht von einem Lächeln erhellt wurde, bekam es etwas Unwiderstehliches. Und dann hingen der Frauen Augen sehnsüchtig an ihm.

Er war aber Damen gegenüber sehr zurückhaltend. So, wie sein Vater verheiratet gewesen war, mochte er es um keinen Preis sein. Das stand fest bei ihm. Und deshalb wollte er vorsichtig sein bei der Wahl einer Lebensgefährtin. Ob sie reich oder arm war, war ihm nicht wichtig, ihm war die Hauptsache, dass eine Frau sein Wesen harmonisch ergänzte. Jedenfalls aber teilte er durchaus nicht den Wunsch seiner Mutter, dass er auf jeden Fall eine reiche Frau heimführen möge.

Als er seinen Anzug beendet hatte, trat er in sein Wohnzimmer. Dort hatte die Perle Berta schon den Tisch sauber gedeckt, und Frau Rat brachte ihm eigenhändig den gewünschten Imbiss. Sie bemutterte den jungen Herrn, der schon seit einigen Jahren bei ihr wohnte, gern ein wenig.

»Sie bemühen sich selbst, Frau Rat«, sagte Lutz mit der artigen Liebenswürdigkeit, die der Ausfluss seines innersten Wesens war.

Die alte Dame nickte lächelnd. »Ich will bei dieser Gelegenheit meine alten Augen ein wenig an Ihnen erfreuen, Herr Doktor. Die jungen Damen werden wieder ihr Herz festhalten müssen, wenn sie Ihnen gegenüberstehen.«

Lutz lachte. »Wollen Sie mich eitel machen, Frau Rat?«

»Ach, ich glaube, es gibt keinen Menschen, der weniger Anlage zur Eitelkeit hat als Sie. Wie stolz muss Ihre Frau Mutter auf Sie sein«, sagte die alte Dame, seine Tasse mit Tee füllend.

Er schüttelte den Kopf. »Sie irren, meine Mutter ist gar nicht stolz auf mich. Jedenfalls ist sie oft herzlich unzufrieden mit mir.«

»Aber sicher nicht im Ernst, das glaube ich Ihnen nicht, obwohl ich Sie als einen sehr wahrhaften Menschen kenne. Aber nun will ich Sie nicht länger stören, guten Appetit, Herr Doktor.«

Die alte Dame ging hinaus, und Lutz verzehrte nun mit gutem Appetit den verlockend servierten Imbiss. Dann warf er seinen Mantel um, nahm Handschuhe und Zylinder und verließ seine Wohnung. Unten rief er ein Auto an und traf einige Minuten später in der Villa von Exzellenz Blümer, eines Freundes seines Vaters, ein.

Hier herrschte schon ein lebhaftes, festliches Treiben. Exzellenz Blümer führte ein großes Haus, wozu ihn seine Stellung berechtigte und verpflichtete. Seine Gattin, eine feinsinnige geistreiche Frau, und seine Tochter, eine bildhübsche junge Dame, die seit kurzer Zeit mit einem jungen Offizier, einem Freund von Lutz, verlobt war, begrüßten ihn bei seinem Eintritt herzlich.

Auch Exzellenz Blümer trat hinzu. »Willkommen, lieber Herr von Berndorf – oder muss ich Herr Doktor zu Ihnen sagen? Am liebsten sagte ich wie früher, wenn ich in Berndorf zu Gaste war, lieber Lutz zu Ihnen.«

»Darum möchte ich bitten, Exzellenz, es wird mir immer eine Auszeichnung sein.«

»Na schön, lieber Lutz, bleiben wir dabei.«

»Sie haben sich in letzter Zeit sehr rar gemacht, Herr Doktor«, schalt Ihre Exzellenz liebenswürdig.

»Ich hatte viel Arbeit und konnte mich nicht freimachen, so gern ich auch gekommen wäre.«

»Immer fleißig! Das ist recht, aber die Jugend will auch ihr Recht haben. Und heute Abend sollen Sie sich amüsieren«, erwiderte der Hausherr.

»Zu diesem Zwecke werde ich Herrn von Berndorf jetzt entführen«, sagte die Tochter des Hauses und legte ihre Hand auf den Arm des jungen Mannes. »Kommen Sie, Herr Doktor, bis mein Verlobter kommt, will ich mich Ihnen in alter Freundschaft widmen.«

Lutz verneigte sich lächelnd. »Mit großer Freude vertraue ich mich Ihrer Führung an, gnädiges Fräulein. Ist Egon noch nicht hier?«

Egon von Treffen war der Verlobte der jungen Dame.

»Nein – denken Sie, so eine Niedertracht von seinem Vorgesetzten, ausgerechnet heute Abend hat er bis acht Uhr Dienst. Aber in spätestens einer Viertelstunde wird er hier sein. Solange will ich mich Ihnen widmen.«

»Das ist außerordentlich liebenswürdig.«

Sie gingen plaudernd davon in die anstoßenden Festräume.

»Ich will Sie heut einer jungen Dame vorstellen, Herr von Berndorf, die Sie noch nicht kennen – ein neuer Stern an unserm Gesellschaftshimmel, der alle andern überstrahlt.«

»Das dürfen Sie Egon nicht hören lassen, gnädiges Fräulein. Als sein Freund muss ich protestieren. Einen Stern wird dieser neue Stern nicht überstrahlen, nämlich den, der mir jetzt so freundlich das Geleite gibt.«

»Ach, wie galant, Herr Doktor! Das haben Sie wundervoll gesagt. Aber ich fühle mich nicht getroffen. Und ganz ernsthaft, die junge

Dame, der ich Sie vorstellen will, ist das schönste Mädchen, das ich kenne. Es ist die junge Baroness Glützow, eine ehemalige Pensionsfreundin von mir, die gegenwärtig einige Monate in Berlin verweilt. Eine bekannte Dame, Frau von Sucher, die mit ihrer verstorbenen Mutter befreundet war, hat sie eingeladen, um sie in die Gesellschaft zu führen. Sie lebt sonst in ziemlich freudlosen Verhältnissen bei ihrem grilligen alten Papa, der eines Leidens halber als Major seinen Abschied nehmen musste. Sie hat hier nicht wenig Aufsehen erregt. Die Verehrer umschwärmen sie, trotzdem es bekannt ist, dass sie keinerlei Vermögen besitzt. Das will doch viel heißen, nicht wahr?«

»Ich wage nicht zu widersprechen, gnädiges Fräulein, und gestehe, dass ich furchtbar neugierig bin auf den neuen Stern.«

»Scherzen Sie nicht so leichtsinnig, sonst ereilt Sie das Geschick, und Sie müssen dann den schönen Stern umflattern wie die Motte das Licht.«

»Ein verlockendes Gleichnis, ich werde mir hoffentlich nicht die Flügel verbrennen.«

»Seien Sie froh, wenn es nur die Flügel kostet, und geben Sie auf Ihr Herz acht.«

Sorglos lachend drückte Lutz die Hand aufs Herz. »Ich werde es festhalten.«

Sie sahen sich an und lachten.

Suchend flog der Blick der jungen Dame umher. Sie betraten soeben den großen Festsaal. Hier herrschte ein lebhaftes geselliges Treiben. Diener wanden sich durch die Gruppen der Gäste, geschickt große Tabletts mit Erfrischungen herumreichend. Scherzen und Lachen tönte ihnen entgegen.

Zielsicher steuerte Fräulein von Blümer auf eine Gruppe junger Herren zu, die sich um eine junge Dame scharten, die in einem Sessel unter dem großen Spiegel saß. Das war die Baroness Sidonie von Glützow.

»Liebe Siddy, du gestattest, Herr Doktor von Berndorf bittet um die Ehre, dir vorgestellt zu werden«, sagte Anni von Blümer, vor ihr stehen bleibend.

Die Baronesse blickte interessiert auf. Anni von Blümer hatte ihr bereits viel von diesem ausgezeichneten jungen Mann erzählt; von seinen Charaktereigenschaften sowohl als auch von seinen Wildenauer Erbaussichten.

Und sie hatte nicht geahnt, dass Baroness Siddy hauptsächlich von dem Umstand Notiz genommen hatte, dass Dr. von Berndorf Gutsbesitzer und Erbe eines fürstlichen Besitzes sei. Das aber war für sie die Hauptsache.

Interessiert richtete sie sich deshalb aus ihrer graziös lässigen Haltung empor und sah mit großen Augen zu dem jungen Manne auf.

Und was waren das für wundervolle rätselhafte Augen! Lutz stand wie geblendet von so viel Schönheit und Liebreiz, und sah die junge Dame an wie eine Offenbarung, wie ein holdes Wunder.

Wahrhaftig, Baroness Siddy Glützow war ein Wesen von sinnbetörender Schönheit.

Lutz war momentan fassungslos, dieser vollendeten Anmut und Lieblichkeit gegenüber. Sein Herzschlag schien auszusetzen, und er war blass vor Erregung geworden.

»Die schöne Melusine!«

Hatte das jemand zu ihm gesprochen, oder wurde diese Bezeichnung im Moment in seinem Empfinden geboren wie eine instinktive Warnung?

Langsam ebbte sein Blut zum Herzen zurück. Er fasste sich gewaltsam, um nicht aufzufallen, und verneigte sich vor ihr wie vor einer jungen Königin. Er sprach auch einige Worte mit ihr, aber er wusste nicht, was er sprach. Sein ganzes Wesen war in einem Aufruhr, wie es ihm nie zuvor geschehen war.

Baroness Siddy war eine sehr kluge junge Dame und sich ihrer Schönheit und ihres gefährlichen Zaubers bewusst. Sie merkte sehr wohl den Eindruck, den sie auf den jungen Mann machte. Und er gefiel ihr sehr, abgesehen davon, dass ein fürstliches Erbe verklärend hinter ihm stand. Wohlgefällig sah sie an seiner ranken schlanken Gestalt empor, die einen so vornehmen bedeutenden Eindruck machte.

Sie war in Berlin, um eine gute Partie zu machen – um jeden Preis. Zu diesem Zwecke hatte sie sich von Frau von Sucher einladen und ausführen lassen, weil sich in dem kleinen märkischen Städtchen, in dem sie mit ihrem Vater wohnte, keine Gelegenheit zu einer solchen fand. Zwar hatte sie schon einen ihrer Verehrer zur Verwirklichung ihrer Absicht in Aussicht genommen. Es war ein Herr von Solms, dessen Vater ein enormes Vermögen und den erblichen Adel durch die Güte eines von ihm gebrauten Bieres verdient hatte. Aber dieser Herr von Solms war ein gewöhnlich aussehender Mensch mit etwas albernem Wesen, der ihr widerwärtig war. Trotzdem hatte sie ihn an ihren Triumphwagen gefesselt. Er wich nicht von ihrer Seite und stand auch jetzt wie eine grelle Dissonanz neben ihrer leuchtenden Schönheit in ihrer Nähe.

In dem Moment, wo Lutz von Berndorf vor ihr auftauchte, sanken sofort die Chancen des Herrn von Solms. Trotzdem war die Baronesse aber nicht gesonnen, ihn ganz fallen zu lassen.

Sie überlegte, dass es auf alle Fälle ratsam sei, zwei Eisen im Feuer zu haben. Und während sie das überlegte, plauderte sie mit ihrem weichen hellen Stimmchen so lieb und reizend mit Lutz, dass er vollends rettungslos dem Bann ihrer bezaubernden Persönlichkeit verfiel.

Mit einer ihm sonst fremden, fast schlaffen Ergebung fühlte er, dass er seinem Schicksal heute Abend in die Hände gelaufen sei, einem Schicksal, das er hinnehmen musste. Aus dem Bann dieser perlmutterartig schimmernden Nixenaugen konnte er sich nie mehr lösen, solange sie ihn festhalten wollten.

Wo blieb jetzt sein Wille, vorsichtig zu sein? Er hatte alles über ihrem Anblick vergessen, den ganzen Abend wich er nicht aus ihrer Nähe, und auch Herr von Solms folgte dem schönen Mädchen wie ein Schatten.

Dessen Anwesenheit verdross Lutz, er erschien ihm wie eine Dissonanz neben der Baronesse. Und ärgerlich wandte er sich einige Male zur Flucht, nur um diesen Menschen nicht mehr neben ihr sehen zu müssen. Aber wie magnetisch angezogen kehrte er immer wieder zu der Baronesse zurück und wurde dann mit einem Blick und einem Lächeln belohnt, das ihm ein ganz unsinniges Glücksempfinden einflößte.

Wie dieser Abend verging, was er getan und gesagt hatte, das wusste er später nicht. Es war wie ein Rausch, der ihn gefasst hatte. Und er kam erst notdürftig wieder zur Besinnung, als er nicht mehr im Bereich von Siddys Augen weilte. In der Nacht, als er endlich Schlaf gefunden hatte, träumte er von Nixen und rätselhaften Zauberwesen. Und als er am Morgen erwachte, fühlte er nur eins – eine brennende Sehnsucht nach dem Anblick des schönen Mädchens. Jetzt versäumte er keine gesellige Gelegenheit, wie er früher so oft getan, um sie so oft als möglich wiederzusehen. Und es ergab sich, dass er fast täglich mit ihr zusammentraf.

Dabei wurde er blass und nervös, er, der sonst Nerven von Stahl zu haben schien. Seine Arbeit fesselte ihn nicht mehr. Er musste sich Gewalt antun, um bei ihr auszuharren. Immer war es wie ein rastloses Fieber in seiner Brust, das erst wich, wenn er die Geliebte wiedersah, wenn sie ihn bezaubernd und verheißungsvoll anlächelte und mit ihm sprach.

Aber seltsam war es, dass er jedes Mal, wenn er ihr gegenübertrat, zuerst das sonderbare Empfinden hatte, als wehe ihm etwas Feuchtes, Kühles entgegen. Vielleicht lag das an dem nixenhaften Eindruck, den sie machte und den sie immer noch unterstrich durch die von ihr so bevorzugten grünlich schimmernden Schleiergewänder, die freilich ihrer Schönheit den rechten Rahmen gaben. Eines Tages hörte Lutz, wie ein Herr aus der Gesellschaft die Baroness Glützow »die schöne Melusine« nannte.

Er stutzte, es fiel ihm ein, dass er selbst sie bei sich so genannt hatte, als er ihr im ersten Augenblick gegenüberstand. Aber dann lächelte er. War es nicht natürlich, dass man sie mit einem schönen Zauberwesen verglich? Selbstverständlich sah er in ihr das Ideal seiner Träume und stattete sie in seinem Herzen mit allen Vorzügen und Tugenden aus, die ihm an einer Frau liebenswert erschienen. Baroness Siddy war klug und hatte die Absicht, Lutz von Berndorf für alle Zeit zu fesseln. Deshalb gab sie sich Mühe, ihm zu gefallen. Sie verstand es, ihm so zu erscheinen, wie er sie haben wollte, und spielte ihm allerliebste kleine Komödien vor.

Sicher war, dass ihr Lutz mit seiner vornehmen Erscheinung, mit seiner imponierenden Männlichkeit besser gefiel als je vorher ein Mann. Es löste ein gewisses eitles Behagen in ihr aus, dass sie auch diesen Mann zur Strecke gebracht. Und es war bei ihrer Veranlagung viel, dass sie ihm den Vorzug gab vor dem unbedeutenden Herrn von Solms. Denn dieser war bereits in dem sicheren Besitz eines nach Millionen zählenden Vermögens, während, wie sie glaubte, Lutz zwar sehr wohlhabend war, aber ein fürstliches Vermögen erst nach dem Tode seines Onkels erwarten konnte. Zur Beruhigung hatte sie aber in Erfahrung gebracht, dass dieser Onkel herzleidend war und sicher kein langes Leben haben würde.

»Er steht mir gut zu Gesicht, aber Herr von Solms kleidet mich nicht«, hatte die Baronesse eines Tages zu Frau von Sucher gesagt, als sie mit dieser über ihre Verehrer sprach. Und das brachte sie so drollig heraus, dass Frau von Sucher lachen musste, obwohl sie es nicht gern sah, dass ihre Schutzbefohlene nach beiden Seiten kokettierte.

»So machen Sie doch ein Ende, Siddy, und entscheiden Sie sich für Dr. von Berndorf«, sagte sie nach diesen Worten Siddys.

Diese zuckte die Achseln und streichelte dann schmeichelnd die Hände der alten Dame.

»Nur noch ein Weilchen Geduld, liebste Vizemama. Die Sache ist noch nicht spruchreif, aber sie soll es werden.«

»Aber Sie können doch wenigstens Herrn von Solms klarmachen, dass er nichts zu hoffen hat.«

Die Baronesse tippte lächelnd die Fingerspitzen gegeneinander. »Und wenn dann Herr von Berndorf doch nicht ernst macht mit seiner Werbung? Nein, so unklug werde ich nicht sein. Erst wenn ich mich mit Dr. von Berndorf verlobt habe, ist es Zeit, Herrn von Solms aufzugeben. Sie kennen doch das Gleichnis von dem Sperling in der Hand und der Taube auf dem Dache.«

Mit einem seltsamen Blick sah Frau von Sucher ihre Pflegebefohlene an. »Sie sind unheimlich klug, liebe Siddy, zu klug für Ihre Jugend.«

Es lag ein leiser Tadel in diesen Worten, den Siddy indessen ignorierte.

Inzwischen hatte sich die Baronesse bei Anni von Blümer gründlichst über Lutz von Berndorfs Verhältnisse erkundigt.

Anni gab ihr auch bereitwilligst Auskunft, soviel sie selbst unterrichtet war.

»Warum bewirtschaftet aber Herr von Berndorf sein Gut nicht selbst, weshalb hat er studiert?«, fragte Siddy eines Tages.

»Weil er eben mehr Lust zum Studium hatte. Seine Mutter ist übrigens eine hervorragend tüchtige Landwirtin, die Berndorf gut verwaltet. Soviel ich gehört habe, will sich Herr von Berndorf später selbst ein chemisches Laboratorium auf seinem Grund und Boden bauen und dann nur die Oberleitung seiner Besitzungen in die Hand nehmen.«

»Oh – du meinst, wenn sein Onkel gestorben ist?«

»Dann oder früher, das weiß ich nicht genau. Jedenfalls ist er ein kluger, bedeutender Mensch, sonst hätte ihn Professor Hendrichs nicht zu seinem ersten Assistenten gemacht. Mein Vater glaubt, dass Dr. von Berndorf eines Tages eine Kapazität in seinem Beruf sein wird. Er soll auch eine Erfindung gemacht haben.«

Das Letztere interessierte Siddy weniger. Ihr war die Hauptsache, dass sie über die Vermögensverhältnisse des jungen Mannes orientiert war. Und das glaubte sie nun zu sein. Sie war nun ganz sicher, dass Lutz von Berndorf die gewünschte glänzende Partie war, und ließ nun all ihre Minen springen, um ihn zu einer Werbung zu veranlassen. Lutz war sehr bald zu der Überzeugung gelangt, dass er sein Lebensglück nur in einer Verbindung mit Baroness Siddy finden würde. Er glaubte, sie schon so gut zu kennen, dass er ohne Weiteres um sie angehalten hätte. Und er tat es nur noch nicht, weil er meinte, er dürfe sie nicht mit seiner stürmischen Leidenschaft überrumpeln, sondern müsse ihr Zeit geben, ihn kennenzulernen, Vertrauen zu ihm zu fassen und sich klar zu werden, ob sie ihm angehören wolle. Auch wollte er sich selbst erst zwingen, ruhiger zu werden und sich selbst zu prüfen. Außerdem hielt er es für seine Pflicht, seine Mutter von seinem Vorhaben, sich mit Baroness Glützow zu verloben, zu unterrichten.

Dass Baroness Siddy auf seine Werbung mit einem Nein antworten würde, befürchtete er nicht. Ohne arrogant zu sein, musste er sich zu seinem heißen Entzücken sagen, dass ihm ihr ganzes Wesen deutlich verriet, dass er auf sie einen ähnlichen Eindruck gemacht hatte wie sie auf ihn. Das verrieten ihm ihre Augen, ihr Lächeln, der weiche zärtliche Ton ihrer Stimme – ihr ganzes Wesen. Dass dies alles nur ein wohlberechnetes Spiel war, ahnte er nicht. So beschloss er also, Ostern, wenn er daheim seinen Urlaub verbrachte, mit seiner Mutter zu sprechen und, sobald sich diese etwas beruhigt hatte, nach Berlin zurückzukehren, um Siddys Hand anzuhalten und sie dann seiner Mutter vorzustellen. Das alles sollte während seines Urlaubs erledigt werden.

* *
*

Der große Luxusdampfer »Urania« befand sich auf der Reise zwischen New York und Hamburg auf offener See. Er war seinem Bestimmungsort Hamburg schon bedeutend näher als seinem Auslaufhafen.

Das Wetter war ruhig und klar, kaum ein Lüftchen regte sich, und das Meer spielte nur in ganz leichten Wellen. Und wenn um die Mittagszeit die Märzsonne intensiv auf das Deck des Dampfers herniederbrannte, war es warm wie im Sommer, und die Passagiere promenierten ohne Überkleider auf der breiten Deckpromenade. Sogar die empfindlichsten alten Herrschaften hielten nach Tisch ihre Siesta in einem windgeschützten Eckchen auf Deck. Der Tee wurde von den meisten Herrschaften nachmittags noch im Freien genommen. Es war um die fünfte Stunde des Nachmittags, der Tee wurde eben serviert. Plaudernde Gruppen saßen zusammen, und die Schiffsmusik konzertierte.

Etwas abseits von dem bunt bewegten Treiben stand an der Reeling eine schlanke junge Dame in schlichter Trauerkleidung. Sie stützte den Kopf in die Hand und sah mit großen traurigen Augen über das Meer.

Niemand bekümmerte sich um die Einsame, deren bescheidenes Äußere auffallend gegen den Toilettenluxus der anderen weiblichen Passagiere der ersten Kajüte abstach. Einige Herren hatten versucht, im Verlaufe der Reise sich der jungen Dame zu nähern, weil ihre schlanke Gestalt auch in den schlichten Trauerkleidern verlockend wirkte. Aber wenn sie das blasse Antlitz hob und seltsam scheu und ängstlich mit traurigen Augen emporblickte, dann verging ihnen die Lust, sich weiter mit ihr zu beschäftigen.

Man wusste, dass die junge Dame unter dem Schutze des Kapitän Karst, der die »Urania« führte, reiste. Sie nahm mit ihm die Mahlzeiten ein, und er bemühte sich sichtlich, sie aufzuheitern und zu ermuntern. Und dann huschte wohl zuweilen ein blasses schattenhaftes Lächeln um ihr Antlitz.

Auf ihren Wunsch machte sie aber der Kapitän mit niemand bekannt, und wenn sich jemand besonders neugierig bei dem Kapitän nach der jungen Dame erkundigte, so sagte er nur:

»Sie ist eine Waise, die kürzlich ihre Mutter verloren hat und nun zu Verwandten nach Deutschland reist.«

Als die junge Dame etwa eine halbe Stunde bewegungslos an der Reeling gestanden hatte, trat Kapitän Karst zu ihr heran und legte sanft die Hand auf ihren Arm.

»Wieder in traurige Gedanken versunken, liebe Winnifred? Kommen Sie, wir wollen jetzt gemeinsam den Tee einnehmen und ein wenig plaudern. Ich habe jetzt ein halbes Stündchen Zeit für Sie.«

Winnifred Hartau sah zu dem blonden Hünen auf. Ihre tiefblauen Augen leuchteten klar und rein wie ein Bergsee, und um den fein geschnittenen Mund zuckte ein dankbares Lächeln.

»Sie sind so gütig, Herr Kapitän. – Ich freue mich, dass Sie ein wenig Zeit für mich haben.«

Er nahm ihren Arm und führte sie fort. »Dort drüben habe ich ein Tischchen für uns in die Sonne rücken lassen. Ich möchte doch gern, dass Sie auf der Überfahrt ein wenig frischere Farben bekommen.«

»Oh, ich fühle mich sehr wohl, Herr Kapitän, ich bin ja jung und gesund. Nur – Sie wissen ja – ich kann es noch nicht verwinden, dass ich so bald nach dem Vater auch die geliebte Mutter hergeben musste.«

Er schob ihr einen Sessel zu, und nachdem sie sich niedergelassen hatte, nahm auch er Platz.

»Ja, ja, Kind, das Schicksal ist hart mit Ihnen umgesprungen. Aber der liebe Gott wird schon wissen, warum. Sie wissen doch, was Ihre liebe Mutter kurz vor ihrem Ende gesagt hat: ›Nicht verzagen, meine Winnifred, mein Segen ist bei dir auf allen Wegen.‹«

Winnifred nickte mit feuchten Augen. »Ich will auch nicht verzagen, lieber Herr Kapitän.«

»Das ist schön. So – und nun langen Sie tapfer zu.«

Es wurde ihnen Tee und der dazugehörige delikate Imbiss, der auf den eleganten Dampfern als Zwischenmahlzeit eingenommen wird, serviert.

Winnifred musste tüchtig zulangen, dafür sorgte der Kapitän. Sie tat es in ihrer schüchternen, etwas unsicheren Art. Kapitän Karst hatte ihr die Überfahrt auf diesem Luxusdampfer dadurch ermöglicht, dass er sie als seinen Gast betrachtete.

Er war in New York so oft bei Winnifreds Eltern zu Gast gewesen, dass es ihm Freude machte, sich gewissermaßen revanchieren zu können. Sooft und solange er jedes Mal drüben weilte, war er immer wieder zu Winnifreds Eltern gekommen und war stets so gut bewirtet worden, als es diese ermöglichen konnten. Der Kapitän war der einzige Mensch, der Winnifreds Eltern in all den Jahren freundschaftlich nahegestanden hatte. Als diese vor zwanzig Jahren nach Amerika gingen, waren sie auf dem Dampfer mit Kapitän Karst zusammengetroffen. Er war ein Jugendfreund von Winnifreds Vater und war damals noch nicht zum Kapitän avanciert. Das junge Paar, das sein Glück schwer hatte erkaufen müssen und sich in Amerika eine bescheidene Existenz gründen wollte, hatte Karst viel nützliche Winke in Bezug auf die neue Heimat zu danken. Da er immer Fühlung mit ihnen behalten, hatte er Winnifred sozusagen aufwachsen sehen, und die Freundschaft für ihren Vater, die Verehrung, die er ihrer Mutter zollte, hatten sich als warme Teilnahme auf die Tochter übertragen.

Gern hatte er Frau Maria Hartau vor ihrem Tode versprochen, Winnifred auf seinem Dampfer mit nach Deutschland zu nehmen und sie im Auge zu behalten, bis sie bei ihren Verwandten die erhoffte Aufnahme fände.

Er sah nun lächelnd zu, wie Winnifred sich die guten Sachen schmecken ließ.

»So, das ist tapfer, tüchtig essen und trinken hält Leib und Seele zusammen. Und nicht mehr verzagt sein, Winnifred«, sagte er.

Sie lächelte zu ihm auf. »Sie wissen, lieber Herr Kapitän, dass ich ein sehr ängstliches Gemüt habe, das sich nur schwer in der Welt zurechtfindet. Was ich an meinen Eltern verloren habe, wissen Sie besser, als ich es Ihnen sagen kann.«

Er nickte. »Das weiß ich. Ihre Eltern waren zwei selten gute, feinfühlige Menschen. Nur für den Lebenskampf eigneten sie sich nicht – und vollends nicht für Amerika. Drüben muss man großes Geschrei von sich machen und rücksichtslos seine Ellenbogen gebrauchen, wenn man sich durchsetzen will. Das konnte Ihr Vater nicht, Winnifred. Was meinen Sie, welchen Erfolg er gehabt hätte mit seinen Bildern, wenn er die Reklametrommel kräftig gerührt hätte.«

»Das hätte Vater nie getan!«

»Leider nicht. Er hat seine schönsten Bilder um einen Spottpreis an einen Kunsthändler verkauft, der ein Heidengeld dafür bekommen hat. Während Ihre Eltern kaum genug zu ihrem bescheidenen Leben hatten, ist der Kunsthändler an Ihrem Vater ein reicher Mann geworden.«

Winnifred strich sich mit einer schüchternen hilflosen Gebärde einige widerspenstige Löckchen aus der Stirn.

»Ich konnte Vater so gut verstehen, wie es Mutter auch tat. Seine Kunst war ihm zu heilig, als dass er sie durch Reklame hätte entweihen können. Es hat ja auch immer zum Leben für uns gereicht, was Vater verdiente. Dass er so früh sterben würde, konnten wir nicht ahnen, er war ja gesund und kräftig, bis ihn das böse Fieber ergriff. Und wir hofften immer noch, dass Vater auch ohne Reklametrommel die ihm gebührende Anerkennung finden würde.«

»Oh – ihr weltfremden Menschen! Das wäre ja nicht einmal in unserm lieben deutschen Vaterlande möglich gewesen, viel weniger drüben im Lande der Bombenreklame. Wie oft habe ich Ihren Vater vergebens aufgestachelt, von sich reden zu machen. Er ließ es sich ruhig gefallen, dass der Kunsthändler seinen Kunden erklärte, der Maler Hartau sei in Deutschland eine Berühmtheit und es sei ihm nur möglich, dessen Bilder von Deutschland zu einem hohen Preise zu beziehen. Stattdessen saß der Maler Hartau einige Straßen entfernt von der Kunsthandlung in seinem kleinen kahlen Atelier und erhielt eine Bagatelle für seine Bilder. Als ich diesem Schwindel eines Tages zufällig auf die Spur kam, habe ich meinem alten Freund Hartau zugeredet wie einem kranken Kinde, das Medizin nehmen soll, er möge dem Kunsthändler auf die Bude rücken und die Geschichte an die Öffentlichkeit bringen, was ihm schnell zu seinem Rechte verhelfen würde. Aber er war nicht dazu zu bewegen. Wissen Sie, was er mir geantwortet hat, Winnifred?«

Sie lächelte über seinen Eifer. »Nein, ich weiß es nicht.«

»Nun, so will ich es Ihnen sagen. Er hat mir geantwortet: ›Der Kunsthändler war der einzige Mensch, der mir meine Bilder abkaufte und es mir dadurch ermöglichte, für meine Familie zu sorgen. Ohne ihn wären wir dem Elend preisgegeben gewesen. Soll ich nun so undankbar sein, ihm Schwierigkeiten machen, weil er ein besserer Geschäftsmann ist als ich, und mehr an meinen Bildern verdient als ich? Nein, lieber Freund, das kannst du nicht von mir verlangen. Ich unternehme nichts gegen den Mann, zumal er mir meine letzten Bilder etwas besser bezahlt hat, ohne dass ich ihn darum anging!‹ – Sehen Sie, Winnifred, – das war die Ansicht Ihres Vaters – und – weiß Gott, man musste ihm dafür noch gut sein, wenn man in seine guten ehrlichen Augen hineinsah.«

Winnifreds Augen leuchteten. »Ja – Vater war ein seltener Mensch. Aber auch meine Mutter teilte seine Ansicht. Die Eltern behaupteten immer, Vater bekäme seine Bilder noch besser bezahlt als in Deutschland.«

Kapitän Karst machte eine abwehrende Bewegung. »Ach, Ihre Mutter, Winnifred, die hätte ja um alle Schätze der Welt Ihrem Vater nicht merken lassen, dass sie es Ihretwegen gern gesehen hätte, wenn er mehr Geld für seine Bilder bekommen hätte. Dazu hatte sie ihn viel zu lieb, es hätte ihn ja betrüben können. Diese bewundernswerte Frau war der selbstloseste, opferfreudigste Mensch, den ich je kennengelernt habe. Überhaupt – diese beiden Menschen waren beneidenswert – weil einer den andern gefunden hatte. Solch eine Harmonie, so ein Aufgehen ineinander ist eine Seltenheit. Aber geschäftskundig waren sie beide nicht. Und deshalb stehen Sie nun ohne jede Mittel in der Welt, arme Winnifred. Aber – reden wir nicht mehr darüber, es ist nichts daran zu ändern. Und jedenfalls ist es für Sie das Beste, dass Sie nach Deutschland zu Ihren Verwandten gehen. Sie sind zu sehr die Tochter Ihrer Eltern, als dass Sie sich auf sich selbst gestellt im Lebenskampfe behaupten könnten. Sie sind auch so ein sensitives deutsches Gemüt, Sie kleines weichmütiges Fräulein. Hoffentlich finden Sie in Berndorf eine gute Aufnahme.«

Winnifred seufzte. »Meine Mutter war davon überzeugt. Ich will mich ja auch gern dort nützlich machen, will mein Brot nicht umsonst essen. Auf so einem großen Gut braucht man viele Hände – und ich arbeite gern. Sehr schmerzlich ist es mir, dass Sie mir jetzt die Nachricht mitbrachten, dass der Vetter meiner Mutter, Theo von Berndorf, schon seit Jahren tot ist. Man hat wohl seinen Namen mit dem des anderen Vetters meiner Mutter, des Herrn von Wildenau, verwechselt. Dieser wurde uns als tot gemeldet, und wie Sie sagen, lebt er noch.«

»So ist es. Ich brachte das erst vor meiner letzten Reise in Erfahrung und konnte es Ihrer Mutter nicht mehr mitteilen. Aber die Witwe Theo von Berndorfs lebt ja mit ihren Kindern noch in Berndorf. Sie wird den Brief Ihrer Mutter erhalten haben und Sie erwarten.«

»Hoffentlich ist sie auch so gut und edel, wie mir meine Mutter ihre Vettern schilderte. Sie hat sich mit beiden sehr gut verstanden, ehe sie die Heimat verließ. Ganz fest war sie überzeugt, dass ihre Vettern sie nicht verdammt haben, weil sie ihrem Herzen folgte. Jedenfalls muss ich aber trotz dem Tode Theo von Berndorfs versuchen, ob man mich in Berndorf aufnehmen will.«

Der Kapitän sah nachdenklich aus. »Hm! Sollte es nicht der Fall sein, liebe Winnifred, dann kommen Sie sofort zu uns. Wir haben freilich in unserm Häuschen an der Elbe nicht gerade viel Platz, da wir, meine Frau und ich, fünf Kinder haben – lauter Mädels, die noch zu Hause sind. Aber für Sie findet sich zur Not schon noch ein Plätzchen, Sie kleines schüchternes Schwälbchen. Und dann werden wir weitersehen. Also keine Bange, wenn es in Berndorf wider Erwarten nicht klappen sollte. Ich habe Ihrer Mutter mein Wort gegeben, Ihnen meinen Schutz angedeihen zu lassen, solange Sie ihn nötig haben. Und mein Wort habe ich noch immer gehalten.«

Winnifred fasste seine Hand.

»Lieber guter Herr Kapitän, ich kann Ihnen nie genug danken, dass Sie meiner Mutter diese Beruhigung mit ins Grab gaben.«

Gerührt sah der blonde Hüne in ihr stilles blasses Gesicht, dessen feine lieblichen Reize sich erst enthüllten, wenn man lange genug hineinsah.

»Sie haben viel verloren an Ihren Eltern, Winnifred.«

Das junge Mädchen nickte. »Es wird wohl nie wieder so viel Glück für mich geben, wie ich es im Zusammenleben mit meinen Eltern empfand. Die Erinnerung daran wird mir immer ein Paradies sein, aus dem mich niemand vertreiben kann. Was auch immer mein Los in Zukunft sein wird, in diesen Erinnerungen werde ich die Kraft finden, alles Schwere, das mir noch beschieden sein wird, zu ertragen.«

Er sah sie gutmütig an. »Ihre Kraft liegt, wie die Ihrer Eltern, im geduldigen Ertragen aller Widerwärtigkeiten, nicht im Handeln. Wie Ihre Mutter bei dieser Veranlagung die Kraft gefunden hat, damals mutig mit Ihrem Vater in die weite Welt zu gehen, ist mir immer ein Rätsel geblieben.«

Winnifred lächelte – ein schönes klares Lächeln, das sie wunderbar verschönte. »Sie hat ihn eben über alles geliebt.«

»Ja, ja – und in der Liebe werden Frauen ihres Schlages zu Heldinnen, wenn sie auch sonst noch so zaghaft sind. Hoffentlich gestaltet sich Ihre Zukunft glücklicher und sorgloser als Sie glauben. Und versprechen Sie mir, immer von Zeit zu Zeit über Ihr Ergehen Nachricht zu geben, auch wenn Sie gute Aufnahme in Berndorf finden.«

Sie reichte ihm die Hand. »Das verspreche ich Ihnen gern. Es wird mir immer ein Bedürfnis sein, zuweilen von dem besten treuesten Freund meiner Eltern Nachricht zu bekommen.«

»Das sollen Sie; ich wünsche Ihnen, dass Sie in Berndorf liebevolle Aufnahme finden. Für so zarte, sensitive Gemüter wie Sie ist immer das Leben im Schoße der Familie das Beste. Und wie Sie die Verhältnisse in Berndorf auch finden, sehen Sie zu, dass Sie sich dort eingewöhnen und sich damit abfinden. Sie gehören nicht in das laute Treiben der Lebenskämpfer. Dort können Sie sich nur Wunden holen. Ihr bescheidenes Gemüt ist imstande, sich unterzuordnen, sich in schwierige Verhältnisse zu fügen. Und Sie können sich nützlich machen in einem so großen Haushalt. Ein bescheidenes Plätzchen findet sich sicher bei Ihren Verwandten für Sie.«

Winnifred seufzte. »Ich werde mit dem allerbescheidensten zufrieden sein. Gott mag mir helfen, dass ich es finde. Wann werden wir in Hamburg eintreffen, Herr Kapitän?«

»Übermorgen in der dritten Nachmittagstunde. Sie machen mir die Freude, mich erst zu meiner Familie zu begleiten. Meine Frau und meine Töchter werden sich freuen, Sie kennenzulernen. Erzählt habe ich ihnen schon viel von Ihnen und Ihren Eltern. Und meine fünf Flachsköpfe – meine Mädels sind alle blond – viel heller blond als Sie, werden Sie schon ein wenig aufheitern. Ich denke, Sie bleiben erst mal bei uns, bis Sie Nachricht von Ihrer Frau Tante aus Berndorf bekommen, ob man Sie aufnehmen will.«

Unsicher sah Winnifred ihn an. »So lange soll ich Ihnen zur Last fallen?«

Lachend schüttelte er den Kopf. »Zur Last fallen Sie uns sicher nicht. Wenn es auch eng wird in unserm Häuschen, wir rücken ein wenig zusammen. Und ich werde Sie doch viel beruhigter nach Berndorf gehen lassen, wenn ich gewiss weiß, dass man Sie aufzunehmen gewillt ist.«

Dankbar sah sie ihn an. »Ich nehme Ihr Anerbieten nur zu gern an, Herr Kapitän. Ihre Schuldnerin bleibe ich ja doch für alle Zeiten. Nie kann ich Ihnen vergelten, was Sie für mich tun.«

»Nun schweigen Sie mal still. Davon reden wir nicht. Wir wollen nicht auf ein Quentchen abwiegen, wer zu danken hat. Ich bin Ihren Eltern viel schuldig geworden und freue mich, dass ich ein wenig abtragen kann. Vorläufig sind wir noch nicht einmal quitt. Und jetzt ruft es mich wieder auf meinen Posten. Sie müssen sich nun wieder allein behelfen bis zum Abendessen. Lassen Sie sich die Zeit nicht lang werden.«

Sie schüttelte den Kopf. »Ich langweile mich nie, wenn ich allein bin.«

»Ja, ja – dann befinden Sie sich auch in bester Gesellschaft. Also auf Wiedersehen!«

»Auf Wiedersehen, Herr Kapitän!«

Sie reichten sich die Hände und trennten sich.

* * *

Die »Urania« war in Hamburg angekommen, und nachdem sie sich all ihrer Passagiere entledigt und der Kapitän seine Befehle erteilt hatte, verließ er auch mit Winnifred den Dampfer.

Sie wurden von fünf lustigen, frischen, jungen Damen begrüßt, die sich einander außerordentlich ähnelten. Sie trugen dunkelblaue Kleider mit weißen Halskragen und ebensolche windsichere Mützen, unter denen die flachsblonden Haare teils in Hängezöpfen, teils in damenhaften Frisuren hervorsahen. Nach einem aufregenden Durcheinander, währenddem die fünf Flachsköpfe mit ihrem hünenhaften Vater einen unentwirrbaren Knäuel bildeten, schaffte der Kapitän sich lachend Platz und umarmte und küsste seine Sprösslinge der Reihe nach, wobei es aber durchaus nicht ruhig abging.

Winnifred stand blass und verschüchtert hinter dem Kapitän, und nie war sie sich seit dem Tode ihrer Eltern so einsam und verlassen vorgekommen wie beim Anblick dieser zärtlichen Gruppe.

Endlich war die Begrüßung vorüber. Die verschobenen Mützen wurden auf den Flachsköpfen zurechtgerückt, und der Kapitän nahm Winnifred bei der Hand.

»Nun lasst euch erst mal meinen kleinen Schützling vorstellen, Kinnings«, sagte er. »Dies ist Fräulein Winnifred Hartau, von der ich euch viel erzählt habe, und dies, liebe Winnifred, sind meine Töchter, meine Orgelpfeifen, wie ich sie nenne, die Mally, die Annerose, die Lotte, die Leni und das Nestküken, die Hanna. Nun nehmt mal Fräulein Winnifred in eure Mitte und führt sie nach Hause. Sagt Mutting einen schönen Gruß, und in einer Stunde wäre ich auch daheim. Sorgt dafür, dass es unser Gast recht behaglich hat, und heitert ihn ein wenig auf.«

»Jawohl, Vating, das wird all gut besorgt. Aber bleib nicht länger aus als eine Stunde.«

»Nein. Auf Wiedersehen, ihr Kroppzeug!« Und Winnifreds Hand fassend, fuhr der Kapitän warm und herzlich fort: »Nun gehen Sie mit Gott den ersten Weg auf deutscher Erde, liebe Winnifred. Ihre Eltern werden im Geist bei Ihnen sein.«

Sie presste seine Hand wie im Krampf. »Ich danke Ihnen für dies Geleitwort, lieber Herr Kapitän«, sagte sie mit feucht schimmernden Augen.

»Na, na, nur keine nassen Augen, Winnifred. Immer Kopf hoch, Sie sind ja nun im deutschen Vaterland, wohin Sie von Rechts wegen gehören. Und Gott verlässt keinen Deutschen. Nun los, Kinnings, ich habe noch zu tun.«

Zutraulich fassten Mally und Hanna, die älteste und die jüngste der Schwestern, Winnifred unter den Arm und zogen sie mit sich fort. Und die fünf munteren Mädchen plauderten so lieb und vergnügt mit

Winnifred, dass sie gar nicht anders konnte, als in den frohen Ton mit einzustimmen.

In dem hübschen freundlichen Hause des Kapitäns Karst wurde Winnifred von dessen Gattin herzlich willkommen geheißen. Zum behaglichen deutschen Nachmittagskaffee, der schon verheißungsvoll durch das Haus duftete, war im Wohnzimmer bereits der Tisch einladend gedeckt. Ein köstlicher brauner Riesennapfkuchen stand mitten darauf, zwischen den großen Tassen.

Unterwegs hatten die Schwestern schon darum gestritten, in wessen Zimmer Winnifred zur Nacht logieren sollte. Mally hatte das kleinste Schlafzimmer für sich allein, je ein größeres wurde von Annerose und Lotte und von Leni und Hanna benutzt, der Umstand, dass in Anneroses und Lottes Zimmer der meiste Raum war, gab für diese den Ausschlag und verhalf ihnen zum Siege. Im Triumph führten sie Winnifred in ihr Zimmer, damit sich diese ein wenig auffrischen konnte.

Die Zimmer im Kapitänshause waren klein und niedrig. Winnifred wunderte sich, dass all die großen kräftigen Menschen darin Raum hatten. Die fünf Flachsköpfe waren echt germanische Gestalten wie Vater und Mutter. Und Winnifred empfand sehr wohl, dass sich diese lieben guten Menschen Beschränkung auferlegten, um sie so behaglich als möglich unterzubringen. Zu den Hausbewohnern gehörte noch ein ebenfalls sehr großes und kräftiges Dienstmädchen und ein altes Faktotum, ein ehemaliger Matrose, der durch einen Sturz auf dem Schiffe ein lahmes Bein bekommen und den der Kapitän in seinem Hause angestellt hatte. Er hielt den Garten in Ordnung, putzte Kleider und Stiefel, trug Feuerung herbei und machte sich überall nützlich. War der Kapitän auf seinen Fahrten, dann hielt er als einziger Mann treulich im Hause Wacht, denn es lag etwas abseits an der Elbe, und es war gut, dass es unter männlichem Schutze stand.

Kurze Zeit nachdem Winnifred das Haus betreten, saß sie zwischen den Flachsköpfen mit Frau Kapitän Karst am Tische. Vor ihr stand eine Tasse, gefüllt mit köstlich duftendem Kaffee, mit Rahm und ein Teller mit leckeren Kuchenschnitten.

Mit heimlichem Staunen sah sie, wie der Riesennapfkuchen zusammenschmolz. Die fünf Blondköpfe stellten ihren Mann. Und sie nötigten Winnifred herzlich, es ihnen gleichzutun.

Als der Kapitän nach Hause kam, wurde die große Kaffeekanne noch einmal gefüllt und ein zweiter Napfkuchen von gleichen Dimensionen wie der erste aufgetragen. Das Schmausen begann von Neuem. Auch Winnifred musste noch einmal zulangen, und ihre Tasse wurde frisch gefüllt.

Kapitän Karsts Augen strahlten in väterlichem Stolz.

»Das habe ich mir gleich gedacht, Winnifred, dass vor meinen Flachsköpfen Ihre Betrübnis nicht standhält. Die lassen keine Traurigkeit aufkommen in ihrer Nähe«, sagte er.

So wohl sich Winnifred aber auch in dem freundlichen Hause am Elbestrand zwischen all den lieben Menschen fühlte, sagte sie sich doch, dass sie die gebotene Gastfreundschaft nicht länger als unbedingt nötig annehmen durfte.

Noch an demselben Tage bat sie den Kapitän, an ihre Verwandten in Berndorf ihre Ankunft in Deutschland melden zu dürfen und anzufragen, ob ihr Kommen genehm sei. Er meinte, das habe noch Zeit, aber sie ließ sich nicht abhalten, es sogleich zu tun.

Der Brief, in dem sie Frau von Berndorf ersuchte, ihr in ihrem Hause ein Asyl zu gewähren, wurde noch an demselben Abend abgeschickt.

* *
*

Frau Martha von Berndorf kam von einem Ritte über die Felder heim, und nachdem sie ihr Reitpferd einem Knechte übergeben, ging sie ins Haus.

Das Berndorfer Gutshaus war ein lang gestrecktes Gebäude, ohne jeden architektonischen Schmuck. Rechts und links von der Eingangspforte waren hölzerne Veranden angebracht, und im Sommer waren diese mit blühenden Blumen geschmückt. Das gab dann der Fassade ein freundliches Aussehen. Jetzt aber, da der April kaum begonnen hatte, fehlten die Blumen noch, und wenn nicht die sauberen Gardinen und die hell blinkenden Fenster gewesen wären, hätte das graue Gebäude recht unfreundlich ausgesehen.

Im Innern war es aber sehr behaglich, wenn auch nicht kostbar eingerichtet. Gut erhaltene alte Möbel standen festgefügt auf ihrem angestammten Platz und gaben den Zimmern ein wohnliches Aussehen.

Frau von Berndorf nahm sich nicht Zeit zum Umkleiden. Erst machte sie einen Inspizierungsgang durch die Wirtschaftsräume im Souterrain, um zu sehen, ob alles in Ordnung war. Dann betrat sie die nach dem Gutshof hinausliegenden Zimmer im Parterre, die eben frisch tapeziert wurden, und kontrollierte, wie weit die Handwerker mit ihrer Arbeit gekommen waren. Sie war nicht befriedigt und machte daraus kein Hehl. In ihrer energischen Art drückte sie ihr Missfallen aus.

»Das geht alles viel zu langsam, auf diese Weise werden Sie nicht zur festgesetzten Zeit fertig. Sie müssen sich mehr sputen. Diese Woche müssen die Zimmer unbedingt fertig werden, am Sonntag muss alles in Reih und Glied sein. So habe ich es mit Ihrem Meister vereinbart, und Sie müssen sich danach richten«, sagte sie kurz angebunden.

Dabei entging ihren scharfen Augen nicht, dass eine große Anzahl geleerter Bierflaschen in einer Zimmerecke unter Tapetenresten versteckt standen. Sie wirbelte mit ihrer Reitpeitsche die Tapetenreste beiseite und rief die Mamsell herbei, um ihr den Kopf zu waschen.

»Wozu haben Sie den Tapezierern so viel Bier gegeben, Mamsell? Sie sollen wohl im Rausch von der Leiter fallen? Da brauche ich mich nicht zu wundern, dass die Leute nicht vorwärtskommen. Bier macht träge. Zum Abendessen mögen die Leute meinetwegen eine Flasche Bier haben, am Tage aber sollen sie Kaffee oder Wasser trinken, wie ich Ihnen bereits gesagt habe. Warum halten Sie sich nicht an meine Worte?«

»Die Arbeiter wollten eben Bier haben, gnädige Frau«, erwiderte die junge Mamsell etwas schnippisch.

Frau von Berndorf fuhr auf. »Wollten? Hier hat niemand etwas zu wollen wie ich. Merken Sie sich das gefälligst. Es fällt mir auf, dass Sie sich seit einiger Zeit das Vergnügen machen, meine Anordnungen zu übergehen. Das verbitte ich mir. Entweder Sie befolgen meine Befehle – oder wir sind geschiedene Leute. Verstanden?«

Die Mamsell war noch nicht lange in Berndorf angestellt und hatte zuvor eine Stellung bekleidet, auf der sie nach eigner Willkür hatte schalten und walten können. Die strenge Zucht in Berndorf behagte ihr nicht, und als Frau von Berndorf sich jetzt abwandte, schnitt sie eine verächtliche Grimasse hinter ihr her. Sie bemerkte nicht, dass Frau von Berndorf das in einem Spiegel sah. Rasch wandte sie sich um, und es half der Mamsell nichts, dass sie schnell wieder ein unbewegtes Gesicht zeigte.

Scharf und kalt sah die Herrin in das Gesicht der Mamsell. »Sie sollten zum Theater gehen, Mamsell, da können Sie Grimassen schneiden. Heute ist der erste April – am ersten Mai können Sie gehen.

Ich kann keine Leute brauchen, die es am nötigen Respekt fehlen lassen.«

Nach diesen Worten wandte sie sich ruhig um und ging die Treppe zum ersten Stock hinauf.

Es war ihr selbst unangenehm, dass sie die Mamsell entlassen musste. Diese war flink und anstellig. Aber Unbotmäßigkeiten duldete sie nie bei ihrer Dienerschaft, sie hielt streng auf Zucht und Ordnung. Nichts hätte sie dazu bringen können, die Mamsell länger in ihrer Stellung zu belassen.

Frau von Berndorf öffnete oben im ersten Stock schnell die Tür zum Zimmer ihrer Tochter. Diese lag, in einen Roman vertieft, auf dem Diwan und rauchte eine verbotene Zigarette. Sie war so in ihre Lektüre vertieft, dass sie die Mutter gar nicht eintreten hörte.

Ohne ein Wort zu sagen, klemmte Frau von Berndorf die Reitpeitsche unter den Arm, fasste mit einer Hand das Buch, in dem ihre Tochter las, und mit der andern nach der Zigarette. Die Letztere flog zum Fenster hinaus. Das Buch wurde einer Prüfung unterzogen.

Zum Glück für Käthe war es keine verbotene Lektüre. Aber trotzdem sah die Mutter zornig auf ihre Tochter herab, die sich erschrocken aufrichtete.

»Schämst du dich nicht, Käthe? Hast du gar nichts zu tun, als am hellen Morgen Romane zu lesen und Zigaretten zu rauchen?«

Ein wenig verlegen lachte Käthe und ordnete an ihrem Anzug. Sie war ein bildhübsches Geschöpf mit dunklen Augen und schwarzem, lockigem Haar, das im Nacken mit einer Schleife zusammengebunden war. Ihr Teint gemahnte an die Haut eines Pfirsichs.

Wenn Frau von Berndorf für einen Menschen eine Schwäche empfand, so war es für ihre Tochter, und das wusste Käthe sehr wohl. Schelmisch schmollend sah sie zur Mutter auf.

»Ach, Mama, hast du mich erschreckt! Ich habe dich gar nicht kommen hören. Nur das Schlusskapitel in diesem Roman wollte ich gern noch lesen. Er ist so spannend.«

Frau von Berndorf sah nach der Uhr, die in einem festen Lederarmband um das Handgelenk geschnallt war.

»Jetzt ist es bereits neun Uhr. Deine Mutter reitet schon seit ziemlich drei Stunden über die Felder. Und du bist noch nicht einmal mit deiner Morgentoilette fertig. Schnell, zieh dein Kleid an. Es gibt doch wahrlich Arbeit genug im Hause.«

»Aber Mama, du willst doch nicht, dass ich mir die Hände verderbe.«

»Es gibt auch Arbeit, wobei man sich die Hände nicht verdirbt. Sieh dir meine an – sind sie nicht tadellos? Und ich arbeite von früh bis spät –«

Käthe fiel der Mutter um den Hals. »Ach, Mama, du bist eben in allen Dingen ein bewundernswerter Ausnahmemensch, und dir nachzueifern ist schwer.«

Käthe wusste ganz genau, dass sie damit ihre auf ihre Tüchtigkeit eitle Mutter entwaffnete. Sie war eine schlaue, wenig ehrliche Persönlichkeit und hatte von ihrer Mutter den berechnenden Charakter, aber nicht deren Tüchtigkeit geerbt. Käthe hatte einen großen Hang zur Trägheit.

Ihre Mutter übersah jedoch die meisten ihrer Fehler oder hielt sie zum Teil für Tugenden. Nur über Käthes Trägheit zankte sie oft, weil sie selbst eine fleißige, tatkräftige Frau war. Was sie ihrer Tochter an schlimmen Eigenschaften selbst vererbt hatte, hielt sie für Vorzüge.

Schnell versöhnt, zupfte sie Käthe am Ohr. »Nun mach dich schnell fertig. Du sollst gewiss keine schwere Arbeit verrichten, die einer jungen Dame deines Standes nicht zukommt. Aber mancherlei ist für dich zu tun. Übrigens hatte ich eben Ärger. Ich habe Mamsell kündigen müssen, sie benahm sich mir gegenüber frech.«

»So eine unverschämte Person. Arme Mama, hast du dich sehr geärgert?«

Ihre Mutter richtete sich straff auf zu ihrer stattlichen Höhe. »Solcher Ärger läuft gottlob an mir ab, darauf bin ich trainiert. Das Unangenehme ist nur, dass man wieder eine neue Mamsell suchen muss. Wenn ich nur einmal eine wirklich zuverlässige Person finden würde, auf die man sich unbedingt verlassen könnte. Aber jetzt will ich mich umkleiden. Sorge inzwischen dafür, dass das Frühstück für uns bereit ist, wenn ich hinunterkomme. Komm, ich will dir schnell dein Kleid schließen.«

Käthe hatte ein Kleid übergeworfen, und die Mutter nestelte es ihr zu.

»Das will ich tun, Mama, ich habe auch Hunger.«

»Und auf den nüchternen Magen musstest du Zigaretten rauchen. So ein Unsinn, Käthe. Das verdirbt den Teint und den Magen. Wo hast du übrigens die Zigaretten her?«

»Von Lutz, Mama.«

»Wie? Lutz hat dir Zigaretten zum Rauchen gegeben?«

»O nein, so nett ist er nicht zu mir. Er hat nur einen Kasten voll davon stehen lassen, als er Weihnachten hier war. Die habe ich einfach beschlagnahmt. Da stehen sie.«

Frau von Berndorf fasste schnell danach. »So, und jetzt beschlagnahme ich sie. Zigarettenrauchen ist eine Passion, die man gern den Männern überlassen soll.«

»Aber es sieht so graziös aus, wenn eine Frau Zigaretten raucht. Die Komtesse Lersen raucht auch, und die Herren finden das entzückend.«

Frau von Berndorf lachte seltsam. »Du bist ein Dummerchen, Käthe, so etwas finden die Herren nur entzückend bei Frauen, die sie nicht heiraten wollen. Merke dir das und ziehe eine Lehre daraus. Die Komtesse Lersen musst du dir nicht zum Vorbild nehmen. Die bleibt ganz sicher sitzen mit ihren extravaganten Passionen. Wenn du dir solche zulegen willst, warte zum Mindesten, bis du verheiratet bist. Wenn du einen reichen Mann geheiratet hast, dann kannst du dir alles gestatten.«

Käthe warf einen selbstgefälligen Blick in den Spiegel. »Das will ich mir merken, Mama. Und im Grunde bin ich ganz zufrieden, wenn ich nicht zu rauchen brauche. Ein Genuss ist es nicht für mich.«

»Das kann ich mir denken. Pralinés schmecken dir besser.«

»Gibst du mir welche, Mama?«, schmeichelte Käthe.

»Als Belohnung wohl, du Faulpelz?«

»Nein, Mama, als Entschädigung für die beschlagnahmten Zigaretten.«

»Nun gut, heut nach Tisch sollst du welche haben, jetzt frühstücken wir erst.«

Damit ging Frau von Berndorf hinaus.

Käthe nahm schnell ihr Buch und las den Schluss des Romans. Dann stellte sie sich vor den Spiegel, zupfte an ihren Locken und an der Schleife. Dabei studierte sie allerhand Mienen ein, machte von ihren schönen, nur etwas zu dreisten Augen Gebrauch, wiegte sich in den Hüften und drehte sich nach allen Seiten, um ihre allerdings sehr schöne schlanke Gestalt zu bewundern. Zufrieden und selbstgefällig lächelte sie sich zu und ging dann hinab, um das Frühstück auftragen zu lassen. Eine Viertelstunde später saßen Mutter und Tochter beim Frühstück. Gleich darauf wurde die Posttasche gebracht, und diese enthielt unter anderem den Brief von Winnifred Hartau. Als ihn Frau von Berndorf gelesen hatte, ließ sie die Hand mit dem Brief sinken und sah ihre Tochter an.

»Also sie ist bereits in Deutschland eingetroffen, diese Winnifred Hartau. Dies Schreiben von ihr ist in Hamburg aufgegeben.«

Käthe sah ihre Mutter mit einer kleinen Grimasse an. »Ach – im Grunde ist das eine sehr fatale Angelegenheit, Mama.«

Die Mutter nickte. »Sehr fatal. Diese sogenannte Nichte kommt mir äußerst ungelegen. Was soll man mit ihr anfangen?«

Käthe las Winnifreds Brief. Dann sagte sie: »Warum bleibt sie nicht bei diesem Kapitän Karst, der ein Freund ihrer Eltern war? Uns ist sie schließlich doch ganz fremd.«

»Sicher. Aber du siehst, sie tituliert mich ›Tante‹, und wir können nicht gut anders, als sie, vorläufig wenigstens, in Berndorf aufzunehmen, zumal es Lutz so haben will.«

Käthe zuckte die Achseln. »Lutz kann das gut wollen – er ist weit vom Schuss und braucht sich nicht mit dieser unliebsamen Verwandten herumzuquälen.«

»Was soll ich nur mit ihr anfangen? Unnütze Brotesser können wir hier wahrlich nicht gebrauchen. Ich habe ohnedies schon Sorgen genug.«

Nachdenklich sah Käthe vor sich hin. Dann richtete sie sich plötzlich auf. »Ich habe eine Idee, Mama.«

»Nun?«

»Wie wäre es, wenn du dir in dieser Winnifred eine zuverlässige Stütze anlerntest? Sie könnte die Obliegenheiten der Mamsell übernehmen, und du hättest mit einem Mal eine Persönlichkeit, die dich entlasten kann. Da du der Mamsell ohnedies gekündigt hast, sparst du dir dadurch die Mühe, eine neue zu suchen.«

Sinnend stützte die Mutter den Kopf in die Hand. »So unklug ist dein Vorschlag nicht, Käthe. Das ließe sich bedenken. Man müsste ihr gleich zu Anfang begreiflich machen, dass man sie ohne Gegenleistung hier nicht gebrauchen kann. Natürlich muss man sie sich erst ansehen, ob es überhaupt angängig ist, sie hier zu behalten. Ist das der Fall, könnte ich mir tatsächlich eine willige Stütze an ihr erziehen. Das wäre die beste Lösung. Aufnehmen müssen wir sie doch, und sie kann uns dafür die Mamsell ersetzen. Das Klügste ist, man sagt ihr das ganz offen, damit sie gleich weiß, unter welchen Bedingungen sie bleiben kann. So werden auch unklare Verhältnisse vermieden.«

»Das ist auch meine Meinung. Es wird da auch ein gewisser Abstand markiert zwischen uns und ihr.«

»Ganz recht. Und die Dienerschaft wird sie trotzdem respektieren und nicht gemeinsame Sache mit ihr machen. Das ist immer gut. Auf diese Weise erziehe ich mir eine Vertrauensperson – und – ich brauche keinen Gehalt zu zahlen. Man muss allen Dingen die günstigste Seite abzugewinnen suchen. Also werde ich gleich heute noch an sie schreiben, sie soll sofort kommen. Dann kann ich sie anlernen, solange Mamsell noch da ist, sodass sie nach deren Abgang sogleich für sie einspringen kann.«

Mutter und Tochter beendeten danach befriedigt ihr Frühstück und besprachen die Angelegenheit noch nach allen Seiten. Sie überlegten, dass die arme Verwandte sehr gut Käthes abgelegte Kleider tragen könne, damit man nichts Neues für sie anzuschaffen brauche. So sparte man den Gehalt für die Mamsell und hatte für Winnifred keine Ausgaben.

Nach einer Weile sagte Frau von Berndorf zu ihrer Tochter:

»Du könntest auch wieder einmal nach Wildenau hinüberreiten, um Onkel Rudolf zu besuchen und dich nach seinem Befinden zu erkundigen.«

Käthe zog ein Mäulchen. »Muss das sein, Mama?«

»Gewiss muss es sein. Wie kannst du nur noch fragen, Käthe!«

»Ach, Mama, er ist so furchtbar unliebenswürdig und hat immer allerlei an mir auszusetzen. Ein Vergnügen ist es wahrlich nicht, mit ihm zusammenzutreffen.«

»Das weiß ich selbst. Aber man muss ihn nehmen, wie er ist. Dafür ist er ein Erbonkel. Die dürfen so unliebenswürdig sein, wie sie wollen.«

»Ich finde, er tyrannisiert uns alle, sogar dich.«

Frau von Berndorf seufzte. »Ja, er ist weiß Gott kein angenehmer Verkehr. Unter dem Vorwand, ehrlich seine Meinung zu sagen, bildet er sich mehr und mehr zum Familienschreck aus. Aber du siehst, dass auch ich mir geduldig alles gefallen lasse. Wir müssen ihn mit freundlicher Miene ertragen, wenn er auch noch so unausstehlich ist, sonst enterbt er uns.«

»Kann er denn das überhaupt, Mama? Wir sind doch seine einzigen Verwandten?«

»Das wohl, aber er kann sein Hab und Gut auch anderen Menschen hinterlassen – vorausgesetzt, dass er sich nicht an das Versprechen gebunden fühlt, das er Papa gegeben.«

»Das Versprechen, dass Papa Wildenau von ihm erben soll?«

»Ja, Papa ist leider vor ihm gestorben, und man weiß nicht, ob er uns, als Papas Erben, dies Versprechen halten wird.«

»Oh – er wird schon, Mama.«

»Hoffentlich, ich lasse ihn ja zuweilen fühlen, dass ich das Versprechen auch über Papas Tod hinaus für gültig halte. Aber sosehr ich mich auch bemüht habe, ihn zu bewegen, mir dies Versprechen zu wiederholen – er tut es nicht, sondern hüllt sich stets in Stillschweigen.«

»Ja, ja – er will uns seine Macht fühlen lassen. Aber zu fürchten brauchen wir doch nichts. Schließlich hat er doch so viel Familiensinn, dass er sein Vermögen und seinen Besitz nicht an fremde Menschen kommen lässt.«

Frau von Berndorf zuckte die Achseln. »Immerhin müssen wir alles tun, uns ihm angenehm zu machen. Lutz ist natürlich auch in diesem Punkt unvernünftig. Obwohl er im Grunde mit Onkel Rudolf sympathisiert, zeigt er es ihm nie, damit er um Gottes willen nicht den Anschein erweckt, als trachte er nach seinem Erbe. Deshalb müssen wir, du und ich, doppelt liebenswürdig sein, wenn es uns auch noch so schwerfällt.«

»Ich bin ja natürlich vernünftig, Mama, und zeige Onkel immer ein liebenswürdiges Gesicht, wenn er auch noch so unausstehlich ist. Und natürlich reite ich auch nach Wildenau hinüber.«

»Gut. Du bist meine vernünftige Tochter. Sage Onkel Rudolf, ich lasse ihn herzlich bitten, Sonntagmittag bei uns zu speisen. Ich möchte ihm gern die neu tapezierten Zimmer zeigen, um zu hören, ob ihm die Tapeten gefallen.«

»Aber, Mama, es ist doch gleichgültig, ob sie ihm gefallen, wenn wir sie nur schön finden.«

»Natürlich ist es gleichgültig, aber man muss sich immer den Anschein geben, als gäbe man etwas auf seine Ansichten.«

»Selbstverständlich wird er allerlei daran auszusetzen haben.«

»Selbstverständlich. Aber da die Tapeten schon festgeklebt sind, ist das nicht schlimm.«

Käthe lachte. »Du bist furchtbar klug, Mama, und ich muss noch viel von dir lernen.«

Das hörte die Mutter gern, aber sie ging nicht weiter darauf ein. »Ich muss nun an meine Arbeit gehen, Käthe, und du mache dich fertig, dass du nach Wildenau reiten kannst.«

»Soll ich Onkel Rudolf etwas von Winnifred Hartau sagen?«

Frau von Berndorf überlegte und schüttelte dann den Kopf. »Nein – er erfährt zeitig genug von ihr, wenn sie hier ist und ich ihre Stellung uns gegenüber schon festgesetzt habe. Sonst will er möglicherweise dazwischenreden, und das passt mir nicht.«

Käthe erhob sich. »Also auf nach Canossa! Dafür bekomme ich aber auch einen Karton Pralinés.«

Die Mutter lachte. »Du machst doch diesen Weg in deinem eigenen Interesse, Käthe, denn Onkel Rudolf soll dir doch auch etwas vererben. Oder ist dir das nicht wichtig?«

Käthe reckte ihre schlanke biegsame Gestalt und lachte schelmisch. »Ich heirate doch auf alle Fälle einen reichen Mann, Mama.«

»Hoffentlich, aber auch dann ist ein reiches Erbe nicht zu verachten, das dir eine gewisse Unabhängigkeit gewährleistet. Ich habe dir aber bereits Pralinés versprochen, und nach Tisch erhältst du sie. Jetzt mache dich auf den Weg.«

Eine halbe Stunde später ritt Käthe durch den Wald nach Wildenau hinüber. Sie hatte eine gute Stunde zu reiten, im ziemlich schnellen Tempo, bis sie an die Wildenauer Parkmauer kam. Schloss Wildenau war ein feudales imposantes Gebäude im Stil der Spätrenaissance. Es lag inmitten eines herrlichen alten Parkes. Rudolf von Wildenau, der Letzte seines Geschlechts, war seit fünfzehn Jahren Witwer. Seine Frau war schon nach fünfjähriger Ehe gestorben, und zwar als sie einen toten Sohn geboren hatte. An diesem traurigen Ereignis war ein Sturz seiner Gattin schuld gewesen. Sie war auf der von gefrorenem Schnee bedeckten Freitreppe ausgeglitten und zu Fall gekommen.

Rudolf von Wildenau hatte seine Frau so sehr geliebt, dass er sich nie hatte entschließen können, ihr eine Nachfolgerin zu geben. Er lebte seit dem Tode seiner Frau sehr zurückgezogen in seinem schönen großen Schloss und sah außer seinen Verwandten in Berndorf nur wenig Menschen.

Mit seinem Vetter Theo von Berndorf hatte ihn eine ehrliche Freundschaft verbunden, und dieser war fast täglich in Wildenau gewesen. Weniger oft fuhr Herr von Wildenau nach Berndorf. Mit Frau Martha stand er auf gespanntem Fuß. Ihr kalter berechnender Charakter stieß ihn ab. Er wusste, dass sein Vetter Theo unsagbar unter der Herzenskälte seiner Frau litt. Seine eigene Gattin war ein liebevolles sanftes Geschöpf gewesen, das ihn sehr glücklich gemacht hatte und ihm das Ideal einer Frau verkörperte. Für Frau Marthas Art hatte er eine starke Abneigung, wenn er auch ihre Tüchtigkeit und Energie anerkennen musste. Doch diese Tugenden liebte er nur beim Manne, nicht bei der Frau. Nur seines Vetters wegen ertrug er dessen Frau. Mit Käthe und Lutz kam Rudolf von Wildenau nicht viel zusammen – er konnte junge Menschen in seinem Herzeleid nicht um sich sehen, ohne an seine getäuschten Hoffnungen erinnert zu werden. So kam er den Kindern des Vetters nicht sonderlich nahe.

Theo von Berndorf hatte in ehrlicher Freundschaft versucht, seinen Vetter Rudolf aus seiner abgeschiedenen Einsamkeit zu locken, ihn mit dem Leben wieder auszusöhnen. Uneigennützig hatte er sogar, zum Entsetzen seiner erbgierigen Frau, versucht, den Vetter zu einer zweiten Heirat zu bewegen. Als er dies das erste Mal in Gegenwart seiner Frau tat, traf ihn aus deren Augen ein zorniger Blick, der ihm Schweigen gebot. Diesen Blick hatte Rudolf bemerkt. Ein seltsam bitteres Lächeln hatte seinen Mund umspielt.

»Du brauchst keine Angst zu haben, Martha, ich verheirate mich nicht zum zweiten Male«, hatte er gesagt. Und zu Theo gewendet, hatte er hinzugefügt: »So einen uneigennützigen Rat kannst nur du mir geben, Theo.«

Erstaunt hatte dieser ihn angesehen. »Wie meinst du das, Rudolf?«

»Lass nur – es freut mich, dass du erst so fragen musst. Deine Frau aber wird schelten, wenn ihr allein seid. Du hast wohl nicht bedacht, dass ihr meine einzigen Verwandten seid?«

Theo von Berndorfs Stirn hatte sich jäh gerötet. »Rudolf – du glaubst doch nicht, dass wir, um dich beerben zu können, wünschen würden, dass du bis an das Ende deiner Tage einsam bleibst? Du, der in den besten Mannesjahren steht? Niemand würde sich mehr freuen als ich, wenn dir in einem neuen Eheglück Vaterfreuden beschieden wären.«

Da hatte ihm Rudolf die Hand gereicht. »Ja – du, mein lieber Theo – *du* würdest dich freuen. Ich weiß es. Aber ich würde niemals den Mut finden, eine zweite Ehe einzugehen – ich komme nicht über mein Unglück hinweg. Der Himmel hat es nicht gewollt, dass mir ein Erbe geboren wurde – ich muss mich bescheiden. Ich werde schwerlich alt, denn mein Herz ist krank. Und du, mein Theo, sollst nach meinem

Tode Herr in Wildenau sein. Dies zur Beruhigung deiner Frau, damit sie dich nicht mit Vorwürfen quält – wegen deiner Uneigennützigkeit, die mir wohltut.«

So hatte diese kleine Szene damals geendet. Aber wider Erwarten war Theo von Berndorf vor seinem herzleidenden Vetter gestorben, der trotz dieses Leidens noch recht rüstig schien – zu rüstig für Frau Marthas Wünsche. Und diese hoffte nun zwar, das Versprechen Rudolfs übertrage sich nach Theos Tode auf seine Angehörigen, aber sie hatte doch immer eine geheime Sorge, dass es anders kommen könne. Ihre größte Angst war freilich gewesen, dass sich Rudolf von Wildenau doch noch einmal verheiraten könne, und sie hatte sorglich darüber gewacht, dass ihm kein liebenswertes weibliches Wesen zu nahe kam. Jetzt war sie über diese größte Sorge hinaus, denn Rudolf war inzwischen fünfundvierzig Jahre alt geworden, und sie glaubte nicht mehr daran, dass er noch einmal heiraten könne. –

Als Käthe ihr Pferd vor der imposanten Freitreppe halten ließ, die der verstorbenen Freifrau von Wildenau verhängnisvoll gewesen war, kam ein Diener herbei und half ihr aus dem Sattel. Ein anderer Diener führte sie durch die große Schlosshalle und durch eine Anzahl vornehm und gediegen eingerichteter Räume. Endlich öffnete er eine Tür und ließ sie eintreten in einen großen hellen Raum, der besonders behaglich eingerichtet war und von Herrn von Wildenau als Wohnzimmer benutzt wurde.

Der Hausherr saß fröstelnd am Kamin, in dem noch ein helles Feuer brannte. Trotzdem das Schloss neben allem neuzeitlichen Komfort auch Zentralheizung bekommen hatte, wurden in einigen intimeren Räumen noch die Kamine extra geheizt.

Herr von Wildenau sah der sehr hübschen jungen Dame keineswegs sehr erfreut entgegen. Sie ging schnell auf ihn zu und reichte ihm lächelnd die Hand.

»Guten Tag, liebes Onkelchen, wie geht es dir. Ich hielt es nicht mehr aus vor Sehnsucht nach dir, ich musste wieder einmal nach dir sehen«, sagte sie schmeichlerisch.

Aber ihre Stimme war ohne Wärme, und in ihren Augen lag ein kalter Glanz.

Rudolf von Wildenau hatte ihre Hand erfasst und ließ sie schnell wieder los. Ein seltsam sarkastisches Lächeln huschte über sein edel gebildetes Gesicht. Er strich langsam und bedächtig den grau melierten, ganz kurz gehaltenen Spitzbart.

»So, so – du hattest Sehnsucht nach mir? Es ist doch merkwürdig, Käthe, wie sehr du deiner Mutter gleichst. Von Tag zu Tag tritt das deutlicher hervor. Von deinem Vater hast du nicht eine Spur von Ähnlichkeit geerbt, weder innen noch außen«, sagte er mit einer etwas belegten Stimme, wie sie Menschen haben, die wenig sprechen.

Käthe ließ sich in einen Sessel ihm gegenüber nieder, den er ihr anwies.

»Ja, Onkelchen, ich glaube, ich gleiche Mama in allem sehr. Nur so klug bin ich nicht wie sie.«

Er sah sie sonderbar an. »Du bist aber auf dem besten Wege und hast schon einen recht bemerkenswerten Anfang gemacht.«

Käthe lachte. »Ach, Onkelchen, du musst heut sehr guter Laune sein, da du mir Elogen machst.«

Wieder traf sie ein seltsamer Blick. »Du irrst – Elogen sind das nicht. Ich konstatiere nur eine bedauerliche Tatsache.«

»Eine bedauerliche Tatsache? Ist es bedauerlich, wenn man klug ist?«

Um seinen Mund spielte wieder das sarkastische Lächeln. »Ja, in meinen Augen ist es bedauerlich, *so klug* zu sein, wie deine Mutter es ist und wie du auch zu werden versprichst. Hauptsächlich bei Frauen liebe ich diese Klugheit nicht.«

Käthe drohte schelmisch mit dem Finger. »Onkelchen, Onkelchen, du beliebst zu scherzen.«

»Nein, ich scherze nicht«, sagte er mit bitterem Ernst.

»Oh, dann gehörst du wohl zu den rückständigen Männern, die es nicht leiden mögen, wenn Frauen klug und tüchtig sind?«

Jetzt sah Rudolf von Wildenau sehr spöttisch aus. »Nehmen wir an, dass ich zu diesen *rückständigen* Männern gehöre. Aber ich will dir eine Erfrischung bringen lassen – bitte, sage dem Diener, was du gern haben möchtest.«

Er klingelte, und Käthe nannte dem Diener, als er eintrat, ihre Wünsche. Bis der Diener die Erfrischung brachte und das Zimmer wieder verlassen hatte, sprachen sie nur über das Wetter. Dann sagte Käthe, immer mit dem gleichen liebenswürdigen Lächeln:

»Mama lässt dich bitten, nächsten Sonntag mit uns in Berndorf zu Mittag zu speisen. Sie möchte gern von dir hören, ob dir die Tapete in den neu tapezierten Zimmern gefällt.«

»Gut, ich werde kommen. Sag' deiner Mutter, dass ich für die Einladung danke. Ob mir die Tapeten aber gefallen, kann euch doch gleichgültig sein. Ich wohne ja nicht in den Zimmern.«

»Aber du sollst dich darin behaglich fühlen, Onkel.«

»Nun, da die Zimmer bereits tapeziert sind, wenn ich hinüberkomme, lässt sich doch nichts daran ändern, auch wenn sie mir nicht gefallen.«

»Oh – dann würde Mama aber untröstlich sein!«

»Meinst du?«

»Sicher.«

»Ja – wenn ihr so viel daran liegt, dass mir die Tapeten gefallen, dann hätte sie mir sie zeigen müssen, ehe sie festgeklebt wurden.«

Ein leises Rot stieg in Käthes Gesicht. »Daran hat Mama nicht gedacht. Der Einfall ist ihr sicher nicht gekommen.«

Rau und spröde lachte Herr von Wildenau auf. »Und deine Mutter ist doch sonst eine so kluge, umsichtige Frau. Nun – lassen wir das. Ich habe eben mit Vergnügen gemerkt, dass du erröten kannst. Ich glaubte, du hättest das ganz verlernt.«

Unsicher sah ihn Käthe an. »Du bist immer so seltsam, Onkel Rudolf.«

»Ja, ja, ich weiß, ich bin ein sehr unliebenswürdiger und unbequemer Onkel, der es gar nicht versteht, seiner reizenden Nichte etwas Angenehmes zu sagen.«

Sie lächelte schelmisch, ihren Ärger verbeißend. »Jetzt eben hast du mir aber doch etwas Angenehmes gesagt. Ich kann mir nicht denken, dass es eine junge Dame gibt, die es nicht gern hört, wenn sie reizend genannt wird.«

»Oh – was wahr ist, muss wahr bleiben. Hübsch genug bist du. Man könnte dir gut sein – wenn man wüsste, dass dein Inneres mit deinem Äußeren harmoniert.«

»Glaubst du, das sei bei mir nicht der Fall?«

»Ich glaube, dass ich durch deine Augen recht gut bis ins Herz hinein sehen kann«, sagte er langsam, sie scharf fixierend.

Da schoss ihr wieder, stärker als zuvor, die Röte ins Gesicht. Und schnell von dem gefährlichen Thema ablenkend, fragte sie: »Wie geht es dir heute, Onkelchen? Bist du wohler als das letzte Mal?«

Er strich die Hände aneinander, als friere er. In den jungen Augen glaubte er zu lesen, was er in den Augen ihrer Mutter schon oft gelesen hatte – die Ungeduld, dass er noch nicht ans Sterben dachte. Sein Gesicht bekam einen müden schlaffen Ausdruck.

»Es geht mir nicht besser und nicht schlechter als sonst. Ich bin nur noch eine Ruine – aber Ruinen werden oft alt.«

Käthe wendete ihre Augen ab. Es lag etwas in seinem Blick, das sie nicht ertragen konnte. »Du wirst dich sicher im Sommer wieder erholen, Onkelchen, wenn du nur erst wieder mehr im Freien sein kannst. – In der Sonne.«

Er unterdrückte einen Seufzer. »Wir werden sehen. – Habt ihr Nachricht von Lutz?«

»Ja – er kommt Ostern auf vierzehn Tage heim. So lange hat er Ferien. – Aber nun will ich dich nicht länger stören, Onkelchen. Du kommst also Sonntag nach Berndorf?«

»Ja, ich werde mich einfinden. Sage deiner Mutter eine schöne Empfehlung und ich würde die neuen Tapeten auf jeden Fall bewundern.«

Käthe erhob sich und verabschiedete sich ziemlich hastig.

Er sah ihr mit einem unbeschreiblich traurigen Blick nach. »Da ist der Wurm schon in der Blüte. Schade! Es scheint nichts von meines guten alten Theo ehrlicher Art auf seine Kinder übergegangen zu sein. Auf seine Tochter sicher nicht. Über Lutz bin ich mir noch nicht recht klar. Er ist sehr verschlossen und wünscht mir jedenfalls nicht näherzutreten. Warum soll er sich auch um mich bemühen? Des reichen Erbes glaubt er sicher zu sein. Aber – wenn er darauf rechnet – dann dürfte er sich verrechnen wie seine Mutter und seine Schwester. Keiner von den drei Menschen steht mir innerlich so nahe, dass ich ihn nach meinem Tode, auf den man gierig lauert, hier in Wildenau als Herrn sehen möchte. Lieber fremde Menschen!«

So dachte er und sah düster vor sich hin.

Käthe aber atmete draußen erleichtert auf. Sie ließ sich ihr Pferd vorführen und ritt davon.

* * *
  *

Winnifred Hartau hatte ein kurzes Briefchen von Frau von Berndorf bekommen. Sie teilte ihr mit, dass sie in Berndorf erwartet würde, und sie möge am nächsten Tage den Frühzug benutzen. Sie treffe dann nachmittags um drei Uhr auf der nächstgelegenen Station ein, wo sie ein Wagen erwarten werde. Alles Weitere wolle man mündlich besprechen, nur so viel wolle man ihr schon mitteilen, dass sie in Berndorf bleiben könne, wenn sie bescheiden in ihren Ansprüchen sei.

Winnifred atmete auf. Es klang weder Wärme noch Herzlichkeit aus diesen Zeilen, aber das verlangte sie auch nicht von der noch ganz fremden Tante. Die Hauptsache war, dass man sie in Berndorf aufnehmen wollte. Bescheiden in ihren Ansprüchen wollte sie ganz gewiss sein.

Erfreut zeigte sie Kapitän Karst den Brief. Billigerweise konnte er vorläufig für seinen Schützling nicht mehr verlangen. So wurde für den nächsten Morgen Winnifreds Abreise festgesetzt.

Die fünf Flachsköpfe, die Winnifred schnell in ihre jungen warmen Herzen geschlossen hatten, überboten sich nun, ihr noch etwas zuliebe zu tun. Und am nächsten Morgen gab ihr die ganze Familie das Geleit zum Bahnhof.

Die Flachsköpfe stopften Winnifred Schokolade, Bücher und Zeitungen in die Ecke ihres Wagenabteils und drückten ihr Blumen in den Arm.

Winnifred bekam feuchte Augen. Diese lieben herzenswarmen Menschen waren ihr teuer geworden in der kurzen Zeit. Sie versprach mit bebender Stimme, fleißig zu schreiben und zu berichten, ob sie gut aufgenommen worden sei in Berndorf.

Der Kapitän drückte Winnifreds Hand warm in der seinen. »Wenn es nicht gehen will, Winnifred, dann verzagen Sie nicht. In unserm Häuschen ist immer für Sie ein Schlupfwinkelchen bereit, wenn auch nur ein ganz kleines. Ich hoffe aber, Sie finden gute Aufnahme, denn Sie müssen ja allen Menschen lieb werden. Gott mit Ihnen, kleine Winnifred, und tapfer den Kopf hoch und die Zähne zusammen. Es wird alles gut gehen.«

Winnifred nickte und schluckte die aufsteigenden Tränen hinab.

Noch ein letztes Händeschütteln, dann setzte sich der Zug in Bewegung. Winnifred sah aus dem Fenster und winkte zurück. Die Flachsköpfe liefen ein Weilchen mit dem Zuge um die Wette und warfen ihr Kusshände zu.

Und dann war sie allein, ganz allein im Vaterlande ihrer Eltern. Das Herz krampfte sich ihr zusammen. Eine heftige Angst vor der Zukunft stieg in ihr auf, eine Angst, die sie schüttelte wie ein Fieber. Nein – sie war nicht tapfer, sondern hilflos und verzagt.

In ihrer Herzensangst betete sie still vor sich hin um Kraft und Mut. Und da wurde sie ein wenig ruhiger. Zaghaft sah sie sich nach ihren Mitreisenden um. Zwei ältere und eine jüngere Dame teilten mit ihr das Abteil des Wagens. Sie nahmen wenig Notiz von ihr. Da wandte sie sich ab und sah zum Fenster hinaus. Ihre Augen flogen über das weite Flachland hinweg. Dann fuhr der Zug durch Waldungen, die noch kahl und blattleer waren. Es hatte in der Nacht geregnet, und die Tropfen hingen an den Zweigen. Aber die Sonne stieg warm und hell empor. Das war Winnifred wie ein Trost. Auf den Feldern, an denen der Zug dann vorüberrollte, arbeiteten die Landleute. Wie ein Traum erschien es Winnifred, dass sie nun in Deutschland sei.

Schließlich wurde sie müde von allem Sehen und schloss die Augen. Wie in einem Halbtraum dämmerte sie dahin. Und da war ihr, als sitze ihre Mutter neben ihr und fasse ihre Hand.

»In der deutschen Heimat wartet ein Glück auf dich, mein Kind – verzage nicht!«

Winnifred schrak auf und sah wirr um sich. Hatte nicht die liebe warme Stimme der Mutter diese Worte zu ihr gesprochen? Sich ermunternd sah sie zur Seite, wo im Traum die Mutter neben ihr gesessen hatte. Sie war leer.

Die beiden alten Damen in ihrem Abteil hatten ein Gespräch begonnen, und die jüngere Dame lachte ein wenig spöttisch über Winnifreds verwirrtes Gesicht.

Diese lehnte sich in ihre Ecke zurück und schloss die Augen wieder. Ach – nur wenigstens im Traum bei der geliebten Mutter sein, deren treue Hand sie nie mehr fassen würde, deren Stimme nie mehr tröstende Worte zu ihr sprach.

Schneller als sie gedacht, verging die Zeit, und gegen drei Uhr erreichte sie ihre Bestimmungsstation.

Die Tante hatte ihr den Wagen und die Livree des Kutschers beschrieben, und sie fand ohne große Mühe den Wagen am Ausgang des Bahnhofes. Allen Mut zusammennehmend trat sie an denselben heran und fragte den Kutscher, ob er aus Berndorf sei. Dass es freundlicher gewesen wäre, wenn die Tante sie selbst vom Bahnhofe abgeholt hätte, kam Winnifred nicht in den Sinn. Das erwartete sie gar nicht.

Der Kutscher rückte ein wenig an seinem Hut. »Ich bin aus Berndorf und soll Fräulein Hartau abholen«, sagte er.

»Das bin ich, kann ich mein Gepäck gleich mitnehmen?«

»Ja, das können Sie. Geben Sie man Ihren Gepäckschein einem Kofferträger, damit er die Sachen an den Wagen bringt. Ich kann die Pferde nicht allein lassen, und ein Diener ist nicht mitgekommen. Die gnädige Frau hat gesagt, das Fräulein wird sich schon selbst helfen.«

Das tat Winnifred denn auch, und bald war alles zur Abfahrt bereit. Die Gäule setzten sich in Bewegung. Es waren keine edlen Tiere, sondern ein Paar ausrangierte, klapprige Pferde, die sonst im Berndorfer Stall das Gnadenbrot bekamen. Sie trotteten gemächlich auf der Landstraße dahin.

Winnifred vergaß alles über dem Anblick der herrlichen Landschaft, die sich vor ihren Augen ausbreitete. Wie wunderschön musste es hier sein, wenn erst die Wälder grünten und die Blumen blühten. Ihr war, als sei ihr diese Gegend nicht neu, das waren die Berge, die Wälder, von denen ihr die Mutter mit leise schwankender Stimme erzählte – ach so oft – und da drüben rauschte der Fluss, von dem sie auch gesprochen hatte.

Ein herber würziger Duft stieg aus der Erde, und der Waldboden war schon ganz grün. An den Bäumen wollten die Blattknospen ihre Hülle sprengen, und die Vögel sangen, als riefen sie den Frühling herbei.

Als der Wagen vor dem Berndorfer Gutshause stillhielt, wurde Winnifred nicht, wie sie gehofft hatte, von der Tante empfangen. Ein Hausmädchen kam ihr entgegen und meldete ihr, die gnädige Frau sei momentan geschäftlich behindert, sie zu empfangen, und das gnädige Fräulein mache einen Besuch in der Nachbarschaft. Fräulein Hartau möge ihr in das für sie bestimmte Zimmer folgen. Um fünf Uhr würden die Herrschaften sie dann beim Tee erwarten und sie begrüßen.

Winnifred fand dabei nichts Befremdliches. Sie folgte dem Mädchen durch den Hausflur, der ein weites Viereck bildete und von dem rechts und links ein Gang durch das Haus führte. Im Hintergrund befand sich eine breite Treppe. Diese Treppe wurde Winnifred emporgeführt. Im ersten Stock ging es einen langen Gang entlang, und am Ende desselben öffnete die Dienerin eine Tür und ließ Winnifred eintreten.

Es war ein mäßig großes, einfach eingerichtetes Zimmer.

Immerhin machte es einen freundlichen sauberen Eindruck. Aber Winnifred musste daran denken, dass die Flachsköpfe im Hause des Kapitäns bei ihrer Ankunft alle Zimmer mit Blumen geschmückt hatten. Hier zeigte nicht die kleinste armseligste Blume, dass sie willkommen sei. Man hatte wohl gar nicht daran gedacht. Getreulich hatte sie die Blumen, die ihr die Flachsköpfe zum Abschied geschenkt hatten, mit nach Berndorf gebracht. Sie waren halb verwelkt und hingen die Köpfe. Aber es waren doch Blumen, die ihr in Herzlichkeit geboten worden waren. Da keine Vase vorhanden war, legte sie die Blumen sorgsam in den mit Wasser gefüllten Waschkrug. Vielleicht erholten sie sich wieder.

Inzwischen waren ihre Koffer heraufgeschafft, und die Dienerin fragte, ob sie dem gnädigen Fräulein irgendwie behilflich sein könnte.

Winnifred dankte. Sie bat nur um ein Gefäß, in das sie ihre Blumen stellen könne. Das wurde ihr gebracht, und dann verschwand das Mädchen und ließ Winnifred allein.

Sie sank mit einem tiefen Seufzer in den Sessel am Nähtisch. Ihr umflorter Blick flog hinaus, bis zu den Bergen, die in der Ferne die Landschaft begrenzten, und sie hatte ein Gefühl, als brauche sie ihre Koffer gar nicht erst auszupacken.

»Man wird mich wohl nicht lange hierbehalten – ich fürchte, ich bin nicht sehr willkommen«, dachte sie beklommen. Und wieder stieg die Angst vor der unbekannten Zukunft in ihr empor. Sie faltete die Hände auf dem schmalen Nähtisch und ließ die Stirn darauf sinken. So lag sie eine Weile mit geschlossenen Augen.

Aber da war ihr wieder, als höre sie die Stimme ihrer Mutter sagen: »In der deutschen Heimat wartet ein Glück auf dich!«

Sie richtete sich empor.

Nein – nur nicht gleich verzagen, weil man sie nicht mit Blumen und großer Herzlichkeit empfing. Vielleicht ging doch alles ganz gut, vielleicht machte sie sich unnötig das Herz schwer.

Sie erhob sich und begann einige Sachen auszupacken, die sie nötig brauchte. Dann wusch sie sich Gesicht und Hände, vertauschte ihr Reisekleid mit einem hübschen einfachen Kleid aus schwarzem feinem Wollstoff, das an ihrer jugendschönen schlanken Gestalt in weichen Falten herabfloss, und ordnete das sehr reiche und natürlich gelockte Haar, dessen satter Goldton sich reizvoll von dem tiefen Schwarz der Kleidung abhob. Dieses herrliche Haar, das in zwei dicken Flechten um ihren Kopf lag, und die klaren tiefblauen Augen waren Winnifreds größte Schönheiten. Sonst bestach sie nicht gleich durch ihr Äußeres, zumal jetzt, da sie vor Unruhe und Erregung sehr blass war.

Als sie mit ihrem Anzug fertig war und noch ein wenig im Zimmer aufgeräumt hatte, erschien die Dienerin wieder und meldete, die gnädige Frau erwarte sie unten im Wohnzimmer, wo der Tee eingenommen würde. Sie möge ihr dahin folgen.

Winnifred tat das mit klopfendem Herzen, und wenige Minuten später stand sie vor der Tante und der Cousine.

Die beiden Damen saßen bereits am Teetisch. Käthe sah der blassen stillen Erscheinung mit dreister Neugier, ihre Mutter mit kritisch scharfen Blicken entgegen.

Frau von Berndorf schien von der Musterung befriedigt. Sie reichte Winnifred mit einem kühlen Lächeln die Hand.

»Wir haben Sie noch nicht begrüßen können, da wir abgehalten waren, und wollen das jetzt nachholen. Seien Sie willkommen in Berndorf. Bitte, nehmen Sie Platz. Dies ist meine Tochter Käthe.«

Winnifred beugte sich über die Hand der Tante und führte sie an ihre Lippen.

»Ich danke Ihnen sehr, gnädigste Tante, dass Sie mir gestattet haben, nach Berndorf zu kommen«, sagte sie bescheiden.

Frau Martha sah sofort, dass dieses junge schüchterne Ding weiches Wachs in ihren Händen sein würde. Winnifred missfiel ihr nicht. Ihre bescheidene Erscheinung war nicht unangenehm und nicht prätentiös. Trotz der schlichten Kleider eignete ihrer Person eine Vornehmheit, die gleichsam von innen heraus leuchtete. Aber das war kein Fehler. Gegebenenfalls brauchte man sich dieser Verwandten nicht zu schämen, und man hatte doch nicht nötig, viel Rücksicht auf sie zu nehmen.

»Da Sie allein in der Welt stehen und eine Verwandte meines verstorbenen Mannes sind, war es uns ohne Zweifel, dass wir Sie aufnehmen mussten. Ich muss Ihnen aber gleich heute sagen, dass wir hier keineswegs in glänzenden Verhältnissen leben. Leicht ist es uns also nicht, Ihnen für dauernd Aufnahme zu gewähren, und ich sage Ihnen ganz offen, dass es nur möglich sein wird, wenn Sie sich im Hause so nützlich machen, dass ich eine Stütze an Ihnen habe und eine andere weibliche Hilfe im Haushalt entbehren kann.«

Winnifreds Herz krampfte sich zusammen, nicht wegen dieser Worte, sondern wegen des kalten Tones, in dem sie gesprochen wurden, und wegen der kühlen, neugierigen Blicke, mit denen sie von Tante und Cousine gemustert wurde. Sie fühlte instinktiv, dass diese beiden Frauen ihr ohne jedes warme Empfinden gegenüber saßen.

Aber sie zwang tapfer in sich nieder, was sie bedrücken wollte. »Ich muss mir erst ein wenig Liebe verdienen und kann nicht verlangen, dass sie mir gleich entgegengebracht wird«, dachte sie. Und laut fuhr sie fort: »Ich mache mich sehr gern nützlich, gnädigste Tante. Gern nehme ich jede Arbeit auf mich. Ich bin gesund und kräftig und habe gelernt, einen Haushalt zu führen, da meine Mutter krank war. Ganz gewiss will ich mein Brot bei Ihnen nicht nutzlos essen. Das würde mich nur bedrücken. Ich will es mir durch meine Arbeit verdienen. Wenn Sie mir nur gestatten wollen, im Schutz Ihrer Familie zu leben, damit ich nicht ohne Stütze und Halt bin. Ich bin leider nicht sehr tapfer und nicht gewöhnt, im Lebenskampf zu stehen. Bitte, geben Sie mir Arbeit, viel Arbeit, gnädigste Tante, gleichviel welcher Art. Sie sollen sich nicht über mich zu beklagen haben, und ich will Ihnen durch Fleiß und Willigkeit meine Dankbarkeit beweisen.«

Das hörte Frau Martha gern, und etwas wie ein kühles Wohlwollen gegen die junge Dame, deren Arbeitskraft sie gehörig ausnutzen und für deren Wohltäterin sie sich dabei noch ansehen konnte, stieg in ihr auf.

»Dann werden wir hoffentlich gut miteinander auskommen. Aber – wir wollen doch das lästige Sie aus unserm Verkehr streichen, wir sind ja verwandt miteinander, wenn auch nicht sehr nahe. Nennen Sie mich Tante Martha, ich werde Sie Winnifred nennen. Das ist übrigens für uns ein recht fremd klingender Name.«

»In Amerika ist er nicht selten. Ich bin nach meiner Patin, einer Amerikanerin, so genannt worden.«

»Nun, wir werden uns schon daran gewöhnen. Bitte, lange doch zu, Winnifred. Du kannst dich nachher von Käthe in Berndorf herumführen lassen, damit du dich zurechtfinden lernst. Du und Käthe, ihr braucht natürlich auch das verwandtschaftliche ›Du‹.«

Winnifred sah bittend zu Käthe hinüber. »Willst du mir gestatten, Cousine Käthe?«, fragte sie schüchtern.

Käthe zwang sich zu einem konventionellen Lächeln. »Natürlich, Winnifred. Hast du eine gute Reise gehabt?«

»Oh, ich danke, eine sehr gute Reise. Die ›Urania‹ ist ein wundervoller Luxusdampfer. Kapitän Karst verschaffte mir freie Überfahrt als sein Gast.«

Das interessierte Käthe. Sie wurde etwas lebhafter. Winnifred musste ihr von dem Leben und Treiben auf dem Dampfer erzählen.

Sie atmete heimlich auf, als Tante und Cousine ein wenig freundlicher wurden.

»Ich war töricht und verzagt, sie werden mich mit der Zeit schon ein wenig lieb gewinnen, wenn ich nur alles tue, was in meinen Kräften steht, um ihnen zu gefallen«, dachte sie in ihrem bescheidenen Sinne.

Als man den Tee eingenommen hatte, erhob sich die immer tätige Hausfrau. »Also du führst Winnifred in Berndorf herum, Käthe. Heute dispensiere ich dich noch von jeder Arbeit, Winnifred. Du musst auch erst deine Sachen auspacken und dich einrichten. Morgen früh gebe ich dir dann Anweisung, was du zu tun hast. Wir stehen sehr zeitig auf, deshalb musst du auch früh zu Bett gehen. Du wirst ja viel lernen müssen, aber mit gutem Willen geht alles. Und den hast du hoffentlich?«

»Bitte, zweifle nicht daran, Tante Martha.«

»Ich will nicht daran zweifeln. Und ich muss mich in allen Dingen auf dich verlassen können. Am ersten Mai entlasse ich unsere Mamsell, und an deren Stelle hoffe ich in dir eine zuverlässige Stütze zu finden. Du scheinst klug und intelligent zu sein. Da wirst du schnell alles begreifen. Und an Arbeit wird es dir nicht fehlen – ich arbeite auch von früh bis spät.«

»Oh, das ist mir recht, Tante Martha, du brauchst mich nicht zu schonen.«

Das hätte Winnifred nicht zu sagen brauchen. Frau Martha hatte durchaus nicht die Absicht, Winnifred zu schonen. Im Gegenteil, sie wollte sich alle ihre Kräfte dienstbar machen.

Käthe führte Winnifred nun in Berndorf herum, zeigte ihr das Haus, den Gemüse- und Obstgarten, die Scheunen, Ställe und Wirtschaftsräume. Winnifred wirbelte ein wenig der Kopf, und sie musste dabei Käthe noch unaufhörlich von Amerika erzählen und von ihrer Überfahrt. Aber sie tat es bereitwillig, weil sie merkte, dass Käthe ein wenig ihre kalte Zurückhaltung verlor. Warm und herzlich wurde diese auch jetzt nicht, das lag nicht in ihrer Art. Und doch hätte es in ihrer Macht gelegen, der armen, verwaisten Cousine das Herz frisch und froh zu machen, wenn sie ihr nur ein wenig Zuneigung gezeigt hätte.

* * *

Ehe Winnifred an diesem Abend schlafen ging, schrieb sie noch an Kapitän Karst:

»Lieber Herr Kapitän!
Es ist alles gut gegangen. Sie brauchen sich nicht mehr um mich zu sorgen. Ich darf in Berndorf bleiben. Heute schreibe ich Ihnen nur, dass ich gut aufgehoben bin. Später erfahren Sie mehr über mich und Berndorf. Es liegt in einer wundervollen Gegend.
 Bitte, grüßen Sie herzlich und innig Mally, Annerose, Lotte, Leni und Hanna, und Ihrer lieben Frau Gemahlin küsse ich die Hand. Ihnen allen nochmals meinen innigsten Dank. Ich werde Ihrer immer in Liebe und Verehrung gedenken.

Ihre dankbare Winnifred Hartau.«

Diesen Brief gab sie am nächsten Morgen mit zur Post. Zeitig am Morgen war sie aufgestanden, guter Vorsätze voll. Sie hatte gleich selbst ihr Zimmer in Ordnung gebracht. Dass sie eine Bedienung hier nicht in Anspruch nehmen dürfe, erschien ihr selbstverständlich. Ihren flinken geschickten Händen war es auch ein Leichtes, Ordnung zu halten. Sie war ja nicht gewöhnt, sich bedienen zu lassen.
 Als sie hinunterkam, trat ihr im Flur Tante Martha schon im Reitkleid entgegen.
 »Ich muss nachher auf die Felder, Winnifred. Du kannst gleich eine Tasse Kaffee mit mir nehmen, und dann bringe ich dich zur Mamsell, die dich in allen Dingen anlernen kann. Verbitte dir aber energisch alle unangebrachten Vertraulichkeiten, zu denen Mamsell sehr geneigt ist. Du musst den Dienstboten gegenüber sofort eine gewisse Respektstellung einnehmen, damit sie dir gehorchen, wenn ich nicht anwesend bin. Nur so habe ich eine Stütze an dir.«
 »Gewiss, Tante Martha, und ich hoffe, dich zufriedenzustellen.«
 »Das hoffe ich auch, Mamsell hat sich mit der Dienerschaft zu sehr eingelassen. Da fehlt es am Respekt. Das darf nicht sein. Und – du musst immer den Leuten mit gutem Beispiel vorangehen und selbst tüchtig zugreifen, wo es nötig ist. Das tue ich auch, und nur damit kann man den Dienstboten imponieren.«
 Sie nahmen eine Tasse Kaffee und Butterbrote als erstes Frühstück ein.

»Sollte ich irgendwelche Auskunft in deiner Abwesenheit brauchen, kann ich mich wohl an Käthe wenden, Tante Martha?«, fragte Winnifred.

»Käthe ist noch nicht wach, sie steht erst später auf – sie ist ein wenig zart und braucht viel Schlaf. Du wirst sie erst beim zweiten Frühstück sehen, wenn ich schon zurück bin. Und dann – Käthe kann dir auch in hauswirtschaftlichen Dingen keine Auskunft geben. Sie versteht nicht viel davon. Eine junge Dame ihres Standes pflegt sich nur wenig im Haushalt zu betätigen, sie hat anderweitig zu tun. Halte dich nur vorläufig an die Mamsell, wenn du etwas wissen willst.«

Winnifred ahnte nicht, dass Tante Martha ihr durch diese Worte zu verstehen geben wollte, dass zwischen ihr und der Freiin Käthe von Berndorf ein großer Unterschied bestehe, der respektiert werden musste. Ganz unbefangen antwortete Winnifred: »Es ist gut, Tante Martha.«

Diese sah prüfend über Winnifreds Erscheinung. »Du hast dich passend angezogen. Die große Arbeitsschürze, die du über dein Hauskleid gebunden hast, ist bei der Tätigkeit im Haushalt nötig. Ich sehe, du gehst mit Verständnis an deine Aufgabe heran. Also beim zweiten Frühstück sehen wir uns wieder, und dann besprechen wir weiter, was nötig ist.«

Winnifred war froh, dass die Tante mit ihr zufrieden war. Diese führte sie nun hinunter in die Wirtschaftsräume und übergab sie der Mamsell.

»Machen Sie Fräulein Hartau mit all Ihren Obliegenheiten bekannt und zeigen Sie ihr alles, was sie wissen muss, da sie in Zukunft Ihre Tätigkeit hier verrichten soll«, sagte sie. Dann verabschiedete sie sich kurz von Winnifred und ging davon, um auf die Felder zu reiten.

Die Mamsell sah ihr mit schnippischer Miene nach. Dann wandte sie sich an Winnifred.

»Na, auf Rosen werden Sie hier auch nicht gebettet sein, Fräulein Hartau. Die Gnädige fasst niemand mit Glacéhandschuhen an, und Sie sollen ja nur eine arme Verwandte von ihr sein. Schofel, dass man Sie zur Mamsell machen will. Das passt der Gnädigen, dass Sie Ihnen kein Gehalt zahlen braucht. Sie ist knauserig. Unsereins kann gehen, wenn es einem nicht mehr passt.«

Winnifred richtete sich straff auf. »Wir wollen an die Arbeit gehen, Mamsell – und nur über die Arbeit sprechen«, sagte sie ruhig und bestimmt.

Die Mamsell zuckte die Achseln. »Gott, mir kann es ja recht sein – ich gehe am ersten Mai. Aber das muss ich doch sagen, schön finde ich es nicht von der Gnädigen, dass sie unsereins hinausgrault, bloß weil sie ihre Nichte wie einen Dienstboten arbeiten lassen will. Fräulein Käthe sitzt den ganzen Tag herum und liest Romane und stibitzt mir Mandeln und Rosinen aus der Speisekammer. Sehen Sie ihr nur auf die Finger. Wenn was fehlt, kommt es sonst auf Sie. Na – und Sie mit Ihren feinen weißen Händen, Sie sind doch nicht an so schwere Arbeit gewöhnt. Ihre Hände werden bald anders aussehen. Da – sehen Sie meine an – hart und rot. Man muss ja immerfort aus dem Nassen ins Trockene und umgekehrt. Jetzt geht es auf den Sommer zu, da geht es noch an. Aber im Winter, wo man ewig zwischen warm und kalt hin und her jagt, da springt einem die Haut auf, dass man vor Schmerzen nicht schlafen kann. Und von fünf Uhr morgens bis neun Uhr abends immerzu auf den Beinen, dass man nicht zur Besinnung kommt – nein, das schickt sich nicht für so ein feines Fräulein. Das ließe ich mir an Ihrer Stelle nicht gefallen. Die Gnädige ist geizig und will meinen Gehalt sparen.«

Winnifred biss sich auf die Lippen. Die Worte der Mamsell waren ihr unsagbar peinlich und machten ihr doch zugleich das Herz schwer. Nicht, dass sie viele Arbeit haben sollte, bekümmerte sie, das wünschte sie sich. Aber dass sie hier sozusagen mit den Dienstboten auf eine Stufe gestellt wurde, bedrückte sie. Sie ließ sich jedoch nichts anmerken.

»Ich ersuche Sie nochmals, nur von der Arbeit mit mir zu reden. Lassen Sie uns an die Arbeit gehen, wir versäumen sonst nur die Zeit. Und ich mag nicht länger solche Worte hören.«

Die Mamsell machte ihr schnippisches Gesicht. »Na ja, wer dumm ist, muss geprügelt werden, mir kann es gleich sein«, brummte sie vor sich hin. Aber sie ging nun wirklich an die Arbeit und zeigte Winnifred, was zu tun war. Das war freilich nicht wenig. Die Mägde mussten beim Melken beaufsichtigt werden, Winnifred musste die schwere Milchkanne, die ihr zugetragen wurde oder die sie selbst herbeiholen musste, in große Kühlbottiche entleeren. Und über jede Kanne wurde genau Buch geführt. Nach dem Melken wurden die großen Milchsatten vom vorigen Tage abgerahmt und neue Satten zur Gewinnung des Rahms in den Kühlkammern aufgestellt.

Viele Milchkannen wurden zum Verkauf in der nahen Stadt auf Wagen verladen und mussten auch gebucht werden. Dann gab es Eier zu sammeln, zu zählen und zu notieren. Nach dem Viehfutter musste gesehen werden, damit nichts verschwendet wurde und die Tiere doch zu ihrem Rechte kamen. Und die Mahlzeiten für Herrschaft und Dienstboten mussten bestimmt werden.

Dann galt es, in Speisezimmer und Vorratsräumen nach dem Rechten zu sehen und die Wäscheschränke zu beaufsichtigen. Alles, was verbraucht wurde und was zur Stadt sollte, wurde genau gebucht.

So ging es weiter. Winnifred sah in eine ganz neue Welt. Der Kopf schwirrte ihr, und sie hatte Angst, dass sie etwas übersehen oder versäumen könnte. Leicht würde es ihr nicht werden, das ihr zugewiesene Amt zu verwalten, aber es musste gehen. Nur um Gottes willen Tante Martha keinen Anlass zur Unzufriedenheit geben. Sie nahm sich zusammen und sagte sich zum Trost, dass Mamsell ja auch nur ein Mensch sei und doch alles leisten konnte. So musste sie mit gutem Willen ihre Aufgabe auch bewältigen lernen. Sie hatte ja noch vier Wochen Zeit bis zum Abgang Mamsells, und bis dahin würde sie sich schon eingearbeitet haben.

Als Winnifred mit Tante Martha und Käthe beim zweiten Frühstück saß, fühlte sie sich schon so müde, als läge ein ganzer Tag hinter ihr. Aber sie ließ sich nichts anmerken und berichtete der Tante auf deren Wunsch, was sie schon alles getan habe. Als diese befriedigt nickte, war sie sehr froh.

Mit keiner Silbe erwähnte sie etwas von dem, was ihr die Mamsell gesagt hatte. Das behielt sie still für sich.

Gleich nach dem Frühstück ging es weiter. Ohne Unterlass musste sie treppauf, treppab, aus der Küche in den Garten, aus den Ställen in die Vorratskammern hasten. Kaum hatte sie Zeit, die Mahlzeiten einzunehmen.

Nie war Winnifred ein Tag so lang geworden wie dieser, und als endlich der Abend kam und sie sich zurückziehen konnte, sank sie wie zerschlagen auf ihr Lager und schlief sofort ein.

Sie erwachte erst wieder, als am frühen Morgen an ihre Tür geklopft wurde. Da erhob sie sich rasch, machte sich fertig und begann ihr neues Tagewerk. Wieder ging es wie gestern ohne Unterlass von einer Arbeit zur andern. Aber heute ging es schon etwas besser. Todmüde ging sie aber auch diesen Abend zu Bett.

Der nächste Tag war ein Sonntag, und man erwartete Rudolf von Wildenau zu Gaste.

Auch am Sonntag gab es ein gut gerütteltes Maß an Arbeit für Winnifred. Aber kurz vor Tisch schickte Tante Martha sie auf ihr Zimmer mit der Weisung, sich ein besseres Kleid anzuziehen, man erwarte Herrn von Wildenau, und dem sollte sie vorgestellt werden. Der Name Rudolf von Wildenau war Winnifred nicht fremd. Er war ihrer Mutter, anstelle von Theo von Berndorf, als tot gemeldet worden, und bei dieser Todesnachricht hatte die Mutter traurig gesagt: »Müssen alle guten Menschen so früh sterben? Er und mein Vetter Theo waren die einzigen meiner Verwandten, die mich nicht verdammt haben, weil ich meinem Herzen folgte.« Winnifred war nun voll heimlicher Erwartung, welchen Eindruck dieser Vetter ihrer Mutter auf sie machen würde. Dass er ebenfalls mit ihr verwandt war, schien Tante Martha nicht zu beachten. Sie sprach mit Winnifred von ihm wie von einem fremden Menschen.

Und Winnifred ahnte nicht, dass Tante Martha ihr wahrscheinlich die Aufnahme in Berndorf versagt hätte bei der Überlegung, dass Rudolf von Wildenau ebenfalls mit Winnifred verwandt war. Und vielleicht war es Winnifreds Glück, dass sie nichts davon erwähnte, als ihr die Tante mitteilte, dass Herr von Wildenau mit ihnen speisen würde. Winnifred war gerade erst auf ihr Zimmer gegangen, um sich umzukleiden, als unten der Wagen mit Herrn von Wildenau vorfuhr. Frau von Berndorf empfing ihn schon im Hausflur. Sie hatte ein schönes schwarzes Seidenkleid angelegt und sah sehr stattlich aus.

»Guten Tag, lieber Rudolf, wie sehr freue ich mich, dich zu sehen. Du siehst ja, gottlob, brillant aus, und ich hoffe, dass dein letztes Unwohlsein völlig behoben ist«, sagte sie, ihm die Hand reichend.

»Guten Tag, Martha. Mir geht es gut, und ich hoffe, dass es auch dir so gut geht, wie du aussiehst«, erwiderte er höflich.

»Danke, die Arbeit erhält mich frisch, lieber Rudolf. Bitte, tritt ein. Darf ich dir gleich die tapezierten Zimmer zeigen?«

»Wenn es sein muss.«

»Ich gebe viel auf deinen Geschmack.«

Er lächelte spöttisch. »Ja, ja, ich weiß.«

Und pflichtschuldigst betrachtete er die Tapeten und fand sie wirklich geschmackvoll und zu den Möbeln passend gewählt. Dann führte ihn die Hausfrau ins Wohnzimmer, wo ihn auch Käthe in einem festlichen weißen Kleide mit stark betonter Liebenswürdigkeit begrüßte.

Man nahm Platz.

»Es dauert noch ein Viertelstündchen, bis wir zu Tisch gehen können, Rudolf. Wir plaudern wohl inzwischen ein wenig, wenn es dir recht ist.«

»Gut, plaudern wir, Martha. Was gibt's für Neuigkeiten?«

»Nicht eben viel. Dass ich Mamsell entlassen muss, interessiert dich sicher nicht.«

»Offen gestanden, nein.«

»Aber vielleicht interessiert es dich, dass wir eine neue Hausgenossin bekommen haben, die du bei Tisch kennenlernen sollst.«

»Eine neue Hausgenossin?«

»Ja, eine junge Verwandte von uns, von deren Existenz wir freilich bisher keine Ahnung hatten. Vor einiger Zeit schrieb mir eine Cousine von Theo, eine Frau Maria Hartau, einen Brief oder vielmehr schrieb sie ihn an Theo, von dessen Tode sie nichts gehört hatte. Ich vergaß, dir davon zu erzählen – es hätte dich wohl auch wenig interessiert.«

Herr von Wildenau hatte bei dem Namen »Maria Hartau« gestutzt. Nun sagte er nachdenklich: »Maria Hartau! Ist das nicht die geborene Freiin Maria von Berndorf?«

»Ganz recht, sie ist ja vor langen Jahren mit dem Maler Hartau durchgegangen, weshalb sich die ganze Familie von ihr losgesagt hatte.«

Rudolf von Wildenau sah versonnen vor sich hin. »Die ganze Familie? Nun – einige Ausnahmen wird es wohl gegeben haben. In unsern Kreisen gilt es ja freilich oft mehr als ein Verbrechen, wenn ein Mensch seinem warmen Herzen folgt. Theo und ich – wir haben uns trotzdem nicht von ihr losgesagt, obwohl wir nie mehr von ihr gehört haben. Sie ist ja meine Cousine so gut wie die Theos.«

Frau von Berndorf stutzte. »Eine Cousine von dir?«

»Ja, natürlich – da die Wildenaus mit den Berndorfs verwandt sind.«

»Ach, richtig – daran hatte ich nicht gleich gedacht.«

»Also Maria Hartau hat an euch geschrieben?«

In Frau Marthas Augen war ein unruhiges Licht. Sie hatte nachdenklich vor sich hingesehen. Die Verwandtschaft zwischen Winnifred und Rudolf von Wildenau passte ihr nicht. Sie richtete sich auf. »Ja, du kannst ja den Brief lesen, wenn es dich interessiert.«

»Ich bitte darum.«

Sie holte den Brief aus ihrem Schreibtisch und reichte ihn ihm. Während er las, überlegte sie sich, ob es Ursache zur Beunruhigung für sie geben könne, dass Winnifred mit dem Wildenauer verwandt war. Aber sie beruhigte sich. Er würde ja keinesfalls daran denken, ihretwegen sein Testament zu ändern. Hatte er es doch ganz sicher schon vor langer Zeit zugunsten ihres Gatten gemacht. Und da dieser gestorben war, traten ohne Weiteres seine Erben in seine Rechte ein.

Rudolf von Wildenau hatte den Brief gelesen. Kein Zug in seinem Gesicht verriet, was er dabei empfand. Es blieb unbeweglich.

»Also deinen Worten nach ist die Tochter Maria Hartaus bereits in Berndorf eingetroffen, und du hast ihr Aufnahme gewährt?«, fragte er.

»Ja, was soll man tun? Man kann sie doch nicht ihrem Schicksal überlassen. Da sie schon unterwegs war, als dieser Brief eintraf, konnte ich ihr auch nicht schreiben, dass sie lieber drüben bleiben sollte. Und nun sie einmal in Deutschland ist, müssen wir uns ihrer auch annehmen. Was würden sonst die Leute sagen?«

Es zuckte um seine Lippen. »Ja – richtig – was würden die Leute sagen. Wäre sie drüben in Amerika geblieben, hätte sie ruhig untergehen können, kein Hahn hätte danach gekräht, und niemand hätte danach gefragt, dass ihre Mutter eine geborene Berndorf war. Hier aber würde das alle Welt erfahren – und das wäre doch peinlich.«

Bei aller Klugheit merkte Frau Martha nicht, dass leiser Hohn aus seinen scheinbar ganz sachlichen Worten sprach.

»Es freut mich, dass du in diesem Punkte einer Ansicht mit mir bist, lieber Rudolf. Es ging tatsächlich nicht anders, wir mussten sie aufnehmen. Und sie ist nun am Donnerstag bei uns eingetroffen. Du wirst sie gleich kennenlernen.«

Rudolf von Wildenau sah gedankenverloren vor sich hin. Er rief sich das Bild Maria von Berndorfs in seine Erinnerung zurück. Sie war ein vornehmer ehrlicher Mensch gewesen, keine große Schönheit, aber ein feines sympathisches Geschöpf. Er hatte immer gern mit ihr geplaudert und sich an ihren klugen Worten gefreut. Sie war nur zwei oder drei Jahre jünger gewesen als er, während Theo mindestens zehn Jahre älter war als er. Aber sie hatten immer alle drei zusammengehalten, als die einzigen in der ganzen Familie, die eine freie Meinung und einen ehrlichen Willen hatten. Und dann hatte er eines Tages von Theo gehört, dass Maria gegen den Willen ihrer Familie an dem Maler Hartau festhielt und ihm in die weite Welt gefolgt war. Gerade zu jener Zeit war er glücklicher Bräutigam gewesen. Er weilte fern bei seiner Braut, als sich Marias Schicksal entschied. Und er hatte erst nach seiner Rückkehr alles von Theo erfahren. Sie billigten beide Maria das Recht zu, ihrem tapferen Herzen zu folgen. Gern hätten sie einen brieflichen Verkehr mit ihr unterhalten, trotz dem Verdammungsurteil der Familie. Aber Maria ließ nichts von sich hören, und so hatte man ihre Spur verloren.

Über sein eigenes Glück und die später folgenden Schicksalsschläge hatte er Maria vergessen. Jetzt wurde die Erinnerung an sie wieder mächtig, und mit warmem Interesse, wie er solches schon lange nicht mehr für einen Menschen gefühlt hatte, sah er Winnifred entgegen.

Der Brief Marias hatte verwandte Saiten in seiner Brust berührt. Ihr Herz war krank geworden, als sie den geliebten Gatten verlor, für den sie alles aufgegeben hatte. Er, der seinem geliebten Weibe nachgetrauert hatte mit der ganzen Tiefe seines Empfindens, konnte diese Frau verstehen. Ob ihre Tochter ihr ähnlich war, ob diese auch so ein großes reiches Herz besaß und so warm und innig fühlen konnte?

Etwas wie ungeduldige Erwartung war in ihm.

Als nach einer Weile Winnifred erschien, in dem hübschen schlichten Kleidchen, das sie am ersten Tage in Berndorf getragen hatte, mit schüchterner Miene und einem hilflosen Lächeln um den blassen Mund, richtete sich Rudolf von Wildenau unwillkürlich etwas in seinem Sessel empor. Ihr Lächeln schien um Verzeihung zu bitten, dass sie ungerufen in dies Haus gekommen war.

Mit scharfen forschenden Augen sah er zu ihr hinüber, und als ihre Augen in die seinen trafen, da flutete es warm zu seinem Herzen. Der flehende Blick dieser klaren tiefblauen Augen rief etwas in ihm wach, was lange in seiner Brust geschlafen hatte – ein Gefühl von Wärme und Herzlichkeit. Aber er sank sofort wieder in seine Lage zurück und heuchelte Gleichgültigkeit, weil er einen blitzschnellen lauernden Blick in den Augen von Mutter und Tochter sah, die ihn scharf beobachteten.

»Du gestattest, lieber Rudolf, dass ich dir unsere neue Hausgenossin vorstelle, dies ist Winnifred Hartau.«

Rudolf von Wildenau reichte Winnifred die Hand. Seine Augen blickten ruhig, und seine Haltung war formell, aber Winnifred fühlte einen festen warmen Druck seiner Hand. So hatte ihr in Berndorf noch niemand die Hand gereicht. Sie sah zu ihm auf mit ihrem schüchternen bittenden Blick, und in ihre feinen weichen Züge stieg ein leichtes Rot.

»Es freut mich, Sie kennenzulernen. Ich habe Ihre Mutter gekannt, Sie gleichen ihr sehr. Ihre Mutter war eine Cousine von mir so gut wie von Theo von Berndorf, und wir waren gut Freund. Hat sie Ihnen nie von mir gesprochen?«

So sprach er zu ihr, ganz ruhig und sachlich, aber er gab ihre Hand mit einem abermaligen warmen Druck frei, und für einen Moment nur leuchtete es in seinen Augen auf.

Zaghaft forschte sie in seinen Zügen. Dies Aufleuchten der Augen und der warme Druck seiner Hand wollten seinen konventionellen Ton Lügen strafen.

»Ja, meine Mutter hat mir oft von Ihnen gesprochen wie von allen ihren Verwandten, nur wärmer und inniger, so, wie sie auch von Onkel Theo sprach. Aber – sie hatte gehört, dass alle ihre Verwandten, außer Onkel Theo, nicht mehr am Leben seien.«

»Nun, was mich anbelangt, so war sie damit falsch berichtet, wie Sie sehen. Allerdings lebe ich schon seit Jahren weltabgeschieden in Wildenau und kann sehr wohl für die Welt draußen als ein Toter gelten.«

»Es freut mich sehr, dass Sie noch am Leben sind, Herr von Wildenau«, erwiderte Winnifred mit ihrer lieben weichen Stimme. Und diese Worte waren ehrlich gemeint und keine Phrase, das fühlte er. Es wurde ihm wohlig warm ums Herz.

Aber er verriet nichts von seinem Empfinden, wusste er doch, dass Winnifred bei Frau Martha und Käthe sofort in tiefste Ungnade fallen würde, wenn diese merkten, welches Interesse sie ihm abnötigte. Dafür kannte er Mutter und Tochter zu genau. Es entging ihm auch nicht, wie scharf sie ihn beobachteten.

So sagte er nach einer Weile im Laufe der Unterhaltung nur ruhig zu Winnifred: »Sie brauchen mich aber nicht so förmlich mit Herr von Wildenau anzureden, liebe Winnifred. Ich bin ein Vetter Ihrer Mutter, und wenn Sie Frau von Berndorf Tante Martha nennen, so verdiene ich unbedingt den Namen Onkel Rudolf. Und auch das verwandtschaftliche Du finde ich zwischen uns am Platze. Meinst du nicht auch, liebe Martha?«

Frau Martha war das Betonen dieser Verwandtschaft gar nicht recht. In ihrem Innern regte sich schon der Wunsch, dass Winnifred nie nach Berndorf gekommen wäre. Aber nun war sie einmal da, und sie jetzt fortzuschicken, nachdem sie mit Onkel Rudolf bekannt geworden war, ging nicht an. So hieß es gute Miene zum bösen Spiele machen.

»Natürlich, Rudolf, es ist das Einfachste im Verkehr, selbst unter weitläufigen Verwandten. Und wenn es dir recht ist, dass dich Winnifred Onkel Rudolf nennt, so kann es mir auch recht sein.«

Herr von Wildenau verneigte sich mit leisem Lächeln. »Meine Verwandtschaft mit Winnifred ist allerdings um einen Grad weitläufiger als mit euch, aber ich hoffe, sie lässt mich trotzdem als Onkel gelten. Man muss dann im Verkehr nicht so rücksichtsvoll sein, und ich liebe die Bequemlichkeit.«

Mit diesen Worten suchte er Frau Marthas Bedenken abzulenken. Er wandte sich dann lächelnd an Winnifred.

»Also soll das ›Du‹ zwischen uns gelten, Winnifred?«

Wieder klang seine Stimme formell, um Mutter und Tochter zu täuschen. Aber seine Augen blickten, von ihnen abgewandt, einen Moment so warm und beredt in die Winnifreds, dass diese ein frohes Empfinden hatte.

»Es freut mich sehr, dass Sie mir gestatten, Sie Onkel Rudolf zu nennen.«

»Und du, Winnifred, du musst mir dann auch das ›Du‹ geben.«

»Gern, wenn du es erlaubst, Onkel Rudolf.«

Es gefiel Frau Martha nicht, trotz aller Vorsicht, die Herr von Wildenau walten ließ, dass dieser sich so viel mit Winnifred beschäftigte.

»Wir wollen nun zu Tisch gehen«, sagte sie hastig.

Rudolf von Wildenau erhob sich und bot Frau Martha artig den Arm, um sie zu Tisch zu führen. Käthe und Winnifred folgten. Und Käthe sah mit kalten feindlichen Augen in Winnifreds Gesicht. Es passte ihr nicht, dass Onkel Rudolf sich eingehender mit dieser Cousine befasste als mit ihr, obwohl sie sonst froh war, wenn er sie nicht zu viel in Anspruch nahm.

Bei Tische beschäftigte sich aber Onkel Rudolf klugerweise möglichst wenig mit Winnifred, um ihr nicht zu schaden. Er sprach nur ab und zu einige höfliche Worte mit ihr.

Winnifred fühlte sich sehr zu Onkel Rudolf hingezogen, viel mehr als zu Tante Martha und Käthe. Und wenn zuweilen sein Blick verstohlen in den ihren traf, dann hatte sie ein Gefühl, als sei sie mit einem Male nicht mehr so verlassen auf der Welt.

Aber etwas in Onkel Rudolfs Wesen weckte eine unverstandene leise Unruhe in ihr. Das waren seine sarkastischen und spöttischen Ausfälle gegen Tante Martha und Käthe. Sie sah zuweilen ganz erschrocken zu ihm hinüber, wenn er besonders ausfallend wurde, und sie wunderte sich, dass Mutter und Tochter sich das ruhig gefallen ließen und ihm gegenüber immer liebenswürdig und sanft blieben. Heute bei Tisch hörte Winnifred auch zum ersten Mal von Lutz von Berndorf sprechen und erfuhr also erst jetzt, dass sie auch einen Vetter hatte. Seine Mutter sprach davon, dass er Ostern auf vierzehn Tage heimkommen würde.

»Hat er denn deinen Herzenswunsch noch immer nicht erfüllt, Martha?«, fragte Onkel Rudolf mit leisem Spott.

»Welchen Herzenswunsch meinst du denn, Rudolf?«, fragte Frau Martha mit sanftem Lächeln.

»Nun – dass er sich mit einer reichen jungen Dame verlobt. Du hast es ihm doch oft genug zu verstehen gegeben, dass er dir diesen Gefallen tun soll. Und er wird ja wohl nicht abgeneigt sein.«

Frau Martha seufzte. »Bis jetzt hat er mir diesen Wunsch leider nicht erfüllt, und ich bin sehr in Sorge, ob er es jemals tun wird. Du bist im Irrtum, wenn du meinst, Lutz sei nicht abgeneigt. Lutz ist ja, leider Gottes, viel zu sehr Idealist, und ich bin im Gegenteil noch immer in Angst, dass er recht unvernünftig wählen könnte.«

Erstaunt sah er sie an. »Dein Sohn ein Idealist? Das ist mir neu. Er macht mir den Eindruck, als sei er ein außerordentlich vernünftiger junger Mann.«

»Ach, du kennst ja Lutz gar nicht, Rudolf, du bist ja nie viel mit ihm zusammengekommen. Er ist mein Sorgenkind.«

Forschend sah er sie an. »Wirklich, bist du unzufrieden mit ihm? Ich halte ihn für eine kühl abwägende nüchterne Natur. Ist er nicht sehr nach dir geraten?«

Sie schüttelte ehrlich bekümmert den Kopf. »Leider nicht. So manche glänzende Partie hätte er schon machen können, und hat doch nicht zugegriffen, weil er, wie er mir schrieb, die betreffenden jungen Damen nicht lieben könne. Er ist viel mehr nach Theo geraten als nach mir. Nur zielbewusster und energischer ist er, als sein Vater war. Deshalb kann man ihn auch nicht beeinflussen.«

Ein Lächeln spielte um Herrn von Wildenaus ausdrucksvollen Mund. »Ja, ja – energisch war mein guter Theo gar nicht, dafür warst du es umso mehr. Und er ließ sich nur zu viel von dir beeinflussen. Wenn das dein Sohn nicht tut, kann es nur ein Vorteil für ihn sein. Ein Mann muss wissen, was er will.«

»Wenn er aber etwas Unvernünftiges will?«

»Was ist vernünftig und was ist unvernünftig, das kommt sehr auf die Auffassung an. Jedenfalls sind mir diese deine Enthüllungen über den Charakter deines Sohnes sehr interessant. Daraufhin muss ich ihn mir doch einmal genauer ansehen. Es sollte mich freuen, wenn er wirklich einige Ähnlichkeit mit seinem Vater aufzuweisen hätte.«

Frau Martha fühlte sehr wohl den leisen Stich. »Willst du noch von dieser Speise nehmen, Rudolf?«, lenkte sie ab.

Er dankte.

Frau Martha hob die Tafel auf, und Winnifred zog sich zurück, um an ihre Arbeit zu gehen. Sie hatte noch viel zu tun, trotzdem es Sonntag war.

Frau Martha hielt sie auch nicht zurück. Und Winnifred kam nicht wieder zum Vorschein, trotzdem Herr von Wildenau darauf wartete. Fragen wollte er absichtlich nicht nach ihr. Erst als er sich dann verabschiedete, etwa eine Stunde nach Tisch, sagte er wie beiläufig:

»Ich möchte mich auch von Winnifred verabschieden. Wo ist sie denn geblieben?«

»Sie hat noch zu tun, Rudolf. Du weißt ja, dass ich unsere Mamsell entlassen muss, und ich werde eine neue gar nicht engagieren. Winnifred soll mir im Haushalt an die Hand gehen.«

In den Augen des alten Herrn blitzte es auf. »Ach – du bist doch eine eminent kluge Frau. Das hast du wieder famos ausgedacht. Auf diese Weise sparst du die Mamsell und kannst dich doch zugleich als edle Wohltäterin fühlen.«

Diesmal klang so unverkennbar beißender Hohn aus seinen Worten, dass sie ihn nicht ignorieren konnte. »Aber Rudolf, wie denkst du dir das? Wir können doch bei unsern schwierigen Verhältnissen in Berndorf nicht im großen Stil Gastfreundschaft üben. Dazu sind wir selbst zu arm. Und Winnifred wünscht es vernünftigerweise, sich nützlich zu machen. Es muss ihr doch lieber sein, etwas dafür zu leisten, dass sie hier eine Heimat findet, als wenn sie uns als unnütze Last auf der Tasche läge«, sagte sie etwas erregt.

Ein sonderbarer Blick aus seinen Augen streifte sie. »Du magst recht haben, es wird ihr bitter sein, das Gnadenbrot essen zu müssen, und sie will es sich wohl lieber ehrlich verdienen.«

»Ja, das hat sie mir auch gesagt.«

»Nun, so viel Zeit wird sie aber doch wohl haben, dass ich mich von ihr verabschieden kann. Ich möchte nicht unhöflich sein.«

»Aber natürlich! Du musst nicht denken, dass ich zu viel von ihr verlange. Geh, Käthe, rufe Winnifred herbei.«

Käthe verschwand, hinter dem Rücken des Onkels eine Grimasse schneidend. Dieser trat mit Frau Martha in den Hausflur hinaus. Da sah er Winnifred aus dem Souterrain heraufkommen. Ihr Gesicht war von Arbeitseifer gerötet. Sie hatte in der Eile vergessen, die große Wirtschaftsschürze abzulegen, und verlegen rieb sie an ihren Händen, die sie eben erst gewaschen hatte, um die Arbeitsspuren zu tilgen. Weil Käthe zur Eile trieb, hatte sie sich nicht Zeit genommen, die Hände genügend zu trocknen.

»Ich wollte dir nur Lebewohl sagen, Winnifred. Habe ich dich gestört?«, sagte Rudolf von Wildenau.

Sie sah schnell zu ihm auf, mit dem aufkeimenden Vertrauen, das er ihr einzuflößen begann. »O nein, nicht gestört, ich kann ja nachher weiterarbeiten«, erwiderte sie mit einem Lächeln, das ihn rührte.

»Heute ist doch Sonntag, da soll der Mensch nicht arbeiten«, scherzte er.

»In einem so großen Haushalt muss auch am Sonntag gearbeitet werden. Das geht ja gar nicht anders, sonst kämen Menschen und Tiere nicht zu ihrem Rechte.«

»Du arbeitest wohl gern?«

Sie nickte energisch. »O ja, ich wäre sehr unglücklich, wenn ich mich hier nicht nützlich machen könnte.«

Er fasste ihre Hand und sah darauf nieder. Es war eine schmale, fein geformte Hand, die sorgsame Pflege verriet. Noch hatte ihr die raue Arbeit nichts anhaben können. Sein Blick flog über die Schürze. Anscheinend wurden der jungen Dame hier Arbeiten zugemutet, die Dienstboten zu verrichten hatten.

»Armes Ding«, dachte er mitleidig, aber er sagte dann ganz ruhig und höflich: »Also auf Wiedersehen, Winnifred. Du wirst mich doch bald einmal in Wildenau besuchen?«

Fragend sah Winnifred zu Tante Martha hinüber. »Ich weiß doch nicht, Onkel Rudolf, ob ich Zeit dazu haben werde.«

Er wandte sich nach Frau Martha um. »So viel wird Winnifred doch nicht zu tun haben?«

»Gewiss nicht, wir können ja dieser Tage einmal nach Wildenau hinüberkommen, wenn ich mich freimachen kann. Du weißt, ich habe jetzt im Frühjahr kaum eine Minute für mich.« Mit diesen Worten wollte Frau Martha ihm zu verstehen geben, dass sie mehr arbeiten müsse als Winnifred. Außerdem gefiel es ihr nicht, dass diese nach Wildenau kommen sollte.

Rudolf von Wildenau merkte das sehr wohl. Aber er gab sich den Anschein der Unbefangenheit. »Ich will dich auch jetzt nicht bemühen, Martha. Winnifred kann ja vielleicht in dieser Woche mit Käthe hinüberkommen. Käthe hat ja immer Zeit. Und nächsten Sonntag seid ihr dann alle drei bei mir zu Mittag meine Gäste. Sonntags kannst du wohl abkommen. Ist es dir recht?«

Eigentlich war es Frau Martha gar nicht recht. Sie hätte am liebsten jedes weitere Zusammentreffen zwischen Rudolf und Winnifred vereitelt, wenn sie nur gewusst hätte, wie sie es machen sollte. Aber sie konnte jetzt nichts andres tun als zusagen.

»Es ist mir recht, Rudolf«, sagte sie wie immer ihm gegenüber sehr liebenswürdig.

»Gut – also wollen wir festsetzen, dass Käthe und Winnifred am Mittwochnachmittag nach Wildenau kommen. Ich schicke mein Auto herüber, denn du wirst jetzt deine Pferde nötig haben. Auch am Sonntag lasse ich euch im Auto holen. Auf Wiedersehen also in Wildenau.«

Damit drückte Rudolf von Wildenau noch einmal fest und warm Winnifreds Hand, und als diese ihn erfreut mit ihren klaren Augen anstrahlte, wurde ihm wieder ganz warm ums Herz.

Winnifred huschte mit einem leisen »Auf Wiedersehen!« die Treppe hinab, und Käthe und ihre Mutter gaben Onkel Rudolf das Geleite zu seinem Auto, das an der Tür hielt.

Nach einem kurzen höflichen Abschied fuhr er davon. Mutter und Tochter sahen ihm nach und wandten sich dann einander zu.

»Was er für ein Aufhebens von ihr macht, Mama. Uns hat er freiwillig sein Auto noch nicht angeboten«, sagte Käthe pikiert.

Frau Martha zog die Stirn zusammen. »Wie ich das nur außer Acht lassen konnte, dass er mit ihr verwandt ist. Er hätte gar nichts von ihrer Existenz erfahren dürfen. Ich wollte, ich könnte sie entfernen. Aber dazu ist es nun zu spät.«

* *
*

Winnifred war vom frühen Morgen bis zum späten Abend angestrengt tätig. Die ungewohnte und wahrlich nicht leichte Arbeit stellte große

Anforderungen an ihre Kräfte. Aber sie klagte nicht, unermüdlich hastete sie hin und her und auf und ab. Am Mittwoch hatte sie sich doppelt sputen müssen, um mit Käthe nach Wildenau fahren zu können. Käthe war sehr unliebenswürdig zu ihr gewesen. Frau Martha hatte ihrer Tochter die Weisung gegeben, sie möge aufpassen, dass Onkel Rudolf nicht viel mit Winnifred allein sei und sich nicht so viel mit ihr beschäftige.

Aber Käthe hatte das nicht verhindern können und war wütend gewesen, dass der Onkel kaum von ihr Notiz nahm, während er sich fast ausschließlich mit Winnifred unterhielt. Trotzdem er dabei anscheinend formell blieb, konnte er es nicht ganz verhindern, dass seine warme Sympathie für Winnifred durchleuchtete. Und Käthe berichtete getreulich ihrer Mutter von seiner Liebenswürdigkeit Winnifred gegenüber. Frau Martha belegte sich im Stillen mit allerlei schmeichelhaften Titeln wegen ihrer Unklugheit, dieses Mädchen bei sich aufgenommen zu haben.

Am nächsten Sonntag holte das Auto die drei Damen pünktlich ab. Mutter und Tochter zeigten sich der bescheiden auf dem Rückplatz sitzenden Winnifred gegenüber sehr wenig liebenswürdig. Sie hatten einen sehr frostigen Ton für die Ärmste, die ganz verzagt dieser Kälte gegenüber war.

Sie atmete auf, als man vor der Freitreppe des Wildenauer Schlosses hielt. Winnifred fand dieses Schloss herrlich und hatte ganz begeistert ihren Hamburger Freunden darüber geschrieben. Wie ein Märchenschloss erschien es ihr, in dem ein gütiger Zauberer wohnte. Denn Onkel Rudolfs Gegenwart schützte sie vor dem kalten unfreundlichen Wesen von Mutter und Tochter. In seiner Gegenwart zeigten sie sich sehr liebenswürdig. Und er sah zuweilen so lieb und warm in ihre Augen, drückte ihr so herzlich die Hand, und am Mittwoch beim Abschied hatte er leise zu ihr gesagt: »Wenn du einmal Rat und Hilfe brauchst, Winnifred, so vergiss nicht, dass ich dein Onkel bin, der ein Anrecht hat, dich zu schützen.«

Diese Worte hatte sie in ihrem Herzen fest verwahrt, sie waren ihr ein Trost. Und den heutigen Sonntag fand sich auch, von Onkel Rudolf herbeigeführt, zuweilen Gelegenheit zu einem kurzen Alleinsein mit ihm. Da sagte er ihr liebe gute Worte und streichelte ihr einmal sanft über das Haar. Sie merkte aber sehr wohl, dass er in Tante Marthas Gegenwart mit Absicht kühler und förmlicher zu ihr war. Wenn sie auch den Grund hierfür nicht wusste, so sagte sie sich doch, dass er einen solchen haben müsse.

Auf der Heimfahrt von Wildenau waren Tante Martha und Käthe geradezu eisig ihr gegenüber, und sie fragte sich ängstlich und unruhig, ob sie unbewusst etwas getan oder unterlassen habe, was sie hätte erzürnen können. Sie konnte aber nicht darauf kommen. –

So gingen nun die Tage bis zum Osterfest dahin, bis zum Rand angefüllt mit anstrengender Arbeit für Winnifred. Sie hatte sich schnell und geschickt in ihren neuen Pflichtenkreis eingelebt. Frau Martha staunte über ihre Arbeitskraft und ließ es sich gern gefallen, dass Winnifred ihr mancherlei abnahm. Aber kein Wort des Lobes oder der Anerkennung kam über ihre Lippen. Als müsse es sein, so nahm sie alles hin. Und Winnifred war noch froh, dass sie sich nicht unzufrieden zeigte.

So kam der Ostersonnabend heran. Mit doppeltem Eifer arbeitete Winnifred. Es ging ihr alles noch viel leichter als sonst von der Hand. Wurden doch festliche Vorbereitungen getroffen, die teils dem Osterfest, teils dem Kommen des eigentlichen Herrn von Berndorf galten.

Das wusste Winnifred nun schon, dass Berndorf Lutz gehörte, und dass seine Mutter seinen Besitz nur verwaltete. Käthe hatte ihr das in einer Anwandlung von Mitteilsamkeit erzählt und ihr auch verraten, dass Lutz von ihrem Hiersein wisse und dass er selbst gewünscht habe, sie möge in Berndorf Aufnahme finden.

»Du freust dich wohl sehr auf das Kommen deines Bruders, Käthe?«, hatte Winnifred bei dieser Gelegenheit gefragt.

Käthe hatte die Achseln gezuckt. »Warum soll ich mich darüber freuen?«

»Ach – es muss doch herrlich sein, einen Bruder zu haben!«

Spöttisch hatte Käthe gelacht. »Ach weißt du, Brüder sind meist nicht sehr liebenswürdig, und ich verstehe mich mit Lutz sehr wenig. Wir sind sehr verschiedene Naturen und – er ist doch zwölf Jahre älter als ich und war in den letzten zehn Jahren immer nur in den Ferien zu Hause.«

Da hatte Winnifred die Hände aufs Herz gedrückt.

»Ach, Käthe, du weißt wohl gar nicht, wie glücklich du bist, dass du außer deiner Mutter noch einen Bruder hast. Stündest du so allein wie ich auf der Welt – –«

Sie konnte nicht weiterreden, ihre Stimme brach, und sie lief schnell davon.

Achselzuckend sah ihr Käthe nach.

»Sentimental ist sie auch noch«, dachte sie, als sei das ein Verbrechen. Winnifred war in den Garten geeilt und hatte Blumen gepflückt. Nun füllte sie die Vasen damit. Das tat sie aus freiem Antrieb. Es gab ja so viel Blumen draußen im Garten, Himmelschlüssel, Krokus und Anemonen. Und es sah so festlich aus. Das musste den Vetter freuen, wenn er heimkam.

Als Frau Martha diesen Blumenschmuck sah, schalt sie über die Zeitverschwendung.

»Wozu das, Winnifred? In wenigen Tagen sind die Blumen verwelkt. Und du hast eine Menge Zeit verbraucht, um die Blumen zu pflücken und zu ordnen«, sagte sie ungehalten.

»Es war nur gut gemeint, Tante Martha, es soll festlich aussehen, wenn dein Sohn heimkommt«, erwiderte Winnifred.

Frau Martha zuckte die Achseln. »Das hättest du dir sparen können, es ist bei uns nicht Sitte.«

Das wusste Winnifred sehr wohl – und gerade darum hatte sie gedacht, der Blumenschmuck müsse den Vetter erfreuen.

»Verzeih, Tante Martha. Und meine Arbeit, die ich versäumte über den Blumen, hole ich bestimmt heute Abend nach.«

Ohne zu antworten, ging Frau von Berndorf davon. Sie wusste sehr wohl zu schätzen, welch tüchtige Stütze sie an Winnifred hatte. Unermüdlich huschte das schlanke Mädchen im Hause hin und her, und immer war es pünktlich und zuverlässig, wie es eben eine bezahlte Persönlichkeit nicht sein konnte. Aber Frau Martha hütete sich, das auszusprechen. Winnifred mochte sich nur erkenntlich dafür zeigen, dass man sie in Berndorf aufgenommen hatte.

Auf das Osterfest freute sich Winnifred sehr. Onkel Rudolf würde am ersten Ostertag in Berndorf speisen, und für den zweiten Feiertag waren sie alle nach Wildenau gebeten. Darauf freute sie sich am meisten, denn in Wildenau war es herrlich. Das stolze Schloss gefiel ihr ebenso sehr wie der wundervolle Park. Und Onkel Rudolf hatte ihr erlaubt, überall herumzugehen und sich alles zu betrachten.

Und dann freute sie sich auch, weil Lutz von Berndorf kam. Sie überlegte, ob sie ihm wohl danken durfte, dass er ihre Aufnahme in Berndorf gestattet hatte. Würde sie den Mut finden, ihm das zu sagen?

Heute Nachmittag erwartete man ihn. Beim Tee würde sie ihm wohl dann vorgestellt werden. Die Zeit bis dahin verging ihr sehr langsam, trotzdem sie von einer Arbeit zur andern hasten musste.

Aber endlich war es soweit. Der Wagen war schon längst fort zum Bahnhof. Käthe fuhr mit, um den Bruder abzuholen. Endlich war Winnifred soweit fertig, dass sie sich zum Tee ein anderes Kleid anziehen konnte. Statt der großen Arbeitsschürze band sie ein zierliches weißes Schürzchen über das hübsche schwarze Kleid.

Mit glühenden Wangen stand sie vor dem Spiegel und strich noch einmal glättend über ihr Haar. Sie hatte sich sehr beeilen müssen, dass alles zur Zeit fertig war. Nun flogen ihr die Hände, als sie noch dies und das an ihrem Anzug ordnete. Aber sie sah reizend aus mit den lebhaft geröteten Wangen und den glänzenden Augen. Dank der guten Luft, der frischen Milch und der gesunden Lebensweise hatte ihre Gesundheit bei der schweren Arbeit nicht gelitten, sondern sich im Gegenteil gekräftigt. Jetzt hörte sie unten den Wagen vorfahren. Sie eilte hinaus auf den Gang bis zur Treppe und lugte vorsichtig über das Geländer hinweg. Und da sah sie gerade, wie Lutz von Berndorf aus dem Wagen stieg und seiner Schwester ritterlich heraushalf.

Ihr Herzschlag stockte, sie hielt den Atem an, damit nichts ihre Anwesenheit verriet. Niemand durfte wissen, dass sie auf der Lauer stand, um einen Blick auf den Vetter zu werfen.

Er gefiel ihr noch viel besser als sein Bild.

Sie sah, wie er auf seine Mutter zueilte, die ihm im Hausflur entgegenkam. Er begrüßte sie artig und küsste ihr die Hand, aber Winnifred wollte es scheinen, als fehle dieser Begrüßung auf beiden Seiten die rechte Wärme und Herzlichkeit.

Nun hörte sie auch zum ersten Mal seine Stimme, ein warmes sonores Organ, das sich ihr seltsam ins Herz schmeichelte.

Sie hörte ihn sagen: »Ich will nur den Reisestaub abschütteln, Mama, dann komme ich gleich wieder herunter. Ich treffe dich doch im Wohnzimmer?«

Da floh Winnifred erschrocken davon, denn die Zimmer ihres Vetters lagen im ersten Stock auf der entgegengesetzten Seite des Hauses, wo das ihre lag.

Sie hatte gerade die Tür ihres Zimmers erreicht, als sie auch schon seinen Schritt auf der Treppe vernahm.

Hastig trat sie in ihr Zimmer ein und schloss hinter sich ab. An der geschlossenen Tür blieb sie stehen, die Hände fest auf das rebellisch klopfende Herz gepresst, und lauschte den verklingenden Schritten.

Weshalb klopfte ihr Herz so unsinnig stark und laut? Warum zitterten ihr die Knie, sodass sie sich setzen musste? Wie töricht von ihr, sich so zu erregen. Was war es nur, das sie empfand? Furcht vor dem Vetter – oder Freude? Sie wusste sich keine Antwort zu geben.

Drüben fiel seine Tür ins Schloss. Nun war er in seinen Zimmern, die sie selber in Ordnung gebracht und mit Blumen geschmückt hatte. Ob er sich über die Blumen freute, ob er sie überhaupt bemerkte? Oder ob er auch so wenig Sinn dafür hatte wie Mutter und Schwester?

Nun war es ganz still draußen. Sie huschte aus dem Zimmer und eilte hinunter. Tante Martha rief schon nach ihr. Sie sollte den Tee bereiten.

* * *

Als Lutz von Berndorf seine Zimmer betrat, fiel sein erster Blick auf die mit Frühlingsblumen gefüllten Vasen, die den Schreibtisch, den Tisch und den Kaminsims zierten. Er stutzte. Das war etwas Neues. Ganz bestimmt wusste er, dass man ihm sonst niemals Blumen zum Willkommen aufgestellt hatte, dass dieser liebliche Brauch weder von Mutter noch von Schwester geübt wurde. Wer mochte ihm heute diese Blumen aufgestellt haben?

Es schien ihm wie eine freundliche Vorbedeutung für sein Vorhaben, der Mutter mitzuteilen, dass er sich verloben wolle.

Seine Gedanken flogen davon, zu Siddy von Glützow, die seinem Herzen so unsagbar teuer geworden war, dass er sich nur mit Schmerzen auf kurze Zeit hatte von ihr losreißen können.

Erregt hatte er sie bei ihrem letzten Zusammentreffen gefragt, ob er sie nach seiner Rückkehr wiederfinden werde, ob sie nicht inzwischen heimkehren werde zu ihrem Vater.

Da hatte sie ihn zärtlich lockend mit ihren Nixenaugen angeblickt. »Liegt Ihnen viel daran, dass Sie mich wiederfinden, Herr Doktor?«, hatte sie ihn schelmisch gefragt.

»Alles liegt mir daran, gnädigste Baroness, denn wenn ich wiederkomme von zu Hause, dann will ich Ihnen eine Frage vorlegen, von deren Beantwortung mein ganzes Lebensglück abhängen wird«, hatte er erregt hervorgestoßen, während er ihre Hände an seine Lippen gepresst hatte.

Ihre Augen hatten verheißungsvoll in die seinen geleuchtet, um sie dann wie in holder Scham niederzusenken.

»Dann darf ich ja nicht fort, dann muss ich warten, bis Sie zurückkommen. Mein alter grilliger Papa muss noch ein Weilchen allein bleiben«, hatte sie leise geantwortet.

»Dank – innigsten Dank, diese Worte gelten mir als ein glückverheißendes Versprechen, teuerste Baroness.«

Dann hatte er sich losgerissen von ihrem Anblick und war wie berauscht davongestürmt. Und seine Seele flog auch jetzt voll Verlangen zu der Geliebten.

Er ahnte ja nicht, dass sie in ihm nur den ersehnten reichen Freier sah, der ihr Tür und Tor öffnen sollte zu einem glänzenden Wohlleben.

Sobald sich eine passende Gelegenheit ergab, wollte Lutz mit seiner Mutter sprechen, wollte ihr sagen, dass er sein Herz an ein armes Mädchen verloren habe, von dem er nicht lassen würde, und das er bald heimführen wolle.

Ein wenig bangte ihm vor der Erklärung, aber nicht seinetwegen. Er war ein Mann, der seinem Willen Geltung zu verschaffen wusste, aber der Mutter wegen bangte ihm. Sie hatte sich so fest in den Kopf gesetzt, dass er ein reiches Mädchen heimführen müsse, und würde außer sich sein, wenn sie erfuhr, dass Siddy arm sei wie eine Kirchenmaus. Aber es half nichts – sie musste sich fügen. Er konnte ihr diese Enttäuschung nicht ersparen. Sie sah für ihn sein Glück in einer reichen Partie und konnte ihm nicht nachfühlen, dass es ein herrlicher Gedanke für ihn war, aus eigner Kraft der Geliebten ein sorgloses Leben zu schaffen. Gottlob – die Aussicht dazu lag vor ihm.

Seine Augen strahlten. Er barg sein Gesicht in den kühlen frischen Frühlingsblumen, die ihm entgegendufteten. Dann richtete er sich straff auf und begann seine Reisekleider abzulegen und sie mit einem eleganten gutsitzenden Hausanzug zu vertauschen.

In wenigen Minuten war er fertig. Lächelnd zog er zum Schluss eine der Blumen, eine weiße leuchtende Anemone, aus dem Strauß auf dem Tisch und befestigte sie im Knopfloch. Wer ihm auch die Blumen als Willkommen hier aufgestellt hatte, er wollte zeigen, dass er davon Notiz genommen hatte.

Dann ging er hinunter ins Wohnzimmer. Dort fand er Mutter und Schwester und am Teetisch ein schlankes blondes Mädchen im schwarzen Kleid mit einer weißen Schürze – eine Fremde. Das musste wohl Winnifred Hartau, die amerikanische Cousine, sein. Er hatte die ganze Zeit nicht mehr an sie gedacht, galt doch all sein Sinnen und Denken nur Siddy. Erst Käthe hatte ihn auf der Fahrt wieder an die unbekannte Cousine erinnert, als sie davon gesprochen hatte, dass sie seit einigen Wochen in Berndorf weile.

Er hatte Käthe gefragt: »Wie gefällt sie dir, Käthe?«

Darauf hatte diese achselzuckend geantwortet: »Ach, sie ist langweilig.«

Und nun sah er sie vor sich stehen, eine anspruchslose bescheidene Erscheinung, die doch einen vornehmen sympathischen Eindruck machte, und an der ihm nur etwas besonders auffiel – das wundervolle goldglänzende Haar, das in seltener Pracht und Fülle den feinen Kopf zierte.

Als seine Mutter ihn mit ihr bekannt machte, fiel ihm noch etwas auf in dem jäh erblassten Gesicht der jungen Dame, der die Erregung alles Blut zum Herzen getrieben hatte – das waren die tiefblauen großen Augen, die so seltsam hilflos und herzbewegend zu ihm aufsahen.

Seinem ritterlichen Empfinden nachgebend, fasste er schnell ihre Hand und hielt sie mit einem warmen Druck fest. Gütig und herzlich sah er sie an und sagte freundlich:

»Ich kann Sie erst jetzt in Berndorf willkommen heißen, Cousine Winnifred, aber es soll dafür doppelt herzlich geschehen. Ich hoffe und wünsche, dass Sie sich wohlfühlen in Berndorf und dass es Ihnen so viel als möglich die Heimat ersetzt.«

Ach, wie drangen der armen verschüchterten Winnifred diese Worte so warm und belebend ins Herz. Plötzlich kam es über sie wie ein Heimatgefühl – zum ersten Mal, seit ihr Fuß über die Schwelle dieses Hauses geschritten war. In ihre Wangen kam das Blut zurück, ihre Augen feuchteten sich und strahlten glücklich zu ihm auf. Und mit herzbewegender Innigkeit antwortete sie:

»Ich danke Ihnen für diese lieben guten Worte, Vetter Lutz, und dafür, dass Sie mir gestatten, hierzubleiben.«

Wie ein Zauber wirkte seine Anwesenheit auf sie. Mit einem Male war alle Furcht, alle Bangigkeit aus ihrer Seele gewichen. Sie fühlte instinktiv in ihm einen Schutz, einen Halt, und das machte sie glücklich.

Und nun erblickte sie die leuchtende Anemone in seinem Knopfloch. Das freute sie so sehr, dass ihr Herz bis zum Halse hinaufschlug.

»Haben Sie sich schon ein wenig eingewöhnt in Berndorf?«, fragte er herzlich.

»O ja, ich finde mich schon gut zurecht«, erwiderte sie.

Man nahm nun am Teetisch Platz. Winnifred füllte die Tassen, wie sie es nun schon gewohnt war, mit dem selbstbereiteten Tee und reichte sie herum. Sie versorgte alle mit Sahne und Zucker und bot Toasts und kleine Kuchen an. Dann erst bediente sie sich selbst und nahm in bescheidener Haltung am Tische Platz.

Es fiel Lutz auf, dass die Mutter Winnifred verschiedene Fragen vorlegte, aus denen hervorging, dass diese im Haushalt sehr tätig war.

Nun wusste er auch mit einem Male, wer die Blumen auf sein Zimmer gestellt hatte. Er wollte sich Gewissheit darüber verschaffen und fragte, wer sein Zimmer so freundlich mit Frühlingsblumen geschmückt hatte.

An Winnifreds leisem Erröten merkte er schon, ehe er Antwort bekam, dass er richtig vermutet hatte.

»Das ist Winnifred gewesen«, sagte seine Mutter.

Er sah zu Winnifred hinüber. »Lassen Sie sich dafür danken, Cousine, ich habe mich sehr über die Blumen gefreut. Sie fielen mir gleich bei meinem Eintritt auf. Wie Sie sehen, habe ich mich dankbar mit einer dieser Blumen geschmückt.«

Frau Martha und Käthe lächelten ein wenig spöttisch, zogen dann aber Lutz schnell in ein andres Gespräch.

In Winnifreds Herzen sang und klang es aber wie Festtagsgeläut. Sie war glücklich darüber, dass sie dem Vetter eine kleine Freude bereitet hatte. Und während er in seiner ruhig-vornehmen und doch so warmen, herzlichen Art mit Mutter und Schwester plauderte, sah sie verstohlen immer wieder in sein charakteristisches Gesicht. Er gefiel ihr sehr. Alles an ihm berührte sie sympathisch, und sie öffnete ihr junges Herz weit, um ihm Einlass zu gewähren. In ihrer Unerfahrenheit und Herzensunschuld glaubte sie, es sei ein warmes, verwandtschaftliches Gefühl, das sie ihm entgegenbrächte.

Als der Tee eingenommen worden war, stellte Winnifred, wie sie das immer tat, das Geschirr auf ein Tablett und trug es hinaus. Es war nicht mehr als die nötigste Dienerschaft im Hause, und so war Winnifred auch dies Amt wie viele andre zugefallen, als müsse es so sein.

Lutz sprang auf und öffnete ihr die Tür, und als sie verschwunden war, sagte er zu seiner Mutter: »Muss das Winnifred tun, Mama?«

Sie sah ihn mit kühler Überlegenheit an. »Warum soll sie es nicht, Lutz. Sie muss sich im Hause nützlich machen. Ich habe dir ja schon mitgeteilt, dass wir unnütze Brotesser in Berndorf nicht gebrauchen können.«

Es zuckte in seinem Gesicht. »Es ist mir peinlich, Mama, mich von ihr bedienen zu lassen. Auch Käthe sollte sich das nicht gefallen lassen. Ich hätte es netter gefunden, wenn Käthe uns den Tee bereitet hätte, statt dass sie unbeschäftigt sitzen blieb und sich bedienen ließ von unserm Gast.«

»Ach, hast du wieder einmal etwas auszusetzen an mir, Lutz«, maulte Käthe.

»Ich wundere mich nur, dass du dich von unserm Gast bedienen lässt, statt selbst mit zuzugreifen.«

Frau von Berndorf hob die Hand, ehe Käthe etwas erwidern konnte. »Ich bitte dich, Lutz, verrenne dich nicht wieder in haltlose Ideen. Winnifred ist nicht unser Gast – Dauergäste zu bewirten, sind wir nicht in der Lage. Sie hat nur unter der Bedingung Aufnahme finden können, dass sie sich dafür nützlich macht. Und wenn ich es für richtig finde, dass sie solche Arbeiten übernimmt, kannst du es ruhig geschehen lassen«, sagte sie energisch.

»Verzeih, Mama, ich will durchaus nicht in deine Bestimmungen eingreifen. Die junge Dame wird sich ja, soviel ich beurteilen kann, gern im Hause nützlich machen, und dagegen habe ich natürlich auch nichts einzuwenden. Sie muss aber die Überzeugung haben, dass dies ihr freier Wille und kein Zwang ist, darf nicht die Empfindung haben, dass sie durch ihre Arbeit quasi den Aufenthalt in unserm Hause bezahlt. Und keinesfalls kann ich zugeben, dass sie mich bedient, das ist mir peinlich, einer Dame gegenüber.«

Frau Martha zuckte die Achseln. »Du bist wie immer überempfindlich. Und nochmals – lass es ruhig meine Sorge sein, was ich Winnifred zumuten darf und was nicht.«

Er verbeugte sich. »Wie gesagt, ich wollte durchaus nicht in deine Bestimmungen eingreifen.«

Seine Mutter ging auf ein andres Thema über.

Winnifred erschien nicht wieder, sie war wieder an ihre Arbeit gegangen, denn es gab noch viel zu tun für sie. Jetzt kam gleich die

Melkzeit heran, und dabei war sie besonders stark in Anspruch genommen. Die Mamsell machte es sich auf ihre Kosten sehr bequem, und Winnifred musste schon in allen Dingen für sie einspringen.

Lutz hatte noch ein halbes Stündchen mit Mutter und Schwester geplaudert. Dann hatte sich die Mutter zurückgezogen, um einige Geschäfte zu erledigen, und Käthe ging auf ihr Zimmer, um sich in einen neuen Roman zu vertiefen.

So war Lutz sich selbst überlassen bis zum Abendessen. Er nahm seinen Hut und wollte einen Spaziergang durch den heimatlichen Wald machen.

Als er über den Gutshof ging und eine Weile in dessen Mitte stehen blieb, um seine Blicke herumschweifen zu lassen, sah er plötzlich Winnifred, die ihre große Arbeitsschürze angelegt hatte, mit zwei schweren, gefüllten Milchkannen aus dem Kuhstall kommen und nach der Kühlkammer hinübergehen. Er stutzte, und seine Stirn zog sich finster zusammen, als er sah, wie sich die schlanke Gestalt unter der Last beugte. Sie sah ihn nicht, da sie sorgsam auf die Kannen achten musste, dass kein Tropfen von der Milch verschüttet wurde. Eine Weile stand Lutz wie erstarrt und schaute ihr fassungslos nach, wie sie in den Kühlräumen verschwand. Einige Mägde in hochgesteckten Kleidern folgten ihr, ebenfalls Milchkannen schleppend.

Da schoss das Blut in sein Gesicht. Mit schnellen Schritten eilte er nach den Kühlräumen hinüber und trat ein. Winnifred hob gerade eine der Kannen empor, um sie in einen der Kühlbottiche zu entleeren.

Mit zwei Schritten war er an ihrer Seite und nahm ihr die Kanne aus den Händen.

»Was tun Sie da, Winnifred?«, fragte er, sie fast zornig ansehend.

Sie erschrak und sah scheu und ängstlich zu ihm auf. »Meine Arbeit verrichte ich, Vetter Lutz«, sagte sie beklommen.

»Ihre Arbeit? Das kann doch unmöglich Ihre Arbeit sein, die schweren Milchkrüge zu tragen und zu heben. Dazu sind die Mägde da, das ist keine Arbeit für eine Dame wie Sie.«

Verlegen strich Winnifred sich ein widerspenstiges Löckchen aus der Stirn. Die Mägde, die ihr gefolgt waren, hatten ihre Krüge abgesetzt und waren wieder in den Kuhstall gegangen.

»Die Mägde werden allein nicht damit fertig.«

»Dann ist doch Mamsell noch da.«

»Sie hat andre Arbeit. Wegen des Osterfestes ist viel zu tun.«

»Das mag sein, wie es will, aber Sie dürfen solche Arbeit nicht tun, Winnifred. Wenn das Mama sehen würde, wäre sie sicher sehr böse.«

Winnifred senkte scheu die Augen. Sie wusste sehr wohl, dass er sich in einem Irrtum befand. Tante Martha hatte ganz gewiss nichts dagegen, wenn sie den Mägden Arbeit abnahm. Aber sie hatte das Gefühl, dass Vetter Lutz das nicht wissen dürfe. Sicher ahnte er nicht, dass sie für die Mamsell einspringen musste.

Seine zornigen Augen hatten sie erst erschreckt, aber nun wurde sie köstlich ruhig. Sie fühlte, dass sein Zorn nicht ihr galt, sondern nur dem Umstand, dass sie so schwere Arbeit tun musste. Das war also ein Ausfluss von Fürsorge, und es tat ihr wohl. Aber um keinen Preis hätte sie ihm verraten, dass sie auf Geheiß seiner Mutter die schwere Arbeit verrichtete.

»Ich bitte Sie, Vetter Lutz, mit Tante Martha nicht darüber zu sprechen«, sagte sie leise. »Ich kann diese Arbeit gut verrichten, denn ich bin gesund und kräftig und – es ist eben viel zu tun. Außerdem ist es doch selbst mein Wunsch, mich hier nützlich zu machen.«

»Sie dürfen auf keinen Fall solche Arbeit verrichten, die den Dienstboten zukommt. Das dulde ich nicht. Wenn Sie unbedingt arbeiten und sich nützlich machen wollen, gibt es wohl Leichteres und Passenderes für Sie. Ich bitte Sie, das nicht wieder zu tun. Die Krüge sind so schwer, dazu sind Sie zu zart. Mama würde Sie schelten, und deshalb will ich ihr nichts davon sagen. Aber Sie müssen mir versprechen, diese Krüge nie wieder zu schleppen.«

Sie atmete auf. Das konnte sie ihm ja versprechen. Die Krüge musste sie nicht unbedingt tragen. Er durfte nicht mit Tante Martha sprechen, denn sie hatte das Gefühl, dass er sehr zornig werden würde, wenn er erfuhr, dass ihr solche Arbeit aufgetragen war. Und sie wollte um keinen Preis daran schuld sein, dass er sich mit seiner Mutter erzürnte.

»Ich verspreche es Ihnen, Vetter Lutz.«

Da nickte er ihr lächelnd zu. »Geben Sie mir die Hand darauf.«

Sie reichte ihm die Hand. Er sah auf diese kleine gerötete Hand herab, die Spuren harter Arbeit trug und sich auch rau anfühlte. Er erschrak. Hatte sie schon immer so raue Hände gehabt? Aber nein – an den Fingernägeln sah er, dass die Hände sorgsam gepflegt waren, und sie waren wohl rau, aber nicht hart, als seien sie schwere Arbeit seit Langem gewöhnt. Ein unbeschreibliches Gefühl beschlich ihn. War seine Vermutung doch richtig, nutzte man hier die Hilflosigkeit des jungen Dinges aus, um sie Magddienste verrichten zu lassen?

Er beschloss, Winnifred zu beobachten und auf ihre Tätigkeit achtzugeben. Bestätigte sich sein Argwohn, dann wollte er der Mutter klarmachen, dass er nicht wünsche, dass Winnifred sich durch harte Arbeit ihr Brot verdiente. Mit einem langen Druck ließ er ihre Hand frei.

»Armes kleines Ding, wie verschüchtert sie mich ansieht«, dachte er. Und laut fuhr er fort: »Begleiten Sie mich auf einem Waldspaziergang, Winnifred?«

In ihren Augen leuchtete das Verlangen, aber sie schüttelte den Kopf.

»Ich kann jetzt nicht fort hier; da Mamsell abgehalten ist, muss ich die Milchkrüge notieren.«

Er wusste, dass dies nötig war, und dagegen hatte er nichts einzuwenden.

»Dann muss ich wohl auf Ihre Gesellschaft verzichten. Aber Wort halten – keine Krüge mehr tragen.«

»Ich halte Wort.«

»Dann auf Wiedersehen, Winnifred!«, sagte er warm und herzlich.

Ihre Augen strahlten auf, sodass ihn die Schönheit dieser reinen klaren Augen überraschte.

»Auf Wiedersehen, Vetter Lutz.«

Sie wartete, bis seine Schritte verhallt waren, dann fuhr sie in ihrer Beschäftigung fort. Nur Krüge trug sie nicht mehr, wie sie es versprochen hatte.

Und es war eine Feiertagsstimmung in ihrer Seele. So leicht und frei war ihr ums Herz, dass sie hätte singen und jauchzen mögen. Wie gefeit gegen alle Unbill des Schicksals kam sie sich vor, weil Lutz sich gütig um ihr Wohlergehen sorgte, weil er ihr ein wenig Teilnahme gezeigt hatte – und weil er eben hier war in Berndorf.

* * *

Lutz trat nun seinen Spaziergang an, aber in etwas bedrückter Stimmung. Er wollte seine sehnsüchtigen Gedanken zu der Geliebten schicken, aber ihr Bild zerfloss ihm in verschwommenen Zügen, er konnte es nicht festhalten. Stattdessen sahen ihn ein Paar tiefblaue Mädchenaugen mit einem verschüchterten hilflosen Blick an.

»Armes kleines Ding – ich fürchte doch sehr, sie wird es hier nicht gut haben. Und ich kann leider jetzt so wenig für sie tun. Mama hat wirklich viel Sorgen, und ich kann ihr nicht noch mehr aufpacken. Aber es soll bald besser werden – und dann wird auch für die arme kleine Winnifred etwas geschehen.«

So dachte er. Und merkwürdig dachte er auf seinem Spaziergang viel mehr an Winnifred als an Siddy.

Als er nach Hause kam, sah er Winnifred gerade mit einem großen Korb, der mit Eiern gefüllt war, im Hause verschwinden. Er eilte ihr nach, um ihr den Korb abzunehmen, als er aber den Hausflur betrat, sah er sie vor seiner Mutter stehen und hörte diese sagen:

»Gib aber acht, Winnifred, dass die Datumstempel auf den Eiern klar erkennbar sind, sie dürfen nicht verwischt werden.«

Und ehe er etwas sagen konnte, verschwand Winnifred schon mit den Eiern im Souterrain.

Er trat zu seiner Mutter und zog die Stirn in Falten.

»Du solltest nicht dulden, Mama, dass Winnifred so schwere Sachen trägt. Zu solchen Arbeiten ist doch die Mamsell da.«

Frau von Berndorf sah ihren Sohn kalt und ruhig an.

»Sie ist ja gesund und kräftig und wird sich nicht Schaden tun. Mamsell ist anderweitig beschäftigt und den Dienstboten kann ich die Eier nicht anvertrauen, es würden zu viele gestohlen oder zerbrochen. Wenn Mamsell verhindert ist, müsste ich also diese Arbeit tun, und ich meine, was ich ohne Besinnen tun würde, dazu ist auch Winnifred nicht zu schade.«

Damit hatte sie jeden andern Einwand abgeschnitten. Lutz sah ein, dass er Winnifred nicht von einer Arbeit losbitten könne, die seine Mutter selbst tun würde. Trotzdem wurde er das unbehagliche Gefühl nicht los, dass seine hilflose Cousine ausgenutzt wurde, um andre Arbeitskräfte zu sparen.

Er trat nun mit seiner Mutter ins Wohnzimmer. Sie plauderten eine Weile über Wirtschaftsangelegenheiten. Dann zeigte Frau Martha ihrem Sohn die neu tapezierten Zimmer und erstattete ihm Bericht, was sie für diese und ähnliche Arbeiten bezahlt hatte. Sie seufzte dabei.

»Die Reparaturen sind teurer geworden als ich glaubte. Nun heißt es wieder sparen und sparen, Lutz. Es will nie ausreichen, was ich aus dem Gut herauswirtschafte, trotzdem ich von früh bis spät auf dem

Posten bin. Und doch muss es reichen – noch eine Hypothek können wir nicht aufnehmen. Man plagt sich ohnedies nur für die Zinsen.«

Er fasste ihre Hand. »Arme Mama, du hast viel Sorge und Mühen.«

Sie zuckte die Achseln. »Es lässt sich nicht ändern. Bevor uns nicht ein besonderer Glücksfall zu Geld verhilft, müssen wir krumm liegen. Ein Loch stopft man zu, das andre reißt man auf. Wenn ich nicht die Hoffnung auf Onkel Rudolfs Erbe hätte, dann wäre ich schon längst verzagt.«

»Aber, liebe Mama, wie kannst du nur mit diesem Erbe rechnen? Wer weiß, wie das alles kommt. Onkel Rudolf ist doch ein Mann in den besten Jahren. Er kann sich doch wieder verheiraten und eine Familie gründen.«

Sie fuhr erregt auf. »Wie kannst du nur so ruhig von einer solchen Möglichkeit sprechen? Ich darf gar nicht daran denken. Und gottlob ist das auch nicht zu befürchten. Er hat längst mit dem Leben abgeschlossen, denn sein Herzleiden zwingt ihn, jede Erregung zu vermeiden. Nein, nein – das fürchte ich nicht. Und sonst haben wir doch nichts zu fürchten, nicht wahr? Er hat doch Papa versprochen, ihm Wildenau zu hinterlassen.«

»Aber Papa starb vor ihm.«

»Ganz gleich – so fällt das Erbe auf Papas Nachkommen, das ist doch klar.«

»Verzeih, Mama, für so selbstverständlich halte ich es nicht. Papa war ihm ein lieber Freund, abgesehen davon, dass er sein Vetter war. Ihn wollte er nach seinem Tode in Wildenau als Herrn sehen. Aber uns steht er ganz anders gegenüber – ich möchte sagen feindlich.«

»Weil du gar nicht verstehst, dich ihm angenehm zu machen. Sei doch ein wenig nett zu ihm.«

Lutz' Stirn zog sich zusammen. »Ich habe kein Talent zum Erbschleicher, Mama.«

Sie zuckte ärgerlich die Achseln. »Du bist mehr als unvernünftig.«

»Liebe Mama, daran wollen wir nicht mehr rühren.«

»Aber bedenke doch, was sollte aus uns werden, wenn er uns enterbte? Mit Berndorf wird es doch von Jahr zu Jahr schlechter.«

»Beunruhige dich nicht wegen der Zukunft, Mama, wir werden auch ohnedies nicht am Hungertuche nagen. Ich habe meine Pläne, wie ich in Zukunft unsern Finanzen aufhelfen kann. Pläne, die baldigst verwirklicht werden sollen. Auch für Käthe hoffe ich dann besser sorgen zu können.«

Frau Marthas Augen glänzten erwartungsvoll. Sie glaubte, Lutz sei im Begriff, eine reiche Heirat zu machen. Anders konnte und wollte sie seine Worte nicht deuten. Hätte ihr Lutz gesagt, wie er seine Zukunft aufbauen wollte, so hätte sie nur ärgerlich mit den Achseln gezuckt. Sie hatte sich schon überlegt, ob sie ihm sagen solle, dass sie Befürchtungen hege, Onkel Rudolf könne Winnifred ebenfalls als Erbin mit ins Auge fassen, und dass es vielleicht besser sei, sie zu entfernen auf irgendeine unverfängliche Art. Aber sie wusste, dass er keinesfalls deshalb in eine Entfernung der Cousine willigen würde. Es war besser, sie behielt diese Befürchtung für sich, damit sie im Notfalle unbehindert handeln konnte. Jetzt beschäftigte sie vor allem die Andeutung ihres Sohnes auf eine bessere Zukunft. Da aber in diesem Moment Käthe eintrat, konnten sie nicht weiter über diese Angelegenheit reden. Frau Martha legte nur die Hand auf den Arm ihres Sohnes und sagte bittend:

»Lass mich nicht lange auf die Erklärung deiner Pläne warten, Lutz.«

Er küsste ihr die Hand. »Nein, Mama, sobald sich in diesen Tagen für uns eine ungestörte Stunde findet, sollst du alles wissen. Ich habe Wichtiges mit dir zu besprechen.«

Da war sie ganz fest überzeugt, dass Lutz endlich ihren Herzenswunsch erfüllen würde, eine reiche Heirat zu machen. Sicher wollte er mit ihr über seine bevorstehende Verlobung sprechen. Damit traf sie ja wohl das Richtige – nur dass seine Verlobung so gar nicht ihren Beifall finden würde.

* * *

Beim Abendessen sah Lutz endlich Winnifred wieder. Sie hatte ihr Arbeitskleid mit einem besseren vertauscht, so, wie sie zur Teestunde gekleidet gewesen war. Nun saß sie mit niedergeschlagenen Augen ihm gegenüber. Er musste immer wieder zu ihr hinübersehen. Sie machte einen verschüchterten Eindruck, und das tat ihm weh. Er wollte sie aufheitern und sprach sie immer wieder an. Dann hob sie die scheuen Augen zu ihm auf, und zuweilen irrte ein hilfloses Lächeln um ihren Mund. Sein Blick fiel wieder und wieder auf die kleinen schlanken Hände, die so rot und rau erschienen. Er hätte sie mitleidig streicheln mögen. Und warmes Mitleid lag in seinem Blick, wenn er sie ansah.

Als sie sich nach Tisch erhob und gleich wieder verschwinden wollte, vertrat er ihr den Weg.

»Wollen Sie sich schon wieder zurückziehen, Winnifred?«

Sie sah unsicher und ängstlich zu Tante Martha hinüber, deren Gesicht einen steinernen Ausdruck zeigte.

»Ich möchte sehr gern mit Ihnen plaudern, Vetter Lutz, aber heute Abend habe ich wirklich keine Zeit, es ist noch so viel zu tun.«

»Nun, ein Stündchen zum Ausruhen werden Sie doch wohl haben, Käthe kann Ihnen ja nachher bei Ihrer Arbeit helfen.«

Hilflos sah Winnifred nach Tante Martha hinüber. Diese richtete sich steif in ihrem Sessel empor.

»Lass Winnifred jetzt gehen, Lutz, ihr könnt ja morgen plaudern. Es gibt wirklich noch viel zu tun, und du musst schon mit meiner und Käthes Gesellschaft fürliebnehmen. Geh nur, Winnifred!«

Diese huschte schnell hinaus.

In etwas kriegerischer Stimmung sah Frau Martha zu ihrem Sohne empor.

»Ich muss dich nochmals bitten, Lutz, nicht andere Bestimmungen zu treffen als ich, bezüglich dessen, was in der Wirtschaft getan werden muss.«

Er sah seine Mutter forschend an. »Ich kann mir nicht helfen, Mama, ich habe das Gefühl, als würde Winnifred über Gebühr angestrengt. Wiederholt habe ich sie heute bei schwerer Arbeit gesehen, die ihr unbedingt nicht zugemutet werden dürfte.«

Unmutig warf sie den Kopf zurück. »Du kommst immer wieder auf dies leidige Thema zurück, mein Sohn. Ich erkläre dir deshalb kurz und bündig, dass Winnifred in Zukunft die Mamsell ersetzen muss, die ich am ersten Mai entlasse.«

Lutz fuhr auf. »Mama!«

Kühl und ruhig sah sie ihn an. »Was denn, mein Sohn?«

»Das kann ich nicht zugeben, Mama, auf keinen Fall. Es hieße die Notlage Winnifreds in unerhörter Weise ausnützen und sie auf das Niveau des Dienstboten herabdrücken.«

Sie zuckte die Achseln. »Wenn dir das nicht passt, dann muss ich, so leid es mir tut, Winnifred den Aufenthalt in Berndorf versagen. Ich habe dir wiederholt erklärt, dass wir keine unnützen Brotesser hier brauchen können. Wir haben kaum für uns genug. Willst du also, dass ich Winnifred fortschicke?«

Er fuhr sich aufgeregt über die Stirn. Und dass er machtlos war, Winnifred eine andere Stellung in seinem Hause zu verschaffen, peinigte ihn.

»Davon kann keine Rede sein. Sie soll in Berndorf eine Heimat haben«, sagte er heiser.

»Nun gut, so kann es nur auf die Weise geschehen, wie ich es geordnet habe. Was willst du auch? Sie ist ja ganz zufrieden mit ihrem Los.«

Er dachte an Winnifreds verschüchtertes Wesen. Das war sicher kein Ausfluss von Zufriedenheit. Aber er sah ein, dass er momentan nichts weiter für sie tun konnte. Weil er aber nicht ruhig genug war, weiter über dies Thema zu sprechen, ließ er es fallen und sprach von etwas anderem.

Aber er musste immerfort an Winnifred denken. Der Gedanke an sie verscheuchte sogar den an Siddy. Eine Stunde saß er noch mit Mutter und Schwester zusammen. Dann zogen sich die Damen zurück, um zur Ruhe zu gehen.

Lutz fühlte sich unfähig, jetzt schon schlafen zu gehen. Er nahm seinen Hut und ging ins Freie, um sich noch ein wenig müde zu laufen. Es war ein herber frischer Aprilabend. Der Himmel stand dunkelblau mit Milliarden von Sternen besät über ihm, und der Mond spendete Licht genug, um Weg und Steg zu erleichtern.

Über eine Stunde lief er im Freien umher und bedachte seine Zukunft. Sein Plan, hier in Berndorf auf eigenem Grund und Boden ein Laboratorium zu bauen und seine Erfindung zu verwerten, die er noch geheim hielt, stand fest bei ihm. Aber er brauchte zum Bau dieses Laboratoriums mindestens ein nicht unbeträchtliches Kapital und wusste noch nicht, wie er sich das beschaffen sollte. Berndorf war mit Hypotheken schon überlastet; weitere konnte er nicht mehr aufnehmen. Und andere Sicherheiten hatte er nicht zu bieten. Von fremden Menschen würde er das Geld schwerlich erhalten. Aber er hatte an Onkel Rudolf gedacht. So peinlich es ihm auch war, gerade ihn um ein Darlehn zu bitten, wollte er es doch tun, denn er war der Einzige, an den er sich wenden konnte. Er hoffte auch, ihn anhand seiner Ausführungen zu überzeugen, dass dieses Geld nicht verloren sein würde. War der Onkel auch ein galliger sarkastischer, alter Herr, so würde er doch vernünftigen Erwägungen zugänglich sein. Ein nobler vornehmer Charakter war er jedenfalls, und er hoffte darum, keine Fehlbitte zu tun.

Jedenfalls musste er das Geld schaffen, denn nur darauf konnte er seine Zukunft bauen. Da er ein armes Mädchen heimführen wollte, musste er darauf sinnen, Mittel zu einem standesgemäßen Leben flüssig zu machen. Er hatte sich ausgedacht, dass er mit Siddy in Berndorf wohnen würde. Ganz schlicht und bescheiden mussten sie im Anfang ihr Leben einrichten. Siddy, so meinte er, würde sich gern und willig dareinfügen. Sie war ja als armes Mädchen an ein anspruchsloses Leben gewöhnt. Raum genug war in seinem Vaterhause. Er wollte sich mit ihr im rechten Flügel einrichten, Mutter und Schwester konnten im linken Flügel bleiben, den sie schon jetzt bewohnten. Und dort fand sich auch Platz für Winnifred.

Sogar in seine Zukunftspläne nahm er die Sorge um Winnifred mit hinüber. Und er empfand wärmer für sie als für seine eigene Schwester. War er nur erst für immer in Berndorf, dann wollte er schon dafür sorgen, dass es Winnifred leichter hatte. Siddy musste sich ihrer annehmen, sie hatte ja ein gutes zärtliches Herz, wie er glaubte, war nicht kaltsinnig und nüchtern wie Mutter und Schwester.

Er malte sich alles sehr schön aus und dachte daran, wie viel Glück und Behagen, wie viel Licht und Wärme Siddy um ihn schaffen würde. Siddy und auch Winnifred, die sein Zimmer so reizend mit Blumen geschmückt hatte. Oh, sie würden so gut miteinander harmonieren, seine schöne strahlende Siddy und die kleine amerikanische Cousine mit ihren lieben klaren Augen und dem reizenden hilflosen Lächeln. Dann war es nicht mehr so kalt und öde in seinem Vaterhause. Siddy und Winnifred würden es mit Licht und Wärme füllen bis in die dunkelsten Ecken hinein. Und er wollte schaffen und arbeiten von früh bis spät, um ihnen ein schönes sorgloses Leben zu schaffen. Dann nahm er auch der Mutter alle Sorgen ab, und sie würde zufrieden sein und nicht mehr nach dem Erbe Onkel Rudolfs trachten, was ihn immer so sehr bedrückte und verstimmte. Mochte dann Onkel Rudolf sein Hab und Gut hinterlassen, wem er wollte. Es sollte ihn nicht kümmern und die Mutter auch nicht.

So spann er seine Gedanken und merkte gar nicht, dass er sich dabei mindestens ebenso viel mit Winnifred wie mit Siddy beschäftigte. Als er endlich von seinem nächtlichen Spaziergang heimkehrte, sah er das Haus still und dunkel vor sich liegen. Nur im Souterrain waren noch zwei Fenster erleuchtet. Das sah er aber erst, als er um eine Gebüschgruppe bog. Er wusste, dass diese Fenster zur Bügelstube gehörten.

War da noch jemand wach, da doch sonst im Hause alles schlief? Oder hatte man vergessen das Licht zu löschen? Er ging dicht an das Haus heran. Die Fenster der Bügelstube standen offen. Und als er Einblick gewinnen konnte, sah er am Bügelbrett Winnifred Hartau bei emsiger Arbeit stehen.

Das Lampenlicht streute goldene Funken über das herrliche Haar, dessen Pracht jetzt erst richtig zur Geltung kam. Ihr von der Arbeit gerötetes Gesicht beugte sich nieder, und die kleinen roten Hände mühten sich mit dem Bügeleisen und einem duftigen weißen Stoff.

Er trat an das offene Fenster heran. »Guten Abend, Winnifred! Sie sind ja noch immer bei der Arbeit. Es ist bald Mitternacht und Sie stehen noch hier am Bügelbrett, während alles im Hause schon schläft.«

Sie war schreckhaft zusammengezuckt und sah nun mit großen Augen zu ihm hinüber. »Ach – Sie sind es, Vetter Lutz – ich glaubte, Sie seien längst schon zur Ruhe gegangen. Bin ich erschrocken. Ich dachte, ich wäre ganz allein noch wach.«

»Ich hatte noch einen Spaziergang gemacht. Aber nun sagen Sie mir, müssen Sie so spät noch arbeiten? Hatten Sie nicht Zeit, Ihr Kleid am Tage zu bügeln, wenn Sie es durchaus selbst tun wollten?«

Sie errötete und sah betreten auf das Kleid herab, an dem sie sich mühte. Und ehe sie antworten konnte, fuhr er schon fort.

»Aber nein – da fällt mir ein, dass Sie doch Trauer tragen. Dieses weiße Kleid ist schwerlich für Sie bestimmt.«

Sie setzte ihre Arbeit fort, um ihn nicht ansehen zu müssen. »Nein, es ist nicht für mich bestimmt.«

»Aber für wen denn sonst?«

Sie wusste vor Verlegenheit nicht, was sie antworten sollte.

»Ich bin ja gleich fertig, Vetter Lutz. Weil heute so viel zu tun war, kam das Hausmädchen nicht dazu, das Kleid zu bügeln. Käthe braucht aber morgen das Kleid, und Tante Martha muss frische Blusen haben. Deshalb bin ich noch an der Arbeit.«

Seine Stirn rötete sich jäh. »Deshalb sind Sie noch an der Arbeit – jetzt um Mitternacht. Und für meine Mutter und Schwester müssen Sie solche Arbeit tun? Liebe Cousine – Sie können sich gar nicht denken, wie sehr es mich bedrückt, dass man Sie dergleichen tun lässt. Das ist unerhört. Ich habe heut schon mancherlei gesehen, was man Ihnen aufgebürdet hat, und was ich lieber nicht gesehen hätte. Das aber geht zu weit. Ich kann und will nicht dulden, dass Sie Arbeiten verrichten, die man besser den Dienstboten überlässt. Morgen früh rede ich mit meiner Mutter darüber – das muss anders werden.«

Winnifred stellte erschrocken das Bügeleisen hin und kam mit ausgestreckten Händen an das Fenster heran. Ihre Augen sahen groß und angstvoll zu ihm auf.

»Ach, bitte – bitte – tun Sie das nicht, Vetter. Ich würde über alle Maßen unglücklich sein, wenn Sie sich meinetwegen mit Ihrer Mutter erzürnten. Um Gottes willen, tun Sie das nicht. Es macht mir ja gar nichts, ich tue ja alles so gern, und es macht mich froh, dass ich die Mamsell ersetzen kann, dass Tante Martha diese Ausgabe spart. So weiß ich doch, dass ich wirklich nützen kann. Verstehen Sie mich doch, Vetter, ich weiß doch, dass Tante Martha sparen muss. Wie sollte mir da zumute sein, müsste ich hier nur nutzlos mein Brot essen. Dann hätte ich doch nicht das kleinste Recht, hier zu sein – und müsste wieder fort.«

Er sah unverwandt in ihr erregtes Gesicht. Eine tiefe Rührung malte sich in seinen Zügen. Er fasste ihre Hand und streichelte sanft und erbarmend darüber hin.

»Ihre armen, armen Hände, Winnifred. Ich sehe es ihnen an, dass sie solche Arbeit nicht gewöhnt waren. Und es würde sich schon andere Arbeit hier für Sie finden, die Ihnen auch das Gefühl der Daseinsberechtigung geben würde. Ich finde es unverantwortlich von Mama, dass sie es duldet, dass Sie so schwere Arbeit tun.«

Ein blasses Lächeln huschte um ihren Mund. »Nein, nein, so müssen Sie das nicht ansehen, Vetter. Tante Martha erfüllt nur meinen Wunsch, wenn sie mir Arbeit, viel Arbeit gibt. Drüben in Amerika lernt man, dass keine ehrliche Arbeit schändet. Meine Hände sind nur verzärtelt und werden sich schon gewöhnen.«

Er hielt ihre Hand noch immer fest. »Aber begreifen Sie nicht, Winnifred, dass mich das bedrückt?«

»Das soll es nicht. Bitte, bitte, ändern Sie nichts daran. Ich wäre sehr unglücklich, wenn Tante Martha Verdruss durch mich hätte. Wenn Sie mir eine Wohltat erweisen wollen, dann lassen Sie alles ruhig gehen, wie es ist.«

Ihre ganze ängstliche Art verriet ihm, wie sie sich vor seiner Mutter fürchtete.

»Arme kleine Winnifred. Sie binden mir die Hände mit Ihrer Angst. Und das Schlimmste ist, dass ich nicht einmal weiß, wie ich Ihnen jetzt helfen soll. Setze ich jetzt auch durch, dass man Ihnen solche Arbeiten nicht zumutet, so tut man es sicher wieder, wenn ich fort bin – und ich verschlimmere nur Ihre Lage.«

Seine warmen teilnahmsvollen Worte fielen wie ein Lichtstrahl in ihre Seele. Sie atmete tief auf, als sei ihr die Brust zu eng. »Es ist ja nicht schlimm, wirklich nicht.«

»Doch, es ist schlimm, sehr schlimm. Wenn meine Schwester morgen unbedingt ein weißes Kleid anziehen wollte, konnte sie es selbst bügeln, wenn die Dienstboten keine Zeit hatten. Käthe liegt ohnedies den ganzen Tag faul herum. Das müssen Sie nicht unterstützen. Ich werde doch mit Mama darüber sprechen müssen. Aber erschrecken Sie nicht, es wird so geschehen, dass ich mich nicht mit ihr erzürne, und dass man ganz sicher Ihnen die Schuld nicht beimessen kann.«

»Dass man nur meine Anwesenheit nicht noch mehr als bisher als eine Last empfindet.«

»Wer soll so ein törichtes Empfinden haben? Das müssen Sie nicht glauben. Ich für meinen Teil – ich freue mich herzlich, dass Sie hier sind, Winnifred. Mir ist wahrlich zumute, als sei es diesmal viel freundlicher zu Hause. Schon als ich Ihre Blumen in meinem Zimmer stehen sah, wurde ich froh. Ich muss Ihnen ganz offen sagen – meistens fürchte ich mich vor dem Nachhausekommen. Doch das soll nun alles anders werden. Und eins verspreche ich Ihnen, Winnifred, wenn ich auch jetzt Ihr Los nicht bessern kann, bald soll es geschehen. Haben Sie nur noch ein Weilchen Geduld. Ich gedenke in einigen Monaten für immer nach Berndorf zu kommen. Dann werde ich bestimmt dafür sorgen, dass sich Ihr Leben hier freundlicher gestaltet, so wie ich es für Sie für wünschenswert halte. Vielleicht habe ich dann ein Amt und eine Arbeit für Sie, wobei Sie sich sicher nicht unnütz vorkommen. Meine Mutter ist eine harte Frau – ich weiß es –, und ich habe selbst schmerzlich darunter gelitten, ehe ich mich damit abfand. Ich weiß, ich fühle es, dass auch Sie leiden. Aber es soll anders, besser werden, darauf gebe ich Ihnen mein Wort.«

Ach, wie klopfte Winnifred das Herz bei seinen guten warmen Worten. Sie vergaß alle Unbill ihres Lebens, und er ahnte nicht, welch ein heißes Glücksgefühl er durch seine Teilnahme in ihrem jungen Herzen auslöste. Dass er für immer nach Berndorf kommen würde, erfüllte sie mit inniger Freude und mit einer Glückseligkeit, über die sie sich keine Rechenschaft gab.

»Lieber Vetter – ich danke Ihnen, danke Ihnen herzlich für Ihre guten Worte, für Ihre Fürsorge. Das tut mir wohl – ich – ich –«

Sie konnte nicht weitersprechen, die Tränen stürzten ihr aus den Augen, und sie floh in die Tiefe des Zimmers zurück und barg ihr Gesicht in den Händen. Die schlanke Gestalt erbebte vor verhaltenem Schluchzen.

Er stand eine ganze Weile stumm und sah auf das weinende Mädchen. Am liebsten wäre er zum Fenster hineingesprungen, um sie zu trösten. Aber er fühlte, dass er sie dadurch nur noch mehr beunruhigen würde. Er wartete eine Weile, bis sie sich zu fassen begann. Dann sagte er herzlich:

»Beruhigen Sie sich, liebe Cousine – und gehen Sie nun endlich zur Ruhe. Sie müssen ja todmüde sein. Wir finden wohl noch Gelegenheit, weiter über das alles zu sprechen.«

Da zwang sie sich zur Ruhe und kam wieder näher. »Verzeihen Sie die dummen Tränen, Vetter, aber seit dem Tode meiner Eltern hat noch niemand so lieb und herzlich zu mir gesprochen, wie Sie es getan haben. Früher war ich in dieser Beziehung sehr verwöhnt, meine Eltern liebten mich zärtlich. Ihre warme Teilnahme hat mich so fassungslos gemacht. Ich danke Ihnen herzlich dafür. Und um mich sorgen Sie sich nicht, jetzt soll mir alles noch viel leichter werden. Sind Sie erst für immer in Berndorf und kann ich Ihnen durch andere Arbeit besser nützen, soll es mich freuen. Noch mehr werde ich mich freuen, wenn Sie zuweilen ein gutes Wort für mich haben, dann ist alles gut. Das ist das Einzige, was mir hier fehlt. Alles andere ist leicht zu ertragen.«

Er nickte ihr lächelnd zu. »Ich muss schon den Dingen jetzt ihren Lauf lassen, bis ich mein bleibendes Domizil in Berndorf aufschlage. Bis dahin Geduld. Und nun schnell zur Ruhe – Gute Nacht, Winnifred.«

»Gute Nacht, Vetter. Ich bin mit meiner Arbeit fertig und gehe sogleich zur Ruhe.«

»Ich will doch für alle Fälle hier draußen warten, bis Sie das Licht hier auslöschen und es in Ihrem Zimmer anzünden. Ich fürchte, Sie arbeiten sonst doch noch.«

Da flog ein Lächeln über ihr Gesicht, das er sehr reizend fand.

»Nein, nein, ich bin wirklich fertig. Gute Nacht, Vatter – und nochmals innigen Dank für Ihre Teilnahme.«

Sie reichte ihm die Hand, und er drückte sie warm und herzlich.

Gleich darauf erlosch das Licht in der Bügelstube, und nach wenigen Minuten wurde oben Winnifreds Zimmer erleuchtet. Da ging auch Lutz ins Haus.

* * *

Der erste Ostertag war sonnig und warm – ein echter Frühlingstag. Im Berndorfer Gutshause duftete es nach herrlichen Sachen, man merkte, dass ein Festmahl bereitet wurde und dass Festkuchen gebacken waren. Lutz hatte Winnifred nur flüchtig am Frühstückstisch gesehen. Sie war bald wieder hinausgeschlüpft an ihre Arbeit. Er wunderte sich, wie frisch und blühend sie heute aussah und wie hell ihre Augen glänzten. Man merkte ihr keinerlei Müdigkeit an.

Um die Mittagszeit kam Herr von Wildenau und begrüßte seinen Neffen in seiner sarkastischen Art.

»Da ist ja der Herr Doktor! Guten Tag, Lutz. Wie geht es dir?«

»Danke, Onkel Rudolf. Ich hoffe, es geht dir ebenfalls gut.«

»Davon wollen wir lieber nicht reden. Hast du denn nun endlich deiner Mutter die frohe Botschaft mitgebracht, auf die sie schon so lange wartet?«

»Was für eine Botschaft meinst du, Onkel?«

»Nun, dass du endlich einen Goldfisch geangelt hast.«

Lutz sah dem Onkel fest und scharf in die Augen. »Ich angle überhaupt nicht, Onkel Rudolf, und am wenigsten Goldfische. Im Übrigen ist das wohl eine Angelegenheit, die nur meine Mutter und mich angeht«, sagte er abweisend.

»Gut pariert, mein Sohn! Ich nehme alles zurück!«

»Aber, Lutz, wie kannst du nur Onkels freundlicher Teilnahme gegenüber so schroff und abweisend sein«, sagte Frau Martha mahnend.

»Ich habe nichts von freundlicher Teilnahme gemerkt. Wenn Onkel Rudolf eine solche zum Ausdruck bringen wollte, hat er sich im Ton vergriffen.«

»Aber Lutz!«, rief seine Mutter erschrocken.

Herr von Wildenau sah mit einem unbeschreiblichen Blick von der Mutter auf den Sohn. »Deine Mutter hat Angst, dass du den sogenannten Erbonkel erzürnst«, spottete er.

Lutz richtete sich hoch auf. »Diese Angst teile ich nicht!«

Bitter und höhnisch lachte der Onkel. »So sicher bist du deiner Sache!«

Groß und ernst sah ihn Lutz an. »Ich bedaure dich von Herzen, Onkel Rudolf, du musst schlimme Erfahrungen mit den Menschen gemacht haben. Aber bitte, tritt ein, hier im Hausflur ist Zugluft, du könntest dich erkälten.«

Der Onkel erwiderte den Blick seines Neffen in gleicher Weise. Und zum ersten Mal sah er in dessen Augen etwas, was ihn irremachte in seiner Meinung, dass Lutz im Innern seiner Mutter gleiche und wie sie und seine Schwester gierig auf seinen Tod warte.

»Also gehen wir hinein«, sagte er.

Im Wohnzimmer wurde er auch von Käthe begrüßt, die das von Winnifred in der Nacht gebügelte Kleid trug, was Lutz mit Ingrimm bemerkt hatte.

Rudolf von Wildenau sah sich suchend um. »Wo ist denn Winnifred?«

»Sie wird gleich hier sein, sie hat nur noch etwas zu tun.«

Der alte Herr sah Lutz seltsam an. »Natürlich wieder bei der Arbeit. Ob Sonntag, ob Wochentag, man jagt das Kind von einer Arbeit zur andern. Hast du eine Ahnung, Lutz, was diese kleine amerikanische Cousine für eine leistungsfähige Kraft ist? Deine Mutter hat einen guten Griff mit ihr getan.«

Lutz stieg die Röte in die Stirn. Er verstand den sarkastischen Vorwurf in den Worten des Onkels, aber er konnte natürlich nicht darauf eingehen. Zum Glück trat in diesem Augenblick Winnifred ein und meldete, dass man zu Tisch gehen könne.

Herr von Wildenau begrüßte sie mit einem warmen Blick und Händedruck und mit den formellen Worten: »Guten Tag, Winnifred, wie geht es dir?«

»Ich danke dir, Onkel Rudolf, mir geht es gut. Und du siehst heut gottlob besser aus als neulich.«

Er sah auf ihre gerötete Hand herab, die sich so rau anfühlte. »Es lässt sich darüber streiten, Winnifred, es geht mir im Grunde sozusagen miserabel. Mein Aussehen trügt – ich hatte die vorletzte Nacht einen schlimmen Anfall meiner Herzkrämpfe.«

Voll inniger Teilnahme sah Winnifred zu ihm auf. »Armer Onkel Rudolf – und dabei warst du so allein.«

Dem alten Herrn wurde wieder ganz warm ums Herz. Er sagte sich, es müsse sehr schön sein, so ein liebes sanftes Wesen um sich zu haben, wenn man sich krank fühlte, ein Wesen, das voll Teilnahme war und nicht gierig auf seinen Tod wartete. Aber er sagte nur leichthin: »Ich bin es gewöhnt.«

»Nun wollen wir aber zu Tisch gehen. Darf ich bitten, Rudolf«, unterbrach die Hausfrau dieses ihr unangenehme Gespräch.

Herr von Wildenau reichte ihr höflich den Arm. »Wie du befiehlst, Martha.«

Bei Tisch kam eine leidlich angeregte Unterhaltung zustande. Rudolf von Wildenau stellte seine sarkastischen Ausfälle ein. Das geschah unter dem bittenden Blick auf Winnifreds Augen. Diese lieben jungen Augen übten einen seltsamen Einfluss auf ihn aus. Je öfter er mit Winnifred zusammenkam, desto lieber wurde sie ihm. Er hätte sie gern von Berndorf in sein einsames Schloss geholt, einesteils, um sie in angenehmere Verhältnisse zu bringen, anderteils, um dieses liebe sanfte Menschenkind um sich zu haben. Aber er wusste, dass er diesen Wunsch nicht aussprechen durfte, ohne Winnifred die grimmigste Feindschaft von Tante und Cousine zuzuziehen.

Dass Lutz einen warmen herzlichen Ton für Winnifred hatte, fiel ihm auf und veranlasste ihn, seinem Neffen mehr Aufmerksamkeit zu schenken. Aber auch das entging seinen scharfen Augen nicht, dass Winnifred zu Lutz aufsah wie zu einem Menschen, zu dem sie Vertrauen hatte – und der ihr sehr teuer war.

Seine Aufmerksamkeit teilte sich auf die beiden jungen Menschen, ohne dass er es sich anmerken ließ.

Heute verließ Winnifred das Speisezimmer nicht gleich nach Tisch. Tante Martha hatte ihr erlaubt zu bleiben. Sie wollte vermeiden, dass Rudolf sich darüber aufhielt, dass Winnifred zu viel arbeiten müsse.

Im Stillen ärgerte sie sich, dass er sich mehr als nötig mit Winnifred beschäftigte. Noch mehr ärgerte sie aber der Ton, den Winnifred dem Onkel gegenüber anschlug. Er war ihr zu warm, zu herzlich, zu schmeichlerisch, wie sie es nannte. Sie glaubte, Winnifred wollte sich bei ihm einschmeicheln. Weil sie sich selbst in erbschleicherischer Absicht um ihn mühte, glaubte sie das auch von Winnifred.

Nach Tisch bereitete Winnifred auf einer kleinen Maschine selbst den Mokka und servierte dann die gefüllten Tassen. Käthe saß faul in einem Sessel und sah ihr zu, aber Lutz trat zu ihr und bot ihr scherzend seine Hilfe an. Und als sie errötend lächelnd abwehrte, plauderte er so warm und herzlich mit ihr, dass Rudolf von Wildenau aufhorchte. So hatte er Lutz noch mit niemand sprechen hören. Zwischen ihm und Mutter und Schwester herrschte immer ein kühler Ton. Und er selbst hatte bisher immer auf Kriegsfuß mit Lutz gestanden, soweit es die Höflichkeit zuließ. Deshalb überraschte es ihn, dass Lutz so warm und herzlich sprechen konnte.

Und als sich Lutz jetzt freundlich lächelnd zu Winnifred hinabneigte, fiel es ihm zum ersten Mal auf, dass Lutz viel mehr seinem Vater glich als seiner Mutter, und dass seine Augen jetzt den Ausdruck hatten, den er in den Augen seines Vaters so oft gesehen hatte – den Ausdruck warmer Herzensgüte.

Länger als sonst verweilte Herr von Wildenau heute in Berndorf. Er ließ sich dann sogar überreden, bis nach dem Abendessen zu bleiben. Nur bat er, sich jetzt zu einer kurzen Siesta zurückziehen zu dürfen.

Das wurde ihm bereitwilligst gestattet.

»Du kannst in meinem Zimmer ruhen, Rudolf, da stört dich kein Laut«, sagte Frau Martha. »Käthe kann dich hinüber begleiten und es dir behaglich machen.«

Aber er stützte sich auf Winnifreds Arm. »Lass nur, Käthe, bleib du nur sitzen. Winnifred kann mich betreuen. Sie tut es gern.«

»Ich doch auch, liebes Onkelchen«, schmeichelte Käthe, ihren Ärger verbeißend.

»Ja, ja, ich weiß, wie gern du es tun würdest. Aber Winnifred tut es auch gern – nicht wahr?«

»Gewiss, Onkel Rudolf«, erwiderte Winnifred harmlos und führte ihn davon.

Frau Martha sah den beiden nach mit einem unruhig flimmernden Blick. Dann sagte sie langsam mit schwerer Betonung:

»Ich glaube, es wäre besser gewesen, wenn Winnifred nicht nach Berndorf gekommen wäre. Es will mir nicht gefallen, dass Onkel Rudolf ein so großes Interesse für sie an den Tag legt.«

Lutz sah sie fragend an. »Warum will dir das nicht gefallen?«

Sie blickte sich vorsichtig um, dann sagte sie halblaut und erregt: »Begreifst du das nicht? Winnifred ist doch auch mit ihm verwandt. Man kann nicht vorsichtig genug sein. Wenn er nun ein Testament zu ihren Gunsten machte.«

Finster zog er die Stirn zusammen. »Das wäre der armen Waise wohl zu gönnen, Mama.«

Ärgerlich fuhr sie auf. »Du bist doch ein unglaublich unvernünftiger Mensch. Ich glaube, du wärst imstande, ruhig zuzusehen, wenn dir dies Mädchen das ganze reiche Erbe vor der Nase wegschnappte.«

Er wandte seine Augen von der Mutter ab, das habgierige Funkeln ihrer Augen war ihm unerträglich. »Sie ist bedürftiger als wir, Mama. Du weißt, dass ich nie mit diesem Erbe gerechnet habe und nie damit rechnen werde.«

»Weil du leider Gottes überhaupt nicht rechnen kannst, wie es dein Vater auch nicht konnte. Sonst lebten wir jetzt in andern Verhältnissen.«

Lutz erhob sich jäh und trat an das Fenster. »Lass Vater ruhen, Mama, ich bekenne mich freudig zu seiner Art.«

Sie zuckte höhnisch die Achseln. »Ich habe an deinem Vater so wenig eine Stütze gehabt, wie ich an dir eine haben werde.«

Er lehnte die Stirn an die kühle Fensterscheibe – und schwieg.

* * *

Winnifred hatte Onkel Rudolf in das Zimmer der Tante begleitet. Er nahm dort in einem bequemen Lehnstuhl Platz, und sie legte ihm sorglich Kissen in den Rücken und deckte ihn mit einer warmen Decke zu.

»Ist es so behaglich, Onkel Rudolf, oder willst du noch ein Kissen haben?«

»Nein, ich brauche keins mehr, ich sitze sehr behaglich. Es ist doch netter, wenn du mich umsorgst, als wenn es mein alter Kammerdiener tut – von Käthe gar nicht zu reden. Nun wünsche ich nur noch, du setzest dich ein wenig zu mir und plauderst mit mir, bis mich der Schlaf ankommt. Ich hoffe doch, dass du Zeit hast?«

»Ja, Onkel Rudolf, heut habe ich nichts zu tun bis zur Melkzeit.«

»Aber dann musst du auf den Posten?«

»Ja.«

»Was bist du für eine tüchtige kleine Wirtschafterin geworden. Ich staune, dass du dich in alles so leicht gefunden hast. Das ist doch alles Arbeit, die du früher nie getan hast?«

Sie lächelte heiter. Heut war ihr das Herz so leicht und froh. »Nein, solche Arbeit habe ich nie getan. Aber sie ist auch gar nicht schwer zu erlernen, wenn man nur Kräfte hat.«

Er fasste ihre Hand und sah darauf nieder. Und dann sagte er langsam: »Wenn Maria Hartau wüsste, was ihre Tochter hier arbeiten muss. Als ich deine Hände das erste Mal sah, waren sie fein und weiß. Wie weh würde es deiner Mutter tun, könnte sie sie jetzt sehen.«

Sie zog jäh ihre Hand zurück, und mühsam unterdrückte sie die aufsteigenden Tränen.

Er sah, dass sie nicht sprechen konnte. Da fuhr er leise fort: »Die Königstochter Gudrun musste am Meeresstrande Wäsche waschen und bekam auch so rote raue Hände. Aber sie wurden später wieder weiß und fein.«

Sie hatte sich gefasst und lächelte wieder. »Ich bin aber keine Königstochter, Onkel Rudolf, sondern ein armes kleines Bürgermädchen. Du kannst mir glauben, es ist mir unangenehm, dass meine Hände so rau und rot geworden sind. Aber so sorgsam ich sie auch pflege, ich muss sie zu oft waschen, und da wird die Haut in rauer Luft spröde.«

»Arme kleine Winnifred«, sagte er voll Erbarmen.

Ihr Herz klopfte, das hatte Lutz gestern Abend auch zu ihr gesagt. Sie sah mit einem großen feuchten Blick zu seinem Bild hinüber, das auf dem Schreibtisch seiner Mutter stand. Und ihr Blick blieb wie gebannt daran hängen. Und wie ein Leuchten brach es aus ihren Augen. Das sah Onkel Rudolf, und er sah auch, dass dies Leuchten Lutz' Bild galt. Nachdenklich sah er sie an, als sie sagte:

»Ich bin gar nicht zu bedauern, Onkel Rudolf. Und wenn ich nur Hautcreme genug hätte, dann würde ich meine Hände bald wieder in Ordnung haben. Aber gute Cremes sind so teuer – dazu habe ich kein Geld.«

»Dem ist leicht abzuhelfen. Ich werde dir eine Sendung bestellen. Das wirst du doch von deinem alten Onkel annehmen.«

Ein schelmisches Lächeln huschte über ihr Gesicht. »Einen alten Onkel Rudolf kenne ich nicht. Du bist noch so jung. Aber – ich glaube, ich darf es doch annehmen und werde dir sehr dankbar sein. Es ist so hässlich, rote raue Hände zu haben.«

»Gut, dem soll abgeholfen werden. Ach, Kind, ich möchte gern mehr für dich tun. Warum hat deine liebe Mutter nur nicht den Einfall gehabt, dich zu mir nach Wildenau zu schicken. Ich könnte sehr wohl so eine liebe junge Pflegerin brauchen.«

»Du weißt doch, Onkel Rudolf, dass meiner Mutter gesagt worden war, du seist gestorben.«

»Richtig. Ich möchte aber wohl wissen, ob du gern zu mir gekommen wärst.«

Sie sah ihn groß und offen an. »O ja – du bist so lieb und gut – freilich – freilich nur zu mir. Für Tante Martha und Käthe hast du oft harte Worte, und heute auch für Vetter Lutz.«

»Hm! Und das magst du nicht leiden. Du siehst mich dann immer so unruhig und bittend an.«

»Es tut mir weh – weil es mir dein Bild trübt.«

»Tut es das?«

Sie nickte. »Ja – dann muss ich manchmal denken, ob du wohl Freude daran hast, andere Menschen zu quälen. Und dann bin ich traurig. Weißt du, es ist so wunderschön, wenn man weiß, dass ein guter Mensch in unserer Nähe ist, dem man so recht von Herzen vertrauen kann.«

Er sah nachdenklich vor sich hin – dann sah er sie seufzend an. »Gute Menschen sind rar – und ich kann es dir nachfühlen, dass du Sehnsucht nach einem solchen hast. In unserer Nähe ist aber keiner.«

Da zeigte Winnifred leicht errötend auf das Bild des Vetters. »Doch, Onkel Rudolf – der da – das ist einer.«

Er sah sie forschend an, und obwohl sie dunkelrot wurde, hielt sie seinen Blick aus. »Meinst du?«, fragte er.

»Ich fühle es, er ist gut. Und du bist es auch, trotzdem du manchmal böse Worte sprichst. Die kommen nicht aus deinem Herzen und tun dir selber weh.«

Er streichelte ihre Hand und ließ sie los. »Du hast kluge helle Augen, Winnifred. Und glaube es ruhig – dir bin ich gut – weil du auch ein guter Mensch bist. Und Lutz muss ich mir daraufhin doch einmal näher ansehen. Nun will ich aber ein Nickerchen machen. Das habe ich mir angewöhnt in meiner Einsamkeit. Du hast hübsch mit mir geplaudert – ich hoffe, es war nicht das letzte Mal.«

Sie rückte noch einmal sorglich an der Decke und den Kissen und ging still hinaus.

Als sie ins Wohnzimmer trat, stand Lutz noch am Fenster, und seine Mutter und Schwester saßen am Kamin.

»Wo bleibst du so lange, Winnifred?«, fragte Käthe scharf.

»Onkel Rudolf wollte noch ein wenig mit mir plaudern, bis er schläfrig würde«, erwiderte Winnifred unbefangen.

Lutz hatte sich schnell umgewandt. Der Unmut, der noch auf seinen Zügen lag, verschwand schnell. Er schob Winnifred einen Sessel hin. »Nehmen Sie Platz, Winnifred, Sie sind gewiss müde, da Sie gestern Abend so lange gearbeitet haben.«

Sie schüttelte den Kopf und sah errötend zu ihm auf. »O nein, ich bin gar nicht müde.«

»Wirklich nicht?«

»Nein.«

»Wie wäre es dann mit einer kleinen Promenade durch den Wald? Es ist so herrliches Wetter, und Sie kommen so wenig heraus.«

»Ja, es ist wunderschön draußen – ich möchte wohl in den Wald gehen.«

»Also dann kommen Sie, Winnifred. Käthe, begleitest du uns?«

»Nein, ich habe keine Lust, spazieren gehen ist langweilig.«

»Ich möchte wohl wissen, ob es etwas auf der Welt gibt, was dir nicht langweilig erscheint.«

»Ach weißt du, Lutz, wenn ich wie du die ganze Zeit in Berlin leben könnte, wo man tausend Vergnügen hat, dann würde ich mich auch nicht langweilen.«

Lutz wandte sich von seiner Schwester ab. »Du hast wohl auch keine Lust, spazieren zu gehen, Mama?«

Frau von Berndorf schüttelte den Kopf. »Offen gestanden, nein.«

»Erlaubst du, dass ich mitgehe, Tante Martha?«, fragte Winnifred.

»Ja, ja, geh nur, aber bleib nicht zu lange aus. Zum Tee seid ihr wohl zurück, denn nach dem Tee ist Melkzeit.«

»Es wird ja wohl auch einmal ohne Winnifred gemolken werden können«, sagte Lutz schroff.

»Nein, nein – ich bin schon zur rechten Zeit zurück, Tante Martha«, sagte Winnifred schnell.

Und sie ging nun mit Lutz in den hellen lachenden Frühlingstag hinein und hatte das ganze Herz voll Feiertagsstimmung.

Sie plauderten beide sehr angeregt. Lutz verstand es, Winnifreds Scheu zu besiegen und sie zum Sprechen zu bringen.

Und er staunte, welche reichen Geistesgaben, welch ein tiefes Seelenleben sich ihm offenbarte. Er sah oft seltsam gefesselt in ihr belebtes

Gesicht, in ihre klaren schönen Augen hinein. Und er freute sich, dass sie ihm so vertrauend entgegenkam.

Sie erzählte ihm von ihren Eltern, von dem Leben, das sie mit ihnen geführt hatte in inniger Gemeinschaft, und zeigte ihm die Schätze, die diese in ihrem innersten Sein sorglich aufgespeichert hatten.

Dann berichtete sie von ihrer Überfahrt, von dem kurzen Aufenthalt in Kapitän Karsts Hause. Die fünf Flachsköpfe schilderte sie so lebhaft und naturgetreu, dass er sie vor sich zu sehen meinte. Auch von dem Riesenapfkuchen und den blumengeschmückten Zimmern sprach sie in warmer Dankbarkeit.

»Das war wohl freilich ein anderer Empfang, als er Ihnen hier zuteil wurde? Hier ist Ihnen sicher niemand warm und herzlich entgegengekommen«, sagte er.

Sie antwortete nicht gleich. Ihre Lippen zuckten. Lügen wollte sie nicht. Erst nach einer Weile sagte sie halblaut: »Ich konnte einen andern Empfang nicht erwarten, ich bin ja im Grunde eine Fremde – ein lästiger Eindringling. Und ich muss mir erst ein wenig Liebe zu verdienen suchen.«

»Aber Sie fühlen sich unglücklich hier, nicht wahr?«

Sie wurde sehr rot. »Ich bin doch wenigstens nicht bei fremden Menschen. Ich hatte namenlose Angst, dass ich ganz allein würde im Leben stehen müssen. Ich bin leider gar nicht tapfer.«

»Oh, ich glaube im Gegenteil, dass Sie sehr tapfer sind. Wie Sie sich mit Ihrem schweren Schicksal abgefunden haben, ist bewundernswert. Die Tapferkeit besteht nicht nur im Handeln, sondern auch im Dulden. Und von der letzten besitzen Sie sehr viel.«

»Mein Schicksal ist nicht so schwer wie Sie glauben. Im Anfang – ja – da war es oft schlimm. Aber jetzt – jetzt geht es mir gut. Ich weiß, dass ich nützen kann und – dann habe ich doch liebe Menschen gefunden.«

»Liebe Menschen?«

Sie nickte. »Ja – Sie und Onkel Rudolf.«

»Onkel Rudolf? Gehört der wirklich zu den lieben Menschen?«

»Ja, ganz gewiss.«

»Verzeihen Sie – aber davon habe ich noch nicht viel gemerkt.«

»Man muss ihn nur erst richtig kennen. Ich habe schnell herausgefunden, dass er gut ist, wenn er es auch nicht zeigen will. Mir scheint

– Sie und er – Sie kennen sich beide gar nicht richtig – sonst würden Sie einander herzlich zugetan sein.«

»Sie mögen recht haben. Aber zwischen ihm und mir steht etwas – ein Argwohn. Und der lässt uns nicht zusammenkommen. Ich weiß sehr wohl, dass er im Grunde ein edler Mensch ist. Aber lassen wir ihn jetzt. Mich rechnen Sie also auch zu den lieben Menschen?«

Sie sah zu ihm auf und wurde rot unter seinem lächelnden Blick. »Ja, Sie sind der liebste Mensch, den ich kenne.«

Sie wusste gar nicht, mit welcher Inbrunst und Innigkeit sie das sagte. Es rührte ihn. Und er sagte sich, dass Winnifred Hartau in ihrer unschuldigen Unerfahrenheit allerdings nicht in den offenen Lebenskampf gehörte. Wie leicht hätte sie an schlechte Menschen geraten können, die ihre Unerfahrenheit ausbeuteten. Wenn sie in Berndorf auch nicht auf Rosen gebettet war, so war sie doch wenigstens vor ernsten Gefahren in Sicherheit.

Dieser Gedanke hatte etwas sehr Beruhigendes für ihn.

Winnifred sah nun nach der Uhr und mahnte an die Heimkehr. Onkel Rudolf würde wach sein und die Gesellschaft seines Neffen genießen wollen. Und sie selbst musste zur rechten Zeit auf ihrem Posten sein, in Kuhstall und Milchkammer, weil die Mamsell heute Urlaub hatte.

»Und wann werden Sie Urlaub haben, um auch einmal Ihrem Vergnügen nachzugehen?«, fragte er, seine Stirn in Falten ziehend.

Sie sah hell und froh zu ihm auf. »Morgen habe ich den ganzen Tag frei und darf mit nach Wildenau hinüber.«

»Und das nennen Sie ein Vergnügen?«

Sie nickte strahlend. »In Wildenau ist es wunderschön. Onkel Rudolf hat mir erlaubt, im ganzen Schloss und im Park herumzustreifen. So herrliche alte Schlösser gibt es in Amerika nicht. Ich freue mich sehr auf morgen – auch weil Sie mit in Wildenau sein werden.«

»Mein Gott, Winnifred, was sind Sie für ein bescheidenes Gemüt.«

Sie schüttelte lächelnd den Kopf. Was wusste er davon, wie groß für sie die Freude war, in seiner Gesellschaft sein zu dürfen, die Gewissheit zu haben, dass er sich freundlich mit ihr beschäftigen würde.

Sie traten nun den Heimweg an und kamen gerade zur Teestunde zurecht. Onkel Rudolf hatte ein Stündchen ganz fest geschlafen und behauptete, daran sei der Umstand schuld, dass ihm Winnifred so sorglich Behagen verschafft habe. Er war entschieden gut gelaunt und vermied jeden sarkastischen Ausfall, um Winnifred zufriedenzustellen. Dieses kleine, unscheinbare, schüchterne Mädchen übte einen selten starken Einfluss auf ihn aus. Ganz still verschwand Winnifred um die Melkzeit aus dem Zimmer, um ihre Pflicht zu erfüllen, und erschien erst zum Abendessen wieder. Und da fühlten Onkel Rudolf und Lutz plötzlich, wie sie ihnen gefehlt hatte. Ihre Stimmung belebte sich nach ihrem Erscheinen sichtlich, trotzdem Winnifred wenig sprach, und nur, wenn sie angeredet wurde.

Gleich nach dem Abendessen brach dann Onkel Rudolf auf. Seit langer Zeit war er heute das erste Mal so lange unter Menschen gewesen, und er wunderte sich selbst, dass es ihm nicht zu viel geworden war.

»Wir sehen uns also morgen in Wildenau. Auf Wiedersehen«, sagte er, als er sich von ihr verabschiedete.

»Auf Wiedersehen, Onkel Rudolf, ich freue mich sehr«, erwiderte sie froh.

Und als sie dann zur Ruhe ging, hatte sie das Gefühl, dass ein schöner herrlicher Tag hinter ihr lag und dass morgen sicher ein noch schönerer werden würde. Auch das Wetter versprach gut zu werden.

* * *

Winnifred und Käthe hatten sich zurückgezogen, und Mutter und Sohn befanden sich noch allein im Wohnzimmer.

»Bist du müde, Mama, oder hast du noch Zeit und Lust, eine wichtige Angelegenheit mit mir zu besprechen? Es ist noch gar nicht spät.«

Frau Martha hatte absichtlich dies Alleinsein mit ihrem Sohn herbeigeführt. Sie wollte endlich erfahren, was er ihr zu sagen habe.

»Ich bin gar nicht müde, Lutz, und stehe ganz zu deiner Verfügung. Was hast du mir zu sagen?«

Lutz zögerte noch eine Weile, als er sich der Mutter gegenüber niedergelassen hatte. »Es fällt mir ein wenig schwer, Mama, die richtigen Worte zu finden«, sagte er etwas verlegen.

Sie sah ihn lächelnd an. »Ach, Lutz, ich habe schon eine frohe Ahnung. Lass mich nicht länger warten. Nicht wahr, du willst mir mitteilen, dass du dich verlobt hast, oder wenigstens verloben willst.«

Er atmete tief auf, dann sah er sie fest an. »Ja, Mama, du hast es erraten, ich habe die Absicht, mich zu verloben, und habe das letzte entscheidende Wort nur noch nicht gesprochen, weil ich dir erst vorher davon sprechen wollte.«

Sie beugte sich freudig erregt vor. »Ich hatte gleich eine Ahnung, Lutz, als du von einer Verbesserung unserer Verhältnisse sprachst. Nun sag', mit wem willst du dich verloben?«

Er wusste sehr wohl, dass sie sich bezüglich dieser Verbesserung in einem Irrtum befand. »Die junge Dame, der mein Herz gehört, und von der ich mich geliebt weiß, ist die Baronesse Sidonie Glützow, die Tochter des Majors a. D. von Glützow.«

»Ah, also eine Dame aus guter alter Familie. Das freut mich sehr, Lutz. Du scheinst also doch vernünftig gewesen zu sein in der Wahl einer Lebensgefährtin. Wenn auch die Hauptsache ist, dass die zukünftige Herrin von Berndorf Vermögen hat, so ist es mir doch lieb, dass sie aus altadligem Geschlecht stammt. Die Berndorfs haben immer in dieser Beziehung gut gewählt. Ein Berndorf hat ja sogar eine Prinzessin heimgeführt, das war freilich zu den Glanzzeiten des Geschlechts. Hoffentlich kommen diese Zeiten wieder.«

Lutz biss die Zähne zusammen und richtete sich straff auf. »In Bezug auf das Vermögen meiner Auserwählten muss ich dich enttäuschen, Mama. Baroness Siddy ist arm – ganz arm.«

Frau Martha fuhr jäh empor, und ihr Gesicht erblasste. »Lutz – das kann doch dein Ernst nicht sein! Das wirst du mir doch nicht antun? Du willst mich nur erschrecken.«

»Nein, Mama, es ist, wie ich sage. Die junge Dame ist ohne jedes Vermögen.«

Sie tastete auf den Lehnen ihres Sessels herum.

»Aber du sagtest doch, es würden nun bald bessere Zeiten für Berndorf kommen. Und ich hoffte zu hören, dass du eine reiche Partie machen würdest.«

»Du hast mich falsch verstanden, Mama. Auf bessere Zeiten hoffe ich allerdings, aber die will ich auf andere Weise schaffen. Ich will dir sagen, wie. Höre mich an. In dieser Stunde sollst du erfahren, dass ich eine Erfindung gemacht habe, die mich voraussichtlich bald in die Lage versetzen wird, viel Geld zu verdienen. Ich muss mir nur erst ein gewisses Kapital verschaffen, um mir auf Berndorfer Gebiet ein Laboratorium zu bauen.«

Scharf und schneidend lachte seine Mutter auf. »Schätze, die im Monde liegen! Du bist ein haltloser Fantast, mein Sohn. Statt Geld zu schaffen, wirst du Geld zusetzen. Das hat mir noch gefehlt. Mit solchen Erfindungen setzt man sich immer in die Nesseln.«

»Ich würde dir solche Mitteilungen nicht machen, Mama, wenn ich meiner Sache nicht sicher wäre. So weit solltest du mich doch kennen, dass du wissen müsstest, dass ich in solchen Dingen kein Fantast bin. Du kannst mich ruhig gewähren lassen.«

Frau Martha sprang auf. »Nein, das werde ich nicht tun. Ich protestiere ganz energisch gegen solche Hirngespinste. Geld aufnehmen, um ein Laboratorium zu bauen, das heißt uns völlig ruinieren. Und eine arme Frau heimzuführen, bist du nicht in der Lage, ich verbiete dir darum, dich in solche aussichtslose Sachen zu verstricken. Du kannst nur eine reiche Frau heimführen, dann magst du zu deinem Vergnügen ein Laboratorium bauen. Zur Verbindung mit einem armen Mädchen verweigere ich meine Zustimmung.«

Sie bebte an allen Gliedern vor Erregung. Auch Lutz erhob sich. Er hatte diese Szene kommen sehen und sich davor gefürchtet. Aber sie fand ihn auch gewappnet.

»Ich habe vorausgewusst, dass du meine Eröffnung so aufnehmen würdest, und weil ich eine schmerzliche Erregung für dich voraussah, habe ich mich davor gefürchtet, aber nur deshalb. Ich bitte dich, beruhige dich und glaube mir, dass ich dir jede Aufregung erspart hätte, wenn es möglich gewesen wäre. Aber so darfst du auch in deiner Erregung nicht mit mir sprechen. Ich bin doch kein törichter, unmündiger Knabe, der sich von seiner Mutter etwas verbieten lässt, sondern ein Mann, der weiß, was er will. Ich habe mir alles reiflich überlegt, und was du auch sagen magst, Siddy von Glützow wird meine Frau. Bitte erspare dir und mir alles Weitere.«

Frau Martha krampfte in ohnmächtigem Grimme die Hände zusammen. »Das soll ich geschehen lassen, ich soll ruhig zusehen, wie du uns vollends ruinierst, sodass wir eines Tages als Bettler von Berndorf ziehen müssen? Nein, nein, niemals. So viel Recht wird deine Mutter wohl haben, dich vor einem unüberlegten törichten Schritt zu bewahren.«

»Nein, Mama, selbst wenn dieser Schritt ein törichter wäre, könntest du mich nicht zwingen, ihn zu unterlassen. Aber ich bin fest überzeugt, dass meine Erfindung gut einschlagen und mir viel Geld bringen wird. Ich könnte sie ohne Weiteres für eine ziemlich hohe Summe an ein anderes Unternehmen verkaufen, aber das will ich nicht. Ich will sie selbst ausnutzen, weil mir das viel mehr Geld einbringen wird. Und in der Verbindung mit Baroness Glützow sehe ich mein Lebensglück und werde es mir ganz sicher nicht von dir aus den Händen winden lassen. Ich bin ein Mann und stehe selbst für das ein, was ich tue. Es tut mir leid, dass ich dir Unruhe und Aufregung bereiten muss, aber ändern kannst du an meinem Entschluss nichts.«

Kraftlos sank Frau Martha in den Sessel. In ihres Sohnes Antlitz las sie eine so feste eiserne Entschlossenheit, dass sie fühlte, sie konnte nicht dagegen ankommen.

»Das ist mein Tod«, stöhnte sie aufseufzend.

Er fasste ihre Hand. »Beruhige dich doch, Mama.«

Sie riss empört ihre Hand aus der seinen. »Wie kann ich mich beruhigen, wenn ich sehe, dass du unsern Untergang herbeiführst?«

»Ich sage dir ja, dass ich im Gegenteil eine Verbesserung unserer Lage herbeiführen will.«

Sie lachte spöttisch auf. »Dadurch, dass du neue Schulden machst, um einem Hirngespinst nachzujagen, und dadurch, dass du dich mit einer armen Frau belastest.«

»Bitte, höre mich erst einmal ruhig an, ehe du von Hirngespinsten sprichst. Ich will dir meinen Plan ausführlich auseinandersetzen.«

Und er berichtete klar und übersichtlich von seiner Erfindung. Durch chemische Zusammensetzung wertloser Substanzen, die er in beliebigen Mengen überall kostenlos erhalten konnte, hatte er ein Präparat hergestellt, das, unter Ackererde gemischt, dem Boden doppelte oder gar dreifache Erträgnisse abzuringen vermochte – auch dem schlechtesten Boden. Aber er konnte seine Mutter nicht überzeugen.

»Es sind Hirngespinste, nichts weiter«, beharrte sie.

Er schüttelte den Kopf. »Du irrst, Mama, ich will dir den Beweis liefern, dass meine Erfindung hält, was ich verspreche. Ich habe sie selbstverständlich erst ausprobiert, ehe ich dir davon sprach, und ehe ich mich dazu entschlossen habe, meine Zukunft und die eure darauf zu gründen. Ich habe dir ein Quantum meines Präparates mitgebracht. Lasse es unter die Erde verschiedener Gartenbeete mischen und bepflanze die Beete sonst genauso wie die andern, in wenig Wochen wirst du schon den Erfolg sehen. Ich bin meiner Sache ganz sicher und bitte dich, mir zu vertrauen. Dann wird es dir wohl leichter werden, mir deine Einwilligung, deinen Segen zu geben zu meiner Verbindung mit Baroness Glützow.«

Aber so leicht ergab sich seine Mutter nicht. Sie glaubte nicht an eine erfolgreiche Erfindung ihres Sohnes und wehrte sich, bildlich gesprochen, mit Händen und Füßen gegen seine Verbindung mit einem armen Mädchen. Aber an der Ruhe und Energie ihres Sohnes prallten ihre Einwände, ihr Widerspruch ab. Zum ersten Mal sah sie ein, dass der Kopf ihres Sohnes härter, sein Wille fester war als der ihre. Trotz seiner idealen Anschauungen war er ein ganzer Mann, den sie nicht beherrschen konnte, wie sie seinen Vater beherrscht hatte. Und wenn Lutz auch nicht erreichte, dass sie andern Sinnes wurde, so musste sie sich doch ins Unvermeidliche fügen. Als sie das erkannte, als sie merkte, dass all ihr Widerstand fruchtlos war, sank sie kraftlos in ihren Sessel zurück und sah starr vor sich hin. »Nun fehlt nur noch, dass Onkel Rudolf uns sein Erbe entzieht, dann ist das Elend da. Du wirst dich – uns alle – auch das Mädchen, das du heimführen willst, ins Unglück stürzen«, sagte sie tonlos.

Er beugte sich über sie und nahm ihre Hand in die seine. »Glaube das nicht, Mama, sei doch ein wenig zuversichtlich und ruhig. Ich gebe jetzt sogleich meine Stellung bei Professor Hendrichs auf und komme, sobald ich frei bin, nach Berndorf, um den Bau des Laboratoriums zu beginnen. Der wird über Sommer fertiggestellt. Vor Weihnacht noch kann der Betrieb beginnen, und inzwischen bereite ich alles vor, sende an alle Fachzeitschriften meine Artikel, die das Präparat bekannt und darauf aufmerksam machen. Zunächst gebe ich kleine Quantitäten zur Probe ab, und wer diese Proben versucht hat, wird dann große Mengen bestellen. Bald werde ich mein Unternehmen vergrößern können, und wir werden auch Versuche im Großen in Berndorf machen und den Ertrag wesentlich erhöhen. Auch Onkel Rudolf muss in Wildenau Versuche machen, ich werde ihn für meine Erfindung interessieren. Der Nutzen liegt schon beim ersten Versuch so klar auf der Hand, dass alles einschlagen muss. Sag' deinen Sorgen Valet, Mama, und sag' mir ein gutes Wort, dass du meine Braut freundlich als Tochter aufnehmen willst.«

Sie schüttelte den Kopf. »Ich kann nicht – kann nicht. Alles will mir unter den Händen zerbrechen. Lass mich jetzt gehen – ich muss allein sein, muss diesen Schlag zu verwinden suchen.«

Da hielt er sie nicht mehr. Es war besser, sie kam erst mit sich selbst zurecht. Morgen konnte er dann hoffentlich in Ruhe weiter mit ihr sprechen. Und hatte sich der Sturm gelegt, wollte er nach Berlin fahren und sich Siddys Jawort holen. Dann wollte er sie seiner Mutter zuführen als seine Braut.

* * *

Frau Martha hatte eine sehr schlechte Nacht hinter sich. Ihre kalte herrschsüchtige Natur litt unter dem Bewusstsein, sich dem Willen des Sohnes fügen zu müssen, mehr als unter den Sorgen, die auf sie einstürmten. Sie grollte ihm, dass er so fest und ruhig auf seinem Willen beharrte und sah tatsächlich der Zukunft mit sorgenvollen Augen entgegen.

An den Erfolg der Erfindung glaubte sie nicht. Sie nahm nur an, dass sie Geld verschlingen würde. Und dass der Sohn eine arme Frau ins Haus brachte, erschien ihr als ein großes Unglück. Nun blieb ihr nur noch die Hoffnung auf des Onkels Erbe. Aber auch in diese Hoffnung schlichen sich ängstliche Zweifel. Es gefiel ihr nicht, dass Winnifred Onkel Rudolf so viel Interesse abnötigte, und sie überlegte, dass es notwendig sei, sie aus seiner Nähe zu entfernen.

Aber wie sollte das geschehen? Lutz würde es nicht leiden und auch Onkel Rudolf würde sich dagegen zur Wehr setzen, wenn sie nicht einen wirklich triftigen Grund dafür anführte. Sie zergrübelte sich den Kopf nach solch einem Grunde, und endlich kam ihr ein erlösender Einfall. Wenn Lutz wirklich die Baronesse Glützow zu seiner Frau machte und mit ihr für immer in Berndorf wohnen wollte, dann war eben kein Platz mehr für Winnifred im Hause. So ungern sie auch auf diese wirklich tüchtige Stütze verzichtete, musste sie sich doch sagen, es sei besser, sich ohne sie zu behelfen, als sich in ihr eine ernste Gefahr für ihre Erbaussichten heranzubilden. Sie wollte gleich in der nächsten Zeit Schritte tun, um für Winnifred fern von Berndorf ein anderes Unterkommen zu finden. Vielleicht konnte man sie als Gesellschafterin oder in ähnlicher Stellung unterbringen. Man konnte sich dabei den Anschein geben, dass man Winnifreds Lage verbessern wollte, damit sie nicht länger so schwere Arbeit tun müsse. Sie dachte an ihre Freundin, Frau von Hellern, die als Witwe eines hohen Staatsbeamten in Dresden lebte und in der dortigen Gesellschaft viel galt. Dieser Freundin hoffte sich Frau Martha später zu bedienen, um Käthe in die vornehmen Dresdner Kreise einzuführen, damit sie dort eventuell eine glänzende Partie machen konnte. Frau Martha hatte sich Frau von

Hellern vor Jahren einmal verpflichtet und rechnete auf ihre Dankbarkeit. So konnte sie ihr jetzt vielleicht den Gefallen tun, für Winnifred in der Dresdner Gesellschaft eine gute Position ausfindig zu machen. Dann konnte man noch großes Wohlwollen heucheln, und Winnifred kam aus dem Wege. Vielleicht war es sogar zu ihrem Glück. Das konnte man jedenfalls annehmen und Onkel Rudolf plausibel machen, falls er Einwände haben würde. Dann war Winnifred weit vom Schuss und konnte kein Unheil mehr anrichten.

Natürlich musste man in dieser Angelegenheit klug zu Werke gehen. Niemand durfte etwas von ihrem Vorhaben merken, damit man sie nicht hindern konnte. Erst, wenn geschehen war, was geschehen musste, wollte sie darüber reden. Und wenn Winnifred erst fort war, würde Onkel Rudolf sie hoffentlich bald vergessen.

Über all diese unerfreulichen Gedanken kam Frau Martha wenig zum Schlaf. Ziemlich müde und verstimmt erhob sie sich am andern Morgen, und beim Frühstück zeigte sie sich schweigsam und verschlossen. Im Laufe des Vormittags kam es zwischen ihr und ihrem Sohne nochmals zu einer erregten Debatte. Sie versuchte noch einmal alles, ihn von seinem Vorhaben abzubringen. Aber es gelang ihr nicht. Sie musste sich fügen, und Lutz teilte ihr mit, dass er in der nächsten Woche seine Braut nach Berndorf bringen würde, um sie ihr vorzustellen. Bis dahin wollte er ihr Zeit geben, sich mit dem Gedanken vertraut zu machen.

Gegen zwölf Uhr fuhr man dann gemeinsam nach Wildenau hinüber. Winnifred saß Lutz mit strahlenden Augen gegenüber, und es war ihm eine wahre Erholung, in ihr liebes Gesicht zu blicken. Denn Mutter und Schwester schmollten mit ihm. Käthe hatte von der Mutter gehört, dass der Bruder sich an ein armes Mädchen verplempert hätte und dass sie bald in Berndorf ihren Einzug halten würde. Das behagte Käthe nicht. Und da die Mutter mit ihm grollte, tat sie es auch.

Er nahm wenig Notiz davon. Sehr tief ging ihm der Groll von Mutter und Schwester nicht, denn er stand ihnen im Herzen ziemlich fremd gegenüber. Aber Winnifreds Anwesenheit war ihm doch eine Wohltat. In Wildenau wurden die Berndorfer von dem Schlossherrn in der großen Halle empfangen. Wie immer war Rudolf von Wildenau sorgfältig und vornehm gekleidet, und er passte mit seiner hohen aristokratischen Erscheinung sehr wohl in die feudale Umgebung. Noch heute war Rudolf von Wildenau eine beachtenswerte stolze Erscheinung, wenn er auch seines Leidens wegen etwas müde lässige Bewegungen hatte.

Er grüßte Winnifred mit einem warmen herzlichen Blick, den Frau Martha auffing. Das festigte ihren Entschluss, Winnifred so bald als möglich zu entfernen.

In dem Speisesaal des Schlosses war die Tafel festlich gedeckt, und die Diener standen erwartungsvoll neben den Türen, um sofort zu servieren, sobald die Herrschaften an der Tafel Platz genommen hatten. Der Reichtum des Hauses kam heute so recht zur Geltung. Alles Gerät war kostbar, die Diener gut geschult, die Speisen vortrefflich zubereitet und die Weine von auserlesener Güte. Frau Martha sah das alles mit sehnsüchtigen Augen an. Wenn doch Wildenau erst den Berndorfs gehörte. Dann wäre ja alles gut gewesen, dann möchte Lutz eine arme Frau heimführen und Erfindungen machen, so viel er wollte.

Aber Rudolf von Wildenau sah heut so gar nicht aus, als sei ihm sein Ende nahe. Er schien wohler und frischer als seit langer Zeit.

Und das gefiel ihr gar nicht.

Bei Tisch wollte keine rechte Stimmung aufkommen, trotzdem der Hausherr anscheinend sehr gut gelaunt war und gar keine Ausfälle machte.

Es war ausgemacht, dass man bis zum Abend in Wildenau bleiben sollte. Onkel Rudolf wollte auf diese Weise Winnifred einen wirklich freien Tag schaffen. Und sie genoss auch diesen Feiertag mit allen Sinnen.

Nach Tisch wurde der Mokka im anstoßenden Gartensaal serviert. Hier war Winnifred noch nicht gewesen. Mit großen bewundernden Augen sah sie sich in dem schönen Raume um. Inmitten desselben stand ein kostbarer Flügel. Winnifred trat an denselben heran und betrachtete ihn mit seltsam sehnsüchtigen Augen. Ihre Hände strichen wie scheu liebkosend darüber hin. Das sah Herr von Wildenau. Lächelnd blickte er sie an.

»Du siehst den Flügel an, Winnifred, als lockte es dich, auf ihm zu spielen. Oder irre ich mich? Bist du musikalisch? Ich habe in diesem Moment das Empfinden, als müsstest du es sein. Und ich wäre gerade in der Stimmung, ein wenig Musik zu hören.«

Mit leuchtenden Augen sah Winnifred zu ihm hinüber.

»Ich habe zu Hause viel mit meiner Mutter zusammen musiziert.«

»Oh, ich entsinne mich, deine Mutter war eine Künstlerin auf dem Klavier, und sie besaß auch eine wundervolle Altstimme. Ich habe ihr oft mit Andacht zugehört. Singst du auch?«

»O ja, ich habe viel gesungen, obwohl ich nur bei meiner Mutter Gesangsunterricht hatte. Meine Stimme ist nicht so groß und kräftig, wie die meiner Mutter war, und ich singe Mezzosopran, der allerdings ziemlich dunkel gefärbt ist.«

»Da machen wir ja eine erfreuliche Entdeckung. Ich hatte keine Ahnung, dass du musizieren kannst. Du wirst uns doch hoffentlich die Freude machen, uns eine Probe deines Könnens zu geben. Ich liebe Hausmusik sehr und habe früher selber fleißig musiziert, jetzt tue ich es seit Langem nicht mehr. Käthe hat mir zuweilen vorgespielt, aber ich glaube, sie tut es nicht gern.«

Käthe erhob sich auffallend schnell und trat an den Flügel. »Du brauchst doch nur zu wünschen, Onkel Rudolf, dann spiele ich dir gern vor, so viel du willst.«

»Schön, umso besser, dann höre ich von euch beiden Vorträge. Aber nun lass uns zuerst einmal Winnifred hören. Sie sieht aus, als könne sie es nicht erwarten, den Flügel zu probieren.«

Winnifred errötete. »Ich habe so lange keine Gelegenheit gehabt zu musizieren, und muss gestehen, dass es mich lockt. Aber –«, sie sah auf ihre Hände herab, die von der schweren Arbeit etwas steif waren, »ich weiß nicht, ob es gut gehen wird, meine Finger sind etwas ungelenk geworden.«

Und sie bewegte die Finger, als wolle sie deren Beweglichkeit prüfen.

»Wir werden keine strengen Kritiker sein, Winnifred. Sie können unbesorgt spielen und singen«, sagte Lutz.

Sie setzte sich lächelnd an den Flügel, den Herr von Wildenau von einem Diener hatte öffnen lassen.

»Ich will versuchen, ob es noch geht mit dem Musizieren«, sagte sie und spielte kleine Läufe und Triller.

Und dann blätterte sie in den Noten, die auf dem Notenschrank neben dem Flügel lagen.

»Was soll ich spielen, Onkel Rudolf? Ich sehe, du hast eine große Auswahl an Noten und herrliche Sachen. Beethoven, Chopin, Schumann und Schubert – auch Grieg, mein besonderer Liebling, ist vorhanden.«

»Wir überlassen dir die Wahl, Winnifred. Auf diese Weise lernen wir deinen Geschmack kennen.«

Winnifred suchte einige Blätter heraus und begann dann ohne Zögern das Allegro moderato aus der h-Moll-Sinfonie von Schubert. Überrascht richteten sich Onkel Rudolf und Lutz auf, als unter den kleinen geröteten Mädchenhänden der wundervolle Flügel zu singen und zu klingen begann, als wenn ihm eine Seele eingehaucht wäre. Winnifreds Anschlag war weich und zart und doch voll und kräftig, wo es nottat. Ihr Spiel war künstlerisch bedeutend und sehr beseelt und ausdrucksvoll. Die süßen Töne des Allegro füllten den hohen Raum mit einem Wohlklang ohnegleichen.

Lutz sah nicht minder überrascht in Winnifreds Antlitz wie Onkel Rudolf. Es hatte, während sie spielte, einen ganz andern Ausdruck. Das war nicht mehr das kleine schüchterne Mädchen mit den scheuen ängstlichen Augen. Es schien alles von ihr abgestreift zu sein, was wie ein Bann auf ihr lag, seit sie ihre Eltern verloren hatte. Unter den Tönen ihrer Hände wachte ihre Seele auf. Die Augen blickten groß und strahlend, der feine Mund war von einem entzückenden Lächeln umspielt, als freue sie sich selbst der lang entbehrten Musik. Und das Gesicht bekam einen reiferen bedeutenderen Ausdruck, es leuchtete von innen heraus. Über diese junge Dame, die hier am Flügel saß, konnte man nicht hinwegsehen, das war eine Persönlichkeit, die über ihre Umgebung herauswuchs. In ihrer Musik offenbarte sich ein stolzer freier Geist, eine tiefe reiche Seele.

Staunend sahen die beiden Herren diese wundersame Veränderung, als trauten sie ihren Augen und Ohren nicht. Und über Lutz kam eine heiße tiefe Beschämung, dass seine Mutter dieses Mädchen Magddienste verrichten ließ.

Er sah die Mutter an. Fühlte sie nicht selber, dass sie sich an Winnifred vergangen. Aber er nahm auf dem kalten unbewegten Gesicht der Mutter nichts wahr als ein leises Staunen, und Käthe saß gelangweilt da. In diesen kalten flachen Frauenseelen weckten Winnifreds Klänge keinen Widerhall. Aber zu seinem Staunen sah er in Onkel Rudolfs Augen einen feuchten Schimmer. Der war ergriffen, wie er selbst. Und das berührte ihn angenehm.

Winnifred war zu Ende mit dem Allegro und ließ die Hände sinken. Wie aus einem schönen Traum erwachend, sah sie sich um und atmete tief auf. Und dann sagte sie in ihrer alten schüchternen Weise: »Darf ich noch weiter spielen? Der Flügel ist wundervoll!«

Onkel Rudolf richtete sich auf aus seiner Versunkenheit und trat zu Winnifred heran. Ganz leise und zart nahm er ihre Hand und führte sie an seine Lippen.

»Wer hätte in der kleinen scheuen Winnifred eine solche Künstlerin vermutet«, sagte er bewegt.

Sie errötete bis in die Haarwurzeln. »Ach, Onkel Rudolf, ich habe recht schlecht gespielt, meine Finger sind heut so ungelenk.«

Er sah auf ihre Hand herab. »Ja, das glaube ich dir. Solche Hände dürfen nichts tun, als musizieren. Spiele weiter, wenn du uns erfreuen willst. Ich glaube nicht, dass wir müde werden, dir zuzuhören.«

Und Winnifred spielte danach Beethoven und Chopin – in gleich vollendeter Weise. Eine atemlose Stille herrschte im Saal.

»Willst du uns nun auch ein Lied singen, Winnifred? Ich bin auf weitere Überraschungen gefasst«, sagte der Hausherr nach einer Pause.

Winnifred sah zu Lutz herüber, und als sie merkte, dass seine Augen mit einem seltsam staunenden, fragenden Blick auf ihr ruhten, klopfte ihr Herz voll Unruhe. Es war, als fragten sie seine Blicke:

»Wer bist du? Ich habe dich bisher nicht gekannt.«

Sie atmete tief auf. Ihre Töne hatten zu ihm gesprochen, hatten ihm alles erzählt, was sie ihm nicht sagen wollte und nicht sagen durfte. Ob sie würde singen können vor diesen fragenden Männeraugen? Ob sie ihm nicht zu viel von ihren Empfindungen verraten würde mit ihren Liedern?

»Ich will versuchen zu singen, Onkel Rudolf, aber versprich dir bitte nicht zu viel«, sagte sie zögernd.

Onkel Rudolf strich sanft über ihren Scheitel. »Singe nur, Winnifred.«

Frau Martha hatte gesehen, dass er ihr die Hand küsste, und sah nun auch, dass er ihr Haar streichelte.

»Sie muss fort, so bald als möglich«, dachte sie außer sich. Sie fühlte, dass jede Stunde, die Winnifred noch in Gesellschaft von Onkel Rudolf verbrachte, die Gefahr vergrößerte.

Der Hausherr ließ sich in seinen Sessel gleiten. Winnifred suchte ein Notenblatt heraus und legte es vor sich hin. Sie begann das Vorspiel und dann setzte ihre Stimme ein, so lieblich und süß, so dunkel und voll und weich mit natürlichem Wohllaut und so einschmeichelnd und zum Herzen gehend, dass Lutz wie ein Träumer dasaß. Seine Seele schwebte auf den Klängen dieses Liedes von Grieg zu der fernen Geliebten. Winnifreds Gesang löste ein unbeschreibliches Empfinden in ihm aus, es erwachte eine Sehnsucht in ihm nach etwas Herrlichem, Wunderbarem, das er bisher nicht gekannt hatte, und das ihn in seinen Bann zog. Und weil er nicht wusste, wohin mit diesem mächtigen Empfinden, schickte er es zu dem Mädchen, das er liebte und von dem er sich mit gleicher Innigkeit wiedergeliebt glaubte.

Als das Lied verklungen war, herrschte eine Weile tiefstes Schweigen. Es wurde schließlich durch Frau Marthas kalte nüchterne Stimme unterbrochen, unter deren hartem Klang Winnifred und die beiden Herren wie unter einem grellen Misston zusammenzuckten: »Du bist ja wirklich eine kleine Künstlerin, Winnifred. In der Tat, du hast sehr hübsch gespielt und gesungen. Ich hatte keine Ahnung, dass du so musikalisch bist.«

Winnifreds feine Lippen zuckten leise. Was wusste die Tante überhaupt von ihr? Sie strich sich über die Stirn und erhob sich. Wie liebkosend fuhr ihre Hand noch einmal über den Flügel.

»Willst du nun spielen, Käthe?«, fragte sie in ihrer bescheidenen Art.

Käthe saß grollend auf ihrem Platz. Sie hatte Winnifred nie leiden mögen, aber jetzt war sie ihr geradezu verhasst, weil sie sich von ihr in den Schatten gedrängt sah. Das kränkte ihre Eitelkeit. Sie wusste sehr wohl, dass sie nicht annähernd so gut spielen konnte wie Winnifred, aber sie brachte es nicht über sich, ihr ein anerkennendes Wort zu sagen.

Lutz war emporgeschreckt, als seine Mutter sprach. Er meinte, er hätte stundenlang den weichen süßen Tönen lauschen können. Wie eine Wohltat hatten sie sich in sein Herz geschmeichelt.

Er erhob sich und trat zu Winnifred heran. »Sie haben uns köstlich beschenkt, Winnifred, und wir stehen wie Bettler vor Ihnen«, sagte er warm und bewegt. Scheu sah sie zu ihm auf. »Sie müssen mich nicht beschämen, Vetter, sonst wage ich nie mehr vor Ihnen zu musizieren. Mein bescheidenes Können ist nicht so hohen Lobes wert«, sagte sie in ehrlicher Bescheidenheit.

Er sah wieder mit dem suchenden Blick in ihre Augen, als wolle er ihre Art völlig ergründen.

»Wissen Sie wirklich nicht, dass Sie uns einen großen seltenen Genuss geboten haben?«

Verlegen schüttelte sie den Kopf. »Ich habe bisher mit meinem Spiel und meinem Gesang nur meine Eltern erfreut. Zuweilen haben auch einige vertraute Freunde meiner Eltern zugehört – aber das waren entweder sehr schlichte Menschen oder größere Künstler als ich. Und da hat niemand viel Aufhebens von meinem Spiel und Gesang gemacht. Meine Mutter überragte uns alle. Sie war eine wirkliche Künstlerin, und oft hat man sie bestürmt, Konzerte zu geben. Das tat sie aber nicht. Sie hatte eine unbezwingliche Scheu, vor fremden Menschen zu musizieren, und die habe ich auch. Was ich kann, habe ich von meiner Mutter gelernt, und nie habe ich ihre Leistungen erreichen können. Sie spielte und sang, dass man nicht wusste, ob man jubeln oder weinen sollte.«

Onkel Rudolf war zu ihnen getreten. »Das weiß man auch bei deinem Spiel und Gesang nicht, Winnifred. Und es sollte mich herzlich freuen, könnte ich oft nur Gelegenheit haben, dich zu hören.«

Frau Martha fand, dass Winnifred viel zu viel im Mittelpunkt des Interesses stand, und um es von ihr abzulenken, sagte sie, sich an den Schlossherrn wendend:

»Lieber Rudolf, ich möchte mit dir über eine besondere Angelegenheit sprechen. Willst du mich anhören?«

Der alte Herr lächelte fein. Er hatte sehr wohl Frau Marthas verdrießliche Unruhe bemerkt und wusste, dass sie ihn von Winnifred ablenken wollte. Sonst hätte er wohl darüber eine seiner sarkastischen Bemerkungen gemacht, aber heute tat er das nicht. Er ging auf ihre Worte ein, um sie nicht noch mehr gegen Winnifred einzunehmen.

»Was ist das für eine Angelegenheit, Martha? Hoffentlich hast du mir etwas Angenehmes zu sagen.«

»Leider nicht. Ich muss dir mitteilen, dass Lutz im Begriff ist, eine sehr große Torheit zu begehen.«

Lutz wandte sich rasch nach seiner Mutter um. »Mama!«, rief er mahnend. Sie zuckte die Schultern. »Nun – was denn? Onkel Rudolf muss es ja doch erfahren.«

»Gewiss, aber bitte, lass es mich selbst aussprechen.«

»Nun, wenn du es Onkel Rudolf auch noch so günstig darzustellen versuchst, eine Torheit bleibt es doch.«

Onkel Rudolf und Winnifred sahen forschend zu Lutz hinüber. Dieser richtete sich auf.

»Ich werde es weder günstig noch ungünstig darstellen, Mama, sondern nur, die einfache Tatsache melden. Mama nennt es eine Torheit, Onkel Rudolf, dass ich mein Herz an ein armes Mädchen verloren habe und es heimzuführen gedenke. Ich habe die Absicht, mich mit der Baroness Sidonie von Glützow zu verloben.«

Niemand achtete in diesem Moment auf Winnifred, nur Onkel Rudolf sah zu ihr hinüber und bemerkte, dass sie mit erblasstem starrem Gesicht in einen Sessel sank und mit niedergeschlagenen Augen regungslos sitzenblieb. Das gab ihm zu denken. Aber im Moment konnte er sich nicht weiter mit ihr beschäftigen, da ihn Mutter und Sohn in Anspruch nahmen.

Onkel Rudolf sah forschend und prüfend in Lutz' Gesicht. »Also du willst den Herzenswunsch deiner Mutter, eine reiche Partie zu machen, nicht erfüllen, Lutz?«, fragte er ohne alle Schärfe im Ton.

»Nein – ich kann und will mich nicht verkaufen. Mein Herz hat für ein armes Mädchen gesprochen, und ich werde es heimführen. Es tut mir leid, Mama eine Enttäuschung bereiten zu müssen, aber in dieser Angelegenheit muss man nur auf sich selbst hören. Ich kann Mama nicht helfen, sie muss sich dareinfügen.«

Mit einem seltsamen Blick sah ihn der Onkel an. »Das ist allerdings eine große Enttäuschung für deine Mutter.«

»Du kannst dir denken, Rudolf, dass ich außer mir war«, warf Frau Martha erregt ein. »Aber all mein Reden hat nichts genügt, Lutz nimmt keine Vernunft an. Er ist von einer bejammernswürdigen Starrköpfigkeit.«

Herr von Wildenau sah Lutz noch immer mit dem seltsam forschenden Blick an. »Das hätte ich dir allerdings nicht zugetraut, Lutz«, sagte er nun langsam.

Lutz zog die Stirn unmutig zusammen. Er glaubte Missbilligung aus den Worten des Onkels zu hören. »Ich bitte dich, Onkel, mich in keiner Weise beeinflussen zu wollen. Es würde zu nichts führen, mein Entschluss steht fest. Gern hätte ich die Angelegenheit unter vier Augen mit dir besprochen, da Mama jedoch die Sache zur Sprache brachte, musste ich darauf eingehen. Trotzdem bitte ich dich nun doch um eine Unterredung ohne Zeugen. Ich habe noch etwas mit dir zu besprechen.«

»Ich stehe dir, wenn du willst, sogleich zur Verfügung. Bitte, begleite mich in mein Arbeitszimmer.«

Die Herren erhoben sich und entschuldigten sich bei den Damen.

»Ihr macht vielleicht inzwischen einen Spaziergang durch den Park oder zeigt Winnifred die Teile des Schlosses, die sie noch nicht besichtigt hat«, wandte sich der Schlossherr an die Damen.

Winnifred fuhr aus ihrer Erstarrung auf und sah zu ihm empor mit einem matten wehen Blick. Sie hatte das Verlangen, mit ihrem unverstandenen Schmerz allein zu sein.

»Ich finde mich allein im Schloss zurecht, Onkel Rudolf, Tante Martha und Käthe sollen sich nicht bemühen. Sie kennen ja alles schon«, sagte sie tonlos.

Er sah voll Mitleid in die erloschenen Augen, in das blasse Gesicht mit dem feinen Schmerzenszug um den Mund.

»Sollte das arme Kind ihr Herz wirklich so schnell an Lutz verloren haben? Dann kann es mir doppelt leidtun«, dachte er. Und er begriff, dass sie allein sein wollte. »So geh allein, Winnifred«, sagte er, und nickte ihr gütig zu.

Dann ging er mit Lutz hinaus.

Winnifred erhob sich. »Gestattest du, Tante Martha, dass ich mich im Schlosse umsehe?«

Diese winkte hastig ab. »Ja, ja – geh nur.«

Da ging auch Winnifred hinaus und ließ Mutter und Tochter allein, die nun Gelegenheit hatten, ihren wenig schönen Gefühlen Luft zu machen.

Langsam ging Winnifred durch die Räume des Schlosses. Aber ihre Augen sahen wenig von der Pracht und Schönheit um sie her. Sie hatte ein Gefühl, als sei in ihrem Innern plötzlich alles erstarrt, als läge ihr Herz tot und steinern in der Brust.

Sie trat in einem der hohen weiten Räume an das Fenster und lehnte ihre Stirn dagegen.

»Was quält mich nur so namenlos? Warum hat mich die Eröffnung, dass Vetter Lutz sich verlobt, so bedrückt? Habe ich denn etwas anderes von ihm gewollt, als ein wenig Teilnahme und Freundlichkeit? Das kann er mir doch auch gewähren, wenn er verlobt oder verheiratet ist. Warum tut mir das Herz so weh, wenn ich daran denke, dass er eine junge Frau heimführen wird? Und warum kann ich mich seines Glückes nicht freuen? Vater im Himmel – was ist mir Lutz?« So fragte sie sich mit aufgestörtem unklarem Empfinden. Langsam ging sie weiter, wie im Traume. Und in einem Zimmer blieb sie gedankenverloren vor einem Kunstwerk stehen. Es war eine Skulptur, die zwei Menschen, Mann und Weib, in inniger Umarmung darstellt. Es war das Werk eines großen Künstlers, und die Liebe zweier Menschen war in idealster und vollkommenster Weise dargestellt.

Winnifreds Augen weiteten sich plötzlich, als sie den Sinn dieses Werkes erfasste. Ein Zittern flog über sie hin, und ein helles Licht fiel in ihre Seele. Wie ein Schleier wurde es von ihrem Denken und Empfinden fortgezogen. Mit einem Male erkannte sie sich selbst und was sie für Lutz empfand.

Dunkle Röte flog über ihr Antlitz. Sie barg es in den Händen und sank vor dem Bildwerk in einen Sessel, weil sie ihre Füße nicht mehr trugen. So saß sie – wie lange, wusste sie selbst nicht –

* *
*

Rudolf von Wildenau hatte an seinem Schreibtisch Platz genommen und wies Lutz sich gegenüber einen Sessel an. »Nun sprich, Lutz, was hast du mir zu sagen?« Lutz atmete tief auf. Es kam ihm schwer an, seiner Bitte Worte zu geben. »Ich will mich kurz fassen, Onkel Rudolf«, sagte er trotzdem entschlossen. »Du hast vernommen, dass ich mich mit einem armen Mädchen verloben werde. Ob du, wie meine Mutter, der Ansicht bist, dass dies eine Torheit ist, weiß ich nicht. Ich weiß nur, dass ich liebe und nicht anders handeln kann. Dabei habe ich aber unsere Lage durchaus nicht vergessen. Ich weiß, dass Berndorf bis an die Grenzen seines Wertes mit Hypotheken belastet ist, weiß, dass Mama schwere Sorgen hat und trotz ihres Fleißes nicht mehr herauswirtschaften kann als die Hypothekenzinsen und den knappsten Lebensbedarf. Ich würde daher etwas bange in die Zukunft blicken und mich bedenken, das Los eines geliebten Weibes an das meine zu knüpfen, wenn ich nicht begründete Hoffnung hätte, dass ich in Zukunft nicht nur auf den Ertrag von Berndorf angewiesen sein würde. Und diese Hoffnung, Onkel Rudolf, sollst du mir verwirklichen helfen, darum will ich dich bitten.«

Rudolf von Wildenau richtete sich mit einem Ruck empor. Das immer in ihm wache Misstrauen wuchs gewaltig. Sein Gesicht war starr und steinern. »Ach, du meinst, ich soll dir die Versicherung geben, dass dir eines Tages Wildenau gehören wird?«, fragte er in beißendem Hohn.

Lutz schüttelte heftig den Kopf. »Nein, das meine ich ganz gewiss nicht. Ich will dich nicht lange im Unklaren lassen. Willst du mir ein größeres Kapital leihen?«

Wieder zuckte es höhnisch in Herrn von Wildenaus Zügen. Wenn er vorhin versucht gewesen war, Lutz im Herzen Abbitte zu tun, weil er geglaubt, er sei Geist vom Geiste seiner Mutter, so meinte er jetzt, diese Abbitte nicht nötig zu haben.

»Also du willst sozusagen eine Abschlagszahlung auf das sehnlich erwartete Erbe, damit du nach deinem Wunsche heiraten kannst?«, fragte er höhnisch.

Lutz' Stirn rötete sich. »Du sollst mich nicht noch mehr demütigen, Onkel Rudolf, da ich schon als Bittender vor dir stehe, was mir keineswegs leicht wird. Ich denke nicht daran, dich beerben zu wollen, habe nie daran gedacht.«

»Nicht? – Rechnest du nicht seit Jahren damit, wie es deine Mutter und deine Schwester tun?«

»Ganz gewiss nicht, es peinigt mich, dass meine Mutter und meine Schwester damit rechnen, dass sie sich an ein Versprechen klammern, das du meinem Vater gegeben hast. Ich weiß, dass dieses Versprechen hinfällig ist – und ich wünsche dir, wie es mein Vater gewünscht hat, dass du deinen Besitz eignen Kindern hinterlassen kannst, wozu es ja noch nicht zu spät ist, andernfalls kannst du dein Erbe hinterlassen, wem du willst, ich rechne gewiss nicht damit.«

Gespannt sah Onkel Rudolf in Lutz' Gesicht, in seine blitzenden Augen hinein. »Also du würdest nicht enttäuscht sein, wenn ich dir sage, dass ich tatsächlich die Absicht habe, mein Hab und Gut anderweitig zu vererben, und dass ich mich euch gegenüber nicht an ein Versprechen gebunden fühle, das ich nur deinem Vater persönlich machte, weil er mein liebster teuerster Freund war. Nur ihm gönnte ich mein Erbe, deiner Mutter und Käthe stehe ich im Herzen fremd gegenüber, und du hast ja selbst dafür gesorgt, dass du mir entfremdet wurdest.«

Lutz nickte. »Mit Absicht tat ich das, mit Absicht hielt ich mich dir möglichst fern, und zeigte mich dir kalt und schroff. Nicht, weil ich, wie du einmal durchblicken ließest, zu sicher war, dass du uns doch dein Erbe hinterlassen würdest, sondern weil es mich peinigte, von dir vielleicht als Erbschleicher angesehen zu werden. Wäre ich das, müsste ich vor mir selber und vor dem Andenken meines Vaters erröten. Ich gebe dir jetzt mein Manneswort, dass ich nie daran gedacht habe, dich zu beerben und dass ich nie daran denken werde. Hinterlasse du dein Hab und Gut, wem du willst. Ich muss dir ganz offen gestehen, dass dies Erbe nicht den Wert für mich hat, an den du zu glauben scheinst. Ich hoffe, mir selbst ein Vermögen zu erwerben durch ehrliche Arbeit, und ich gehöre zu den Männern, für die nur Selbsterworbenes Wert hat, die nur glücklich sind über das, was sie sich selbst geschaffen haben. Deshalb wäre auch eine reiche Frau, nur weil sie reich ist, kein Glück für mich. Ich will auf meine eigene Kraft bauen.«

Rudolf von Wildenau sah seinen Neffen an, als sähe er ihn heute zum ersten Male. »Ist das dein Ernst, Lutz? Bedenke dich wohl – ich frage dich jetzt, ob du mich ohne Vorbehalt von dem Versprechen entbindest, das ich deinem Vater gab?«

Lutz lächelte. Und mehr als alle Worte überzeugte dies Lächeln den Onkel. »Ich habe dich nicht davon zu entbinden, Onkel Rudolf, mir hast du kein Versprechen gegeben, und ich weiß, dass auch mein Vater nie auf dies Versprechen gebaut hat. Er hoffte, dass du doch noch einmal, ein zweites Mal, heiraten und eine Familie gründen könntest. Mein Vater ist vor dir gestorben, damit war dein Versprechen hinfällig geworden. Wie gesagt – verfüge über deinen Besitz, wie du willst. Und ich hoffe noch immer, da du noch in den besten Jahren stehst, dass du noch einmal heiraten wirst.«

»Und das würde dir wirklich keine schmerzliche Enttäuschung bereiten?«, fragte der Onkel noch immer wie im Zweifel.

»Nein! Ich gebe dir mein Ehrenwort, dass ich es dir von Herzen gönnen würde, wenn die Tage der Einsamkeit für dich ein Ende nähmen. Du würdest dann vielleicht mit weniger Bitterkeit und Misstrauen den Menschen gegenüberstehen, die dir gern näherkommen möchten, weil du nicht mehr in jedem einen Erbschleicher sehen würdest. Wie gesagt, ich will meine Zukunft auf eigene Kraft bauen und bin viel zu stolz, in kleinlicher Habgier nach fremdem Besitz zu trachten. Ich hoffe, du verlierst nun den beschämenden Verdacht gegen mich, und bin froh, dass ich mir das einmal von der Seele sprechen konnte. Und nun komme ich nochmals auf meine Bitte zurück. Leihe mir ein Kapital« – er nannte den Betrag – »damit will ich den Grundstein legen für meine Zukunft und zugleich für die meiner zukünftigen Frau, meiner Mutter und meiner Schwester. Ehe du dich darüber entscheidest, will ich dir erklären, wie ich das Geld verwenden will, und was ich für Zukunftspläne habe.«

In Onkel Rudolfs Augen lag ein warmer Glanz. »Also sprich – Lutz – mir scheint, ich habe dir wirklich viel abzubitten.«

Klar und sachlich berichtete Lutz nun, was er seiner Mutter, bezüglich seiner Erfindung, eröffnet hatte, und zum Schluss bat er den Onkel, mit seinem Präparat Versuche auf seinem eignen Grund und Boden anzustellen und ihm später zu bescheinigen, was für Erfolge er damit erzielt habe.

Aufmerksam hatte Herr von Wildenau zugehört. Als Lutz nun zu Ende war, fragte er interessiert: »Und du hast selbst schon Versuche mit diesem Präparat angestellt?«

»Ja, Onkel Rudolf, Versuche, deren Erfolge mich selbst überraschten und meine Erwartungen übertrafen. Ich ging von dem Standpunkt aus, dass unser deutsches Vaterland zu klein an Ausdehnung ist, um alle die, die es bevölkern, zu ernähren. Es ist meines Erachtens nach ungeheuer wichtig für unsere soziale und politische Lage, uns in dieser Beziehung so viel wie möglich vom Ausland unabhängig zu machen. Nur das kann uns vor den Folgen einer Einkreisungspolitik, die man sicher gegen Deutschland im Sinne hat, schützen. Deshalb müssen wir, ganz abgesehen von persönlichen Motiven, danach trachten, unsern deutschen Boden ertragsfähiger zu machen. Und das können wir nur, wenn wir ihm geben, was er braucht, um gute reiche Ernten zu liefern. Wohl gibt es schon verschiedene Mittel, die das bezwecken, aber sie kommen entweder aus dem Ausland, oder sind zu knapp und zu teuer. Mein Präparat kann in beliebigen Mengen zu den billigsten Preisen hergestellt werden, und die Versuche, die ich damit machte, sind, wie gesagt, überraschend ausgefallen. Ich habe selbst gestaunt. Ein Irrtum ist ausgeschlossen. Ich hoffe in wenigen Jahren mein Unternehmen zur vollsten Blüte zu bringen, denn die Nachfrage steigt mit den Erfolgen. In Berndorf werde ich außerdem die ersten größeren Versuche anstellen, und ich hoffe, den ererbten Besitz dadurch zu neuer Blüte zu verhelfen. Wenn ich bei meinem Präparat für mich selbst auch nur einen bescheidenen Gewinn in Anrechnung zu bringen gedenke, werde ich doch bald die Mittel haben, das Unternehmen zu vergrößern, und ich hoffe, mit der Zeit ein reicher Mann zu werden, ganz abgesehen von dem idealen Erfolg.«

Rudolf von Wildenau überlegte nicht lange. Die Ausführungen seines Neffen interessierten ihn und er verlangte danach, ihm zur Verwirklichung seiner Pläne zu helfen.

»Gut – du bekommst den gewünschten Betrag, Lutz. Ich halte ihn unverzüglich für dich bereit. Und sobald ich einen befriedigenden

Versuch mit deinem Präparat gemacht habe, steht dir auch eine größere Summe zur Verfügung.«

Lutz atmete tief auf und drückte ihm die Hand.

»Ich danke dir, Onkel Rudolf.«

Dieser sah mit warm leuchtenden Augen zu dem jungen Manne auf.

»Es freut mich – freut mich sehr, Lutz, dich kennenzulernen, wie es eben geschehen ist. Du bist doch Blut von deines Vaters Blut – du hast aber einen stärkeren Willen als er. Dass ich dich bisher verkannt habe, daran bist du selbst schuld, weil du dich mir nie gezeigt hast, wie du bist. Deine Gründe zu diesem Verhalten muss ich aber billigen. Ich habe dich wahrlich nicht ermutigt, mir näherzukommen – man wird so misstrauisch und so verbittert, wenn man weiß, dass es Menschen in unserer Nähe gibt, die auf unsern Tod lauern. Ich hoffe, wir werden beide in Zukunft nachholen, was wir versäumt haben.«

»Ich will das gern tun, Onkel Rudolf, denn deine Versicherung, dass du nicht daran denkst, in uns deine Erben zu sehen, macht mich dir gegenüber frei. Aber nun zu den Bedingungen, unter welchen du mir das Darlehn gibst, das ich dir in einigen Jahren hoffe zurückzahlen zu können.«

Onkel Rudolf hob abwehrend die Hand. »Das eilt mir nicht. Ich interessiere mich für deine Erfindung und möchte dir auch einen Beweis meines erwachten Wohlwollens geben. Du sollst das Geld zinsfrei bekommen, bis du in der Lage bist, es mir zurückzuzahlen. Die Versuche mit deinem Präparat mache ich sofort. Wann willst du mit dem Bau des Laboratoriums beginnen?«

»Lass dir nur erst danken für deine Hilfe, Onkel Rudolf. Dann will ich dir sagen, dass ich sozusagen umgehend mit dem Bau beginnen werde. Sobald ich nach Berlin zurückkehre, spreche ich mit Professor Hendrichs. Er wird mich, hoffe ich, schnellstens freigeben.«

»Und wann willst du heiraten?«

Lutz' Augen leuchteten auf. »Wenn ich das Jawort der Baroness erhalten habe, bespreche ich gleich mit ihr den Termin zu unserer Hochzeit.«

»Kennst du sie schon lange?«

»Seit Wochen erst – aber mir ist, als hätte ich sie schon immer gekannt.«

»Und du bist überzeugt, dass du gut gewählt hast? Verliebte sind blind, Lutz. Ich hoffe, du hast dir eine Frau erwählt, die zu dir passt und die vor allen Dingen ein warmes Herz hat. Vergiss nicht, was dein Vater in seiner Ehe gelitten hat.«

»Ich vergesse es nicht, Onkel Rudolf. Nicht um alle Schätze der Welt möchte ich eine solche Ehe führen, wie sie mein Vater geführt hat. Siddy Glützow ist nicht nur schön, sie besitzt auch ein sanftes zärtliches Gemüt. Du wirst sie in der nächsten Woche kennenlernen. Ich hole sie auf einen oder zwei Tage nach Berndorf, um sie euch vorzustellen.«

Herr von Wildenau sah sinnend vor sich hin. Er hätte es viel lieber gesehen, wenn Lutz sein Herz an Winnifred Hartau verloren hätte, die allem Anschein nach ihrem Vetter mit wärmerer, als verwandtschaftlicher Liebe gegenüberstand. Aber daran war ja nicht zu denken. Er reichte Lutz die Hand.

»Nun, ich wünsche dir von Herzen Glück, mein lieber Junge. Und in Zukunft wollen wir anders als bisher zusammenstehen. Vielleicht würde es mir jetzt leidtun, dass ich beschlossen habe, meinen Besitz einem andern Erben zu hinterlassen. Aber jener andere Mensch ist nicht wie du imstande, sich selbst eine sichere Zukunft zu bereiten.«

Lutz sah ihn fest an.

»Wenn ich dich bitten darf, so nimm Mama jetzt diese Hoffnung nicht. Gerade jetzt, da sie wegen meiner Erfindung und meiner bevorstehenden Heirat so sehr in Sorge ist, würde sie doppelt schwer an dieser Enttäuschung tragen. Lass mich erst so weit sein, dass sie Erfolge bei mir sieht, dass ich ihr die schwersten Sorgen abgenommen habe, dann wird sie es leichter tragen.«

»Nun, wie du willst. Also diese Angelegenheit ist erledigt. Nun möchte ich noch etwas mit dir besprechen. Weißt du, dass man Winnifred Hartau in deinem Hause wie einen Dienstboten hält, dass man ihr die schwersten und gröbsten Arbeiten zumutet?«

Jäh rötete sich die Stirn des jungen Mannes. »Leider habe ich diese Entdeckung selbst gemacht. Und ich hatte mit Mama schon verschiedene heftige Auseinandersetzungen deswegen. Leider ohne Erfolg. Auch mit Winnifred habe ich darüber gesprochen. Ich sagte ihr, dass ich nicht dulden wollte, dass ihre Hilflosigkeit so unerhört ausgenutzt würde. Aber sie war ganz außer sich, als ich ihr sagte, dass ich mit Mama darüber sprechen wollte. Sie bat mich dringend, es nicht zu tun. Das arme Ding glaubt, sich ihr Brot auf diese Weise verdienen zu müssen. Auf ihre Bitten hin und um Mama nicht gegen sie einzunehmen, hatte ich mich schon entschlossen, mit einer Änderung ihrer

Lage zu warten, bis ich für immer in Berndorf bin. Aber – seit ich sie heut am Flügel gesehen, seit ich ihrem Spiel und ihrem Gesang gelauscht habe, ist mir klar geworden, dass man sich unerhört an ihr versündigen würde, wenn man die Dinge länger so gehen lässt.«

Herr von Wildenau nickte. »Das freut mich, Lutz. Ich fürchtete schon, du seiest mit dieser Art, Wohltaten zu erweisen, einverstanden. Weißt du, dass deine Mutter keine neue Mamsell engagieren will und dass Winnifred alle Arbeiten einer solchen verrichten soll?«

»Ja, ich hörte es – und war empört. Aber Mama hörte nicht auf meinen Protest und verbat sich alle Einmischungen in ihre Bestimmungen. Nun werde ich aber, wenn es nötig ist, als Herr auf Berndorf ein Machtwort sprechen – selbst auf die Gefahr hin, Mama zu verletzen.«

»Bravo, damit tust du recht. Es freut mich aber, dass du von Winnifred eine so gute Meinung hast.«

»Die beste, Onkel Rudolf. Sie ist ein liebes, rührend hilfloses Geschöpf mit einer stillen feinen Seele. Für den Lebenskampf taugt sie freilich nicht. Sie wird sich überall Wunden holen. Deshalb muss man die Hände über sie halten, muss ihr Halt und Stütze geben.«

Nachdenklich nickte der Onkel vor sich hin. »Ja, das muss man tun. Es freut mich, dass du sie richtig erkannt hast und – es ist schade – schade –« Er brach ab.

»Was ist schade, Onkel Rudolf?«

Dieser winkte ab. Er hatte sagen wollen: »Es ist schade, dass du dein Herz schon anderweitig vergeben hast. Winnifred wäre eine passende Frau für dich gewesen.«

Er sprach es aber nicht aus, sondern antwortete: »Es ist schade, dass deine Mutter so wenig Verständnis für Winnifred hat. Doch nun geh zu den Deinen zurück, Lutz, ich folge dir in wenig Minuten. Ich will nur erst meine Medizin nehmen.«

»Du fühlst dich doch hoffentlich nicht ernstlich unwohl?«

Herr von Wildenau zuckte die Achseln. »Es geht einmal besser, einmal schlechter – und – eines Tages wird es schnell mit mir zu Ende sein. Ich musste über dich lächeln, als du mir vorhin sagtest, ich sei in den besten Jahren und mir rietest, noch einmal zu heiraten.«

»Nun ja, Onkel Rudolf, du bist fünfundvierzig Jahre alt, das ist kein Alter für einen Mann.«

»Für einen gesunden Mann – nein. Aber für mich, Lutz. Da wir heut bei Bekenntnissen sind, will ich dir heut auch eins machen. Die Ärzte geben mir im günstigsten Falle noch zwei Jahre zu leben – länger nicht.«

Erschrocken sah ihn Lutz an. »Onkel Rudolf!«

Dieser nickte. In seinem Antlitz lag ein Ausdruck stiller Größe. »Es ist so, Lutz, die Ärzte wollten es mir erst nicht sagen, bis ich darauf drang, mit dem Hinweis, dass ich vor meinem Ende noch mancherlei zu erledigen hätte. Da sagten sie es mir. Ein Jahr bleibt mir noch bestimmt – mein Leiden lässt sich ziemlich genau berechnen – und ein zweites Jahr wahrscheinlich. Darüber hinaus – nichts! Ich war schon so ziemlich reisefertig und glaubte, alles getan zu haben, was ich zu tun hatte. Jetzt hat mir aber das Leben plötzlich noch eine Aufgabe gestellt, und die möchte ich noch erfüllen und mich an ihrer Erfüllung freuen. Damit hoffe ich mir einen guten Abgang zu verschaffen, und deshalb nehme ich so gewissenhaft die Medizin, die mir das zweite Jahr noch möglichst sichern soll.«

Erschüttert sah ihn Lutz an, und sein Antlitz wurde blass vor Ergriffenheit. Da drückte ihm der Onkel die Hand mit einem warmen Blick.

»Es tut mir wohl, Lutz, dass dich meine Worte erschrecken und traurig stimmen – ich glaubte, es gäbe nur noch Menschen, die auf meinen Tod lauern. Nun weiß ich plötzlich zwei, die es nicht tun – das macht mich reich.«

Und Lutz mit einem stillen Lächeln zunickend, ging er davon. Er war ein Mensch, der das Leben schon überwunden hatte und lächeln konnte über das Erschrecken des jungen – gesunden Mannes vor dem Tode.

Langsam begab er sich in den andern Schlossflügel, wo sein Schlafzimmer lag. Dort befand sich die Medizin, die er nehmen wollte. Es war ihm lieb, dass er noch einige Minuten allein sein konnte, die Unterredung mit Lutz hatte ihn doch etwas erregt. Es war freilich eine freudige Erregung. Dass Lutz der Sohn seines Vaters war und dessen Charakter geerbt hatte, freute ihn. Tatkraft und Energie waren freilich mütterliches Erbteil, aber das konnte er gut gebrauchen. Sein Vater war anders geartet, deshalb war er zerbrochen an der kaltsinnigen Energie und Herrschsucht seines Weibes. Lutz würde sich zu behaupten wissen im Kampf mit seiner Mutter.

Langsam schritt der Schlossherr auf weichen Teppichen durch lange Zimmerreihen. Plötzlich blieb er aber wie gebannt stehen und sah betroffen auf ein seltsames Bild. Vor dem Kunstwerk, das die Liebe zweier Menschen darstellte, lag Winnifred zusammengesunken in einem Sessel und barg, wie von tiefstem Schmerz überwältigt, das Gesicht in den Händen.

Er wollte auf sie zugehen, sie trösten und aufrichten, aber da stockte sein Fuß. Nein, sie durfte nicht wissen, dass ihr Schmerz einen Zeugen gehabt hatte, nicht jetzt durfte sie das wissen. Das würde sie unfrei machen ihm gegenüber. Und das durfte nicht sein. Er wollte sich das Vertrauen dieses jungen Geschöpfes erwerben, weil er es lieb gewonnen hatte wie ein eigenes Kind, das ihm der Himmel versagt hatte.

»Man muss die Hände über sie halten, Lutz hat recht«, dachte er.

Und leise, um nicht von ihr bemerkt zu werden, ging er auf Umwegen weiter, bis er sein Schlafzimmer erreichte.

* * *

Als die Berndorfer Herrschaften an diesem Abend wieder zu Hause angelangt waren, bat Lutz seine Mutter abermals um eine Unterredung. Und da teilte er ihr zuerst mit, dass Onkel Rudolf ihm das erbetene Kapital zinsfrei überlassen würde und dass er seinem Unternehmen volles Vertrauen entgegenbringe. Frau Martha wusste nicht, ob sie sich darüber freuen oder ärgern sollte. Da sie aber mit Lutz noch grollte, heuchelte sie Gleichgültigkeit der Gekränkten.

Lutz ließ sich dadurch aber nicht beirren und kam nun auf Winnifred zu sprechen. Es war ihm aufgefallen, dass diese sehr blass und bedrückt von ihrem Rundgang durch Schloss Wildenau zurückgekommen und auch nicht wieder heiter geworden war. Immer wieder hatte er sie besorgt ansehen müssen und hatte vergeblich gewartet, dass ihr reizendes Lächeln sich noch einmal zeigen, dass ihre Augen mit warmem Vertrauen in die seinen blicken würden. Es kam ihm nicht zum Bewusstsein, dass er sehnlichst darauf wartete und dass ihm etwas fehlte, als es nicht geschah. Ihre traurigen Augen sahen matt und ohne Glanz an ihm vorbei. Als er sie, kurz vor der Heimfahrt, als sie eine Weile allein waren, leise fragte, weshalb sie so traurig sei, da war eine jähe Röte in ihr Gesicht geschossen, und sie hatte ihn so scheu und erschrocken angesehen, als sei sie auf einem schlimmen Unrecht ertappt worden.

»O nein, ich bin nicht traurig«, hatte sie geantwortet.

»Jetzt waren Sie nicht ehrlich, Winnifred«, hatte er ihr gesagt.

Da war ein Zittern über sie dahingeflogen, und sie hatte hilflos und verwirrt die Hände zusammengekrampft. Er hatte sie nicht weiter quälen wollen.

»Sicher ist ihr beim Musizieren zum Bewusstsein gekommen, wie traurig sich ihr Leben in Berndorf gestaltet hat. Das soll und muss anders werden«, hatte er gedacht.

Und nun wollte er ihre Sache bei der Mutter führen. »Ich möchte noch einmal mit dir über Winnifred sprechen, Mama! Onkel Rudolf hat mich heute gefragt, ob ich wüsste, dass sie bei uns wie ein Dienstbote gehalten würde. Ich habe ihm zugesagt, mit dir darüber zu sprechen, dass dies in Zukunft nicht mehr geschieht. Ich bitte dich nun nochmals, entbinde Winnifred von den schweren Arbeiten. Es muss wieder eine Mamsell ins Haus, wir können Winnifred keinesfalls anstelle einer solchen beschäftigen. Das Gehalt für die Mamsell erhältst du von mir. Wir dürfen Onkel nicht erzürnen.«

Die letzten Worte hatte er mit Berechnung gewählt.

Zu seinem freudigen Erstaunen ging seine Mutter sogleich auf seine Wünsche ein. Er glaubte, weil sie Onkel Rudolfs Missfallen nicht erregen wollte. In Wahrheit leiteten Frau Martha andere Erwägungen.

Dass sie die Absicht hatte, Winnifred von Berndorf zu entfernen, verriet sie mit keinem Wort. Das wollte sie diplomatisch einfädeln und erst davon reden, wenn Winnifred das Haus schon verlassen hatte.

»Ich sehe selbst ein, Lutz, dass ich mich in Bezug auf Winnifred vergriffen hatte. Als ich sie heute musizieren hörte, wurde mir mein Missgriff klar. Du kannst beruhigt sein, Winnifreds Finger sollen nicht durch schwere Arbeit ungelenk werden. Das wäre ja Sünde. Wer weiß, wie sie ihre Kunst einmal verwerten kann. Ich bin doch kein Unmensch und werde sie auf andere Weise beschäftigen. Ich will mir überhaupt ihr Wohl in jeder Weise angelegen sein lassen, verlasse dich darauf und sage das auch Onkel Rudolf. Gleich heute schreibe ich nach einer neuen Mamsell. Ich will mir überlegen, wie sich das alles günstig für Winnifred arrangieren lässt.«

Erfreut küsste Lutz seiner Mutter die Hand. Aus welchem Grunde sie auch immer Winnifreds Lage verbessern wollte, die Hauptsache war, dass es geschah. Er war so froh darüber, als wäre ihm selbst etwas Gutes widerfahren.

Am andern Morgen, als Winnifred wie gewöhnlich nach dem Frühstück in den Wirtschaftsräumen verschwinden wollte, sagte Frau

Martha, sie zurückhaltend, sehr freundlich: »Lass das, Winnifred, diese Arbeit ist nichts für dich, ich habe es eingesehen. Du wirst deine Hände für deine Musik geschmeidig erhalten müssen. Ich werde anderweitig für dich sorgen. Deine Kenntnisse und Fähigkeiten stellen dich auf einen andern Platz. Bitte, komme jetzt mit in mein Arbeitszimmer, du kannst mir helfen Briefe schreiben und allerlei Eintragungen in die Bücher machen. Das schadet deinen Händen nicht.«

Winnifred sah erstaunt auf, und als sie Lutz erblickte, dessen Gesicht strahlte, wusste sie, wem sie diese Vergünstigung zu danken hatte. Sie wollte auf ihn zugehen und ihm danken, aber halben Weges blieb sie stehen und wandte sich scheu von ihm ab.

Still folgte sie Tante Martha in ihr Arbeitszimmer.

Lutz sah ihr lächelnd nach. Er hatte sehr wohl bemerkt, dass sie ihm danken wollte und glaubte, sie habe es nur unterlassen, weil seine Mutter zugegen war.

»Nun wird sie bald wieder ein frohes Gesicht machen«, dachte er.

Aber Winnifred war es heute gleichgültig, was sie für Arbeit tun musste. Ihr armes Herz wollte nicht wieder zur Ruhe kommen. Sie hätte viel lieber die schwerste niedrigste Arbeit getan, wenn sie damit hätte den Schmerz aus ihrer Seele bannen können, der davon Besitz ergriffen hatte und der stärker und tiefer war, als alle andern Schmerzen, die sie bisher erlitten hatte.

Eine dumpfe stumpfe Ergebung kam über sie. Sie wehrte sich nicht gegen diesen Schmerz. Aber als sie dann in Tante Marthas Arbeitszimmer saß und über die Lohntabellen hinweg, die sie schrieb, auf das Bild Vetter Lutz' sah, das auf dem Schreibtisch stand, kam ihr plötzlich ein Gedanke, der sie aus ihrer schmerzvollen Versunkenheit emporschrecken ließ.

War es nicht ein schlimmes Unrecht von ihr, dass sie traurig war darüber, dass Lutz ein großes Glück gefunden hatte? War es nicht schlecht von ihr, ihm dieses Glück nicht freudig zu gönnen, ihm, der so gut zu ihr war. Wie viel schlimmer würde es sein, wenn sie ihn so unglücklich wüsste, wie sie es war.

Das half ihr wunderbar über ihren Kummer hinweg. An diesem Gedanken richtete sie sich auf. Er gab ihr Kraft und Mut, sich selbst zu überwinden und ihr Leid zu tragen.

Und als sie ihn bei Tisch wiedersah, lag eine stille sanfte Verklärung auf ihren Zügen. Und sie konnte wieder lächeln.

Dies Lächeln war freilich nicht von Schmerzen frei, aber Lutz freute sich, es auf ihrem Gesicht zu sehen, wie man sich nach trüben Regentagen über die Sonne freut.

Und als er nach Tisch eine Weile mit ihr allein war, sagte er warm und herzlich, ihre Hand fassend: »Nun werde ich Sie gottlob nicht mehr bei schwerer Arbeit sehen, die Ihnen nicht zukommt, Winnifred.«

Sie ließ ihre leise bebende Hand in der seinen ruhen und hatte das Gefühl, als müsse sie vergehen. Aber sie lächelte tapfer zu ihm auf.

»Das danke ich Ihnen, Vetter Lutz. Wenn Sie sich nur deshalb nicht mit Ihrer Mutter erzürnt haben.«

»Nein, nein, Mama hat gestern nach Ihrer künstlerischen musikalischen Leistung selbst eingesehen, dass Sie falsch beschäftigt wurden. Ich brauchte nicht viel zu sagen. Aber ich freue mich sehr. Nun werde ich doch etwas mehr Ihre Gesellschaft genießen können, wenn Sie nicht mehr von einer Arbeit zur andern jagen müssen. Und heute Abend singen Sie uns wieder ein paar Lieder. Sie glauben nicht, wie sehr mich Ihr Spiel und Ihr Gesang entzückt haben. Stundenlang hätte ich Ihnen zuhören mögen.«

Ein feines Rot lag auf ihrem Antlitz, und sie vermochte zu lächeln. »Das wäre Ihnen sicher zu viel geworden.«

»Nein, sicher nicht. Warten Sie nur, Winnifred, es soll überhaupt viel besser für Sie werden, in allen Dingen. Sie sollen aufleben und froh und heiter sein, wenn ich erst mit meiner jungen Frau in Berndorf lebe, dann soll alles anders werden.«

Sie schlug wie tief erschrocken die Augen nieder. Aber er bemerkte es nicht und malte sich in leuchtenden Farben aus, wie lieb und herzlich Siddy, seine Siddy – zu ihr sein würde und wie sie alle drei zusammenhalten wollten.

»Sie und Siddy müssen gute Freundinnen werden, Winnifred. Denn Käthe passt so wenig zu Ihnen, wie sie zu Siddy passen wird. Und Mama versteht Menschen Ihres Schlages auch nicht. Ach, Winnifred, ich freue mich auf die Zukunft. Glauben Sie mir, ich habe oft schmerzlich gelitten unter der Gefühlskälte von Mutter und Schwester. Warmblütige warmherzige Menschen frieren in solcher Atmosphäre. Deshalb tun Sie mir so leid. Ich weiß, was es heißt, mit einem warmen Herzen hier zu leben. Warten Sie nur, es soll alles besser werden. Meine junge Frau wird Licht und Wärme mit sich bringen, und das soll uns guttun.«

Und während er das sagte, musste er doch plötzlich daran denken, dass es ihn immer so seltsam kühl und feucht anwehte, wenn er zu Siddy trat. Es war, als fliege ein leiser Schauer über ihn hin, und ärgerlich über sich selbst, strich er über seine Stirn.

Winnifred sah still und gefasst zu ihm auf. Durfte sie sich beklagen, da er wie ein treuer Bruder für sie sorgte? Durfte sie da kleinlich ihre Schmerzen messen?

Sie reichte ihm die Hand.

»Ich freue mich sehr, Ihre Braut kennenzulernen«, sagte sie tapfer.

Er lächelte.

»Oh, Sie werden staunen, Winnifred. Siddy ist ein bewundernswert liebes und schönes Geschöpf. Beim ersten Sehen hat sie mein ganzes Herz gewonnen – auf den ersten Blick. Ich hätte nie geglaubt, dass es eine Liebe auf den ersten Blick gibt.«

Er ahnte nicht, wie grausam er war. Und sie lächelte so tapfer zu seinen Worten, dass er es nicht wissen konnte. Dann erzählte er ihr von seinen Zukunftsplänen, und sie hörte aufmerksam zu. Sie freute sich sehr, dass Onkel Rudolf ihm das nötige Geld gab, und dass er sich mit diesem ausgesprochen und verständigt hatte.

»Er glaubt mir nun wenigstens, dass es mich nicht nach seinem Erbe gelüstet«, sagte er.

Sie sah ihn mit großen Augen an.

»Hat er das früher nicht geglaubt?«

»Nein, er hielt mich für einen Erbschleicher.«

»Oh, dann hat er Sie nicht gekannt.«

»Sie trauen mir eine so niedrige Denkungsweise nicht zu, Winnifred, nicht wahr?«

Heftig schüttelte sie den Kopf. »O nein, niemals. Sie sind ein guter edler Mensch.«

Er lächelte. »Dass ich Sie nur nicht enttäusche«, scherzte er.

Da lächelte sie auch. »Das glaube ich nicht.«

»Ich bin so froh«, fuhr er fort, »dass Sie in Berndorf sind, Winnifred. So habe ich doch einen Menschen hier, mit dem ich von allem reden kann, was mir das Herz bewegt. Mir ist, als seien Sie mir schon lange bekannt, als gehörten Sie zu mir durch Bande des Blutes. Und so ist es ja auch. Wenn Sie jetzt nicht hier wären, wüsste ich nicht, wie ich diese Tage aushalten sollte. Ist es nicht seltsam, dass Sie mir so viel mehr sind als meine Schwester, trotzdem ich Sie doch erst seit einigen Tagen kenne?«

Wie einem schmerzlichen Glück lauschte sie seinen Worten. »Ja, Vetter Lutz, es ist seltsam.«

»Nicht wahr, Winnifred, Sie sind mir doch auch ein wenig zugetan?«, fragte er, ahnungslos, wie es in ihr aussah.

Sie neigte nur das Haupt, sprechen konnte sie nicht.

* * *

Frau Martha hatte sogleich nach dem Osterfest an ihre Freundin, Frau von Hellern, nach Dresden geschrieben und sie gebeten, sie möge sich bemühen, möglichst bald eine günstige angenehme Stellung für eine junge Verwandte ausfindig zu machen. Sie berichtete von Winnifreds Verhältnissen und hob hervor, dass sie sehr musikalisch sei, wundervoll Klavier spiele und singe.

Frau von Hellern hatte sogleich geantwortet, sie werde sich gern bemühen und hoffe, baldigst den Wunsch der Freundin erfüllen zu können.

Nun wartete Frau Martha ungeduldig auf Antwort.

Winnifreds Stellung im Hause hatte sich mit einem Schlage völlig verändert. Sie ging nie mehr mit der großen Arbeitsschürze umher und durfte auch keine schweren Arbeiten verrichten. Eine neue Mamsell war bereits engagiert. Onkel Rudolf wunderte sich im Stillen, dass Frau Martha so schnell zur Einsicht gekommen war. Er hatte ein unklares Gefühl, als hätte diese plötzliche Sinnesänderung einen besonderen Anlass, mühte sich aber vergebens, den wahren Grund zu finden. Irgendetwas schien nicht zu stimmen. So schnell änderte Frau Martha sonst ihre Vorsätze nicht.

Winnifred durfte jetzt sogar musizieren, sooft sie Lust hatte, durfte mit Lutz spazieren gehen und plaudern, so viel sie wollte. Damit bezweckte Frau Martha jetzt vor allen Dingen, dass Winnifred nicht mehr der Gegenstand des Mitleids für Onkel Rudolf war und dass sich sein Interesse für sie nicht vertiefte.

Wie sehr er sie schon ins Herz geschlossen, ahnte sie nicht. Sonst wäre sie außer sich gewesen.

Als eines Tages eine große Sendung von feinen Hautcremes und ähnlichen kosmetischen Mitteln für Winnifred eintraf, die Onkel Rudolf für sie bestellt hatte, waren diese Mittel kaum mehr notwendig. Sie verrichtete jetzt keine Arbeit mehr, die ihren Händen schadete.

Lutz konstatierte mit inniger Befriedigung, dass die kleinen schlanken Mädchenhände wieder fein und zart aussahen. Es tat ihm nun nicht mehr weh, darauf niederzusehen. Das tat er gern, wenn sie am Flügel saß und ihre Finger im anmutigen Spiel über die Tasten glitten. Er beschäftigte sich überhaupt auffallend viel mit Winnifred, war immer in ihrer Nähe und hatte stets etwas mit ihr zu besprechen und Gedanken mit ihr auszutauschen. Und immer mehr staunte er über ihre reichen Geistesgaben.

Auch Onkel Rudolf beteiligte sich oft an solchen Gesprächen, und auch er erkannte mehr und mehr, welch ein wertvoller feinsinniger Mensch Winnifred war.

Inzwischen war Lutz' Urlaub bis auf wenige Tage verstrichen. Er hatte inzwischen allerlei Vorbereitungen getroffen zur Verwirklichung seiner Zukunftspläne. Und nun wollte er nach Berlin reisen, sich Siddys Jawort holen und sie seinen Angehörigen vorstellen. Dann wollte er mit ihr nach Berlin zurückkehren.

Frau Martha hatte zwar noch verschiedene Male versucht, ihren Sohn von der »unvernünftigen« Heirat abzubringen, aber es war ihr nicht gelungen. Und da auch Onkel Rudolf auf seiner Seite stand, musste sie sich, wenn auch grollend und widerwillig, fügen.

Und so reiste Lutz nach Berlin.

Er hatte in den ersten Tagen nicht geglaubt, dass er seine Sehnsucht nach Siddys Anblick so lange würde ertragen können, und er war auch überzeugt, dass es nicht geschehen wäre, wenn er nicht mit Winnifred wenigstens hätte von ihr sprechen können. Während der Bahnfahrt flogen seine Gedanken in seltsamer Unruhe zwischen Siddy und Winnifred hin und her. Fast musste er zumeist an Winnifred denken. Und als er dann endlich Siddy gegenüberstand, empfand er stärker und deutlicher als je zuvor, wie es ihm kühl und seltsam von ihrer Persönlichkeit entgegenwehte. Nie war ihm das eigenartig Nixenhafte ihrer Persönlichkeit mehr zum Bewusstsein gekommen als jetzt. Wieder trug sie ein Kleid aus zartem lichtgrünem Stoff, das dieses Nixenhafte noch mehr unterstrich.

Aber es währte nur wenige Minuten, dann war Lutz wieder vollkommen im Banne ihrer Schönheit. Sie spielte so meisterhaft die zärtlich Liebende, die in heißer Sehnsucht seiner gewartet hatte, dass er in hastiger feuriger Art seine Werbung vorbrachte und sie bat, seine Frau zu werden.

Baroness Siddy hatte mit dieser Erklärung gerechnet, und da sie gewiss war, eine glänzende Partie zu machen, zögerte sie keinen Augenblick, ihm ihr Jawort zu geben. Und da er ihr sehr wohl gefiel, war es ihr nicht schwer, überzeugend die glückliche Braut zu spielen.

Lutz war glückselig und dankte ihr in zärtlichen Worten für ihre Liebe.

Siddy rief nun Frau von Sucher herbei, in derem Hause sie weilte, und stellte ihr Lutz als ihren Verlobten vor.

Lutz fiel es nicht auf, dass Frau von Sucher so besonders das große Glück betonte, das Siddy sich errungen hatte. Er ahnte auch nicht, dass dies Glück von Siddy zahlenmäßig berechnet worden war. Frau von Sucher war jedenfalls in ihrem Innern mehr von Siddys als von ihres Verlobten Glück überzeugt, denn sie hatte Siddy in der Zeit, da diese in ihrem Hause lebte, mehr kennengelernt als ihr lieb sein konnte. Nachdem der erste Glücksrausch abgeebbt war, sagte Lutz zu seiner Braut:

»Du kannst dir denken, Siddy, dass es mich drängt, dich meinen Angehörigen zuzuführen. Man erwartet uns morgen in Berndorf. Darf ich depeschieren, dass wir kommen? Frau von Sucher hat vielleicht die große Güte, uns als Ehrendame zu begleiten?«

Der Baronesse war es sehr lieb, dass sie sich in Berndorf umsehen konnte. Sie willigte sofort ein.

»Ich freue mich natürlich, deine Mutter und Schwester kennenzulernen – und deinen Onkel. Frau von Sucher begleitet uns sicher, wenn ich sie darum bitte.«

»Ich danke dir für deine Bereitwilligkeit, liebste Siddy. Aber zuerst werde ich nun zu deinem Vater reisen müssen, damit ich ihn in aller Form um deine Hand bitten kann. Wird er mir sein Kleinod anvertrauen wollen, oder werde ich einen schweren Stand mit ihm haben?«

Es hatte seltsam unruhig in Siddys Antlitz gezuckt. »Genügt es nicht, Lutz, wenn wir telegrafisch um Papas Einwilligung bitten?«

Er schüttelte den Kopf. »Nein, Siddy, ich bin es deinem Vater schuldig, mich ihm erst vorzustellen und ihn über meine Verhältnisse zu orientieren.«

Sie schmollte zärtlich. »Ach, was haben unsere Verhältnisse mit unserer Liebe zu tun? Es will mir gar nicht gefallen, dass du mich schon wieder allein lassen willst.«

Er küsste sie entzückt. »Glaubst du nicht, dass ich viel lieber bei dir bleiben möchte? Ich halte es aber unbedingt für nötig, dass ich persönlich mit deinem Vater spreche. Wird er mir gutwillig sein Jawort geben?«

Siddy sah ein, dass sie ihn nicht zurückhalten konnte, ohne seinen Argwohn zu wecken. Und so fügte sie sich.

»Ach, Lutz, Papa ist ein sehr grilliger alter Herr, mit dem gar nicht gut auszukommen ist. Er nimmt alles so schrecklich schwer und tragisch. Aber natürlich wird er dir sein Jawort geben – er hängt nicht sehr an mir. Weißt du, am liebsten möchte ich gar nicht mehr zu ihm in die enge kleine Stadt zurückkehren. Papa braucht mich nicht, er hat seine Bücher, seinen Stammtisch. Ich bin ihm doch nur im Wege. Und Frau von Sucher gestattet mir hoffentlich, bei ihr zu bleiben bis zu unserer Hochzeit.«

Er streichelte zärtlich und teilnahmsvoll ihre Hände. »Meine arme Siddy, du sollst bald eine liebe Heimat haben. Deine Worte machen mir Mut, dich zu bitten, den Termin für unsere Hochzeit nicht lange hinauszuschieben.«

Sie sank freudig errötend an seine Brust. »Ich folge dir, wann du es willst«, sagte sie leise und zärtlich.

Dass Siddy zu Hause bei ihrem Vater ein ziemlich freudloses Leben geführt hatte, entsprach der Wahrheit. Aber es lag nur an ihr. Sie sehnte sich nach großen glänzenden Verhältnissen, die er ihr nicht bieten konnte und die sie nun in Berndorf zu finden hoffte.

Aus irgendeinem Grunde musste es ihr unangenehm sein, dass Lutz ihren Vater aufsuchte, doch wagte sie nicht mehr, dagegen zu reden, da es der feste Entschluss ihres Verlobten war, mit ihm zu sprechen. Die Baronesse hatte bisher auch den andern ernsthaften Freier, Herrn von Solms, klug hingehalten. Er merkte es in seiner Beschränktheit nicht, dass sie ihn nur in Reserve hielt. Nun sie Lutz ihr Jawort gegeben hatte, musste Herr von Solms erfahren, dass er keine Hoffnung hatte. Er würde außer sich sein, denn Siddy hatte ihm entschieden auch Hoffnung gemacht. Aber das machte ihr keine Beschwerden. Mochte er sich damit abfinden, wie er wollte. Für sie galt es immer, nur das zu tun, was ihr Vorteil brachte.

⁎ ⁎
⁎

Lutz fuhr also noch an demselben Tage nach der nahe gelegenen, kleinen märkischen Stadt, in der Siddys Vater wohnte.

Ein Gefühl der Rührung beschlich ihn, als er die schmale Treppe zu der bescheidenen Wohnung des Barons emporstieg.

Ein älteres mürrisches Dienstmädchen öffnete ihm die Tür und bestätigte ihm, der Herr Major sei zu Hause. Sie führte ihn in ein enges kleines Empfangszimmer.

Da er ziemlich lange warten musste, ehe der Baron sich umgekleidet hatte, vertrieb er sich die Zeit damit, sich in dem kleinen Raume umzusehen. Er war in der stillosen Zeit der Muschelmöbel eingerichtet; mit maschinengestickten Übergardinen und Möbelbezügen aus steingrünem Tuch. Eine verschönernde Hand, sicher die Siddys, hatte sich vergeblich bemüht, mit Kissen, Decken und Nippes, etwas Stimmung in den Raum zu bringen.

Lutz fühlte sich sehr glücklich in dem Bewusstsein, dass er Siddy doch eine schönere und angenehmere Umgebung würde bieten können, wenn er ihr auch vorläufig nur ein bescheidenes Los bereiten konnte. Später sollte ihre Schönheit schon den richtigen Rahmen erhalten. Sein umherschweifender Blick wurde plötzlich gefesselt durch ein in einen Goldrahmen gefasstes Ölgemälde, es war etwa einen halben Meter hoch und nicht ganz so breit. Er sprang auf und trat vor das Bild hin, das in sehr günstiger Beleuchtung an der Wand hing.

Mit einem seltsamen Empfinden hafteten seine Augen auf diesem Gemälde. Es stellte Siddy dar in einem durchscheinenden wassergrünen Schleiergewand, mit entblößten Schultern und Armen. Sie saß auf einem moosbewachsenen Stein an einer Quelle, die ihr Wasser in ein breites Becken aus weißgrauem Granit ergoss. Die Arme hatte sie erhoben und bastelte mit den Händen an ihrem rotgoldenen Haar, das gelöst über den Nacken und die rechte Schulter herabfiel.

Das Bild war meisterhaft gemalt. Aus dem schönen weißen Antlitz sprühten die grünen hellen Augen faszinierend heraus, und um den roten Mund lag das sinnbetörende Lächeln, das Lutz so gut kannte.

Im Hintergrunde des Bildes stand, noch ganz skizzenhaft gehalten, unter dunklen Bäumen, die Gestalt eines Ritters, dessen Augen sehnsuchtsvoll nach dem schönen Frauenbild sahen, nach dem er seine Hände verlangend ausstreckte. Alles Licht auf dem Bilde konzentrierte sich auf die schöne Frauengestalt, die mit packender Naturtreue gemalt war.

Unter dem Bilde stand, mit einem feinen Pinsel in leuchtend roter Farbe eingesetzt: »Die schöne Melusine.«

Lutz wusste nicht, was ihm beim Anblick dieses Bildes die Brust zusammenpresste. Auch von ihm wehte ihm etwas wie eine feuchte Kühle entgegen, sodass er fröstelnd zusammenschauerte. Er dachte an den Abend, da er Siddy zum ersten Mal gesehen und sie bei sich so genannt hatte, wie sie auf diesem Bilde genannt wurde. Er wusste nicht, dass ihn damals sein Instinkt gewarnt hatte, wie er ihn immer warnte, wenn er ihr entgegentrat. Nur das wusste er jetzt – dass er eifersüchtig war auf den Maler, der Siddy so hatte malen, der die gelöste rotgoldene Haarpracht hatte bewundern dürfen, die er nur in Flechten geordnet gesehen hatte.

Durch eine seltsame Ideenverbindung erschien ihm neben diesem bezaubernden Frauenbilde das Winnifred Hartaus, so wie er sie an jenem Abend spät am Bügelbrett gesehen, mit gesenktem Haupte, auf das die Lampe goldene Lichter streute. Er wusste nicht, wie er plötzlich auf Winnifred kam. Vielleicht weil er ihr Haar bewundert hatte, das vielleicht noch schöner war als diese rotgoldene, über die weißen Arme fließende Flut. Und er fühlte etwas wie Sehnsucht nach der kleinen schüchternen Winnifred und ihren süßen Liedern. Aber dann raffte er sich auf und wurde sich bewusst, dass er wie ein haltloser Träumer vor diesem Bilde stand.

In demselben Augenblick wurde die Tür geöffnet, und ein hagerer weißhaariger Herr trat ein, der sich beim Gehen leicht auf einen Stock stützte. Er machte entschieden einen aristokratischen Eindruck, wenn auch sein Anzug weder neu noch modern war. Er bemerkte, dass Lutz hastig von dem Bilde zurücktrat, und es zuckte wie Wetterleuchten in seinen dunklen Augen. Die beiden Herren begrüßten sich durch eine stumme Verneigung.

»Was verschafft mir die Ehre Ihres Besuchs, Herr von Berndorf?«, fragte der Baron, Lutz einen Sessel anweisend und sich selbst niederlassend.

Lutz ging ohne Umschweife auf sein Ziel los und brachte seine Werbung vor, dem alten Herrn zugleich mitteilend, dass seine Tochter ihm ihr Jawort bereits gegeben hatte.

Ruhig hörte Baron Glützow zu. Seine Augen hefteten sich forschend auf das Gesicht des jungen Mannes. Und als dieser zu Ende war, antwortete er mit einer seltsam starren Miene: »Wenn meine Tochter Ihnen Ihr Jawort gegeben hat, dann bin ich überzeugt, dass sie über Ihre Verhältnisse genügend informiert ist und dass ihr dieselben zusagen. Ich brauche mich also nicht danach zu erkundigen, wie das andere Väter im Interesse ihrer Töchter tun müssen. Im Übrigen ist Siddy ohnedies mündig – und ich habe nicht dreinzureden. Somit gebe ich Ihnen hiermit meine Einwilligung, die ja, wie ich mit meiner Tochter stehe, nur eine leere Form ist. Ich wundere mich, offengestanden, dass Sie sich erst zu mir bemühten. Sie hätten meine Einwilligung telegrafisch erhalten können. Siddy hat Ihnen doch sicher einen solchen Vorschlag gemacht.«

Es lag eine seltsame bittere Traurigkeit in den Worten des alten Herrn.

Lutz sah ihn betroffen an. »Allerdings wollte mich Siddy veranlassen zu depeschieren – aber – ich hielt es für besser, mich Ihnen vorzustellen und persönlich meine Bitte vorzubringen.«

Mit düsteren Augen sah der alte Herr zu ihm hinüber. »Ich bin überzeugt, dass Sie jedem Vater als Schwiegersohn willkommen sein würden, Herr von Berndorf, und es ist sehr ehrenwert von Ihnen, dass Sie sich nicht abhalten ließen, zu mir zu kommen. Bei dieser Gelegenheit haben Sie ja wohl auch dieses Bild kennengelernt – ich sah Sie vor demselben stehen, als ich eintrat.«

Bei diesen Worten zeigte der Baron mit seinem Stock auf das Bild der schönen Melusine.

Lutz verneigte sich. »Allerdings – ich sah das Bild –, und es berührte mich sonderbar. Es ist sicher das Werk eines sehr talentvollen Künstlers. Wie kam er dazu, Siddy in dieser Weise zu malen?«

Der alte Herr seufzte und zuckte die Achseln. »Sollten Sie noch nicht bemerkt haben, dass das Äußere meiner Tochter den Vergleich mit der sagenhaften seelenlosen Melusine herausfordert? Ich habe sie von vielen Seiten so nennen hören – und weiß Gott –, zuweilen habe ich sie selbst so bei mir nennen müssen. Wie der Maler dazu kam, sie so zu malen, das weiß ich nicht. Ich weiß nur, dass dieser vielversprechende junge Künstler sich sterblich in meine Tochter verliebt hatte, wie sich schon viele in sie verliebt haben. Bei ihm ging es aber wohl tiefer als bei den andern, denn – er überlebte es nicht, dass sie ihm nicht angehören wollte –, weil er ein armer unbekannter Künstler war, der kaum genug Brot für sich hatte.«

»Er starb?«, fragte Lutz, eigenartig berührt von den Worten des alten Herrn.

»Ja – er starb. Eines Tages wurde dieses Bild hier abgegeben – mit einem Brief für meine Tochter. Dieser Brief, den ich öffnete, weil meine Tochter nicht zu Hause war, enthielt nichts als ein kurzes Gedicht. Und wenige Stunden später erfuhr ich, dass sich der Maler in derselben Stunde, da dies Bild hier eintraf, erschossen hatte. Hat Ihnen Siddy nicht davon gesprochen?«

Lutz hatte ein Gefühl, als lege sich etwas lähmend auf seine Sinne. »Nein – sie hat mir nicht davon gesprochen, es ist ihr wohl peinlich, sich daran zu erinnern.«

Der Baron lächelte sonderbar – es war ein starres wehes Lächeln. »Oh – sie hat sehr gute Nerven, meine Tochter!«

Lutz fuhr ein Schauer über den Rücken bei diesen Worten. Er raffte sich auf. »Herr Baron, wie ich Siddy kenne, wird ihr diese Erinnerung sehr schmerzlich sein. Für jede feinfühlige Frau ist es ein bedrückender Gedanke, wenn sie eine Liebe nicht erwidern kann, die ihr entgegengebracht wird. Und vollends, wenn diese Liebe den Mann in den Tod treibt. Aber vielleicht irren Sie sich auch, vielleicht hat dem Maler etwas anderes die Waffe in die Hand gedrückt, mit der er seinem Leben ein Ende machte.«

Der alte Herr erhob sich. Die Hand, die sich auf die Krücke des Stockes stützte, zitterte. »Warten Sie einen Moment, Herr von Berndorf. Da Sie zu mir gekommen sind, um als ehrlicher Mann um die Hand meiner Tochter anzuhalten, muss ich, wenn ich ein ehrlicher Mann bleiben will, ganz offen und wahr in dieser Angelegenheit sein. Das halte ich für meine Pflicht. Und wenn ich auch meiner Tochter dadurch in Ihren Augen schaden müsste, es ist mir doch unmöglich, diese Angelegenheit zu verschleiern. Sie könnten mir sonst eines Tages einen Vorwurf daraus machen, dass ich nicht offen gewesen sei.«

Damit verließ der alte Herr das Zimmer, Lutz in bedrückter Stimmung zurücklassend. Als der Baron nach wenigen Minuten zurückkehrte, hielt er ein Papier in der Hand. Das reichte er Lutz.

»Dies ist das Schreiben, das damals mit dem Bilde abgegeben wurde. Ich habe es ihr nie gezeigt – um sie zu schonen. Schließlich ist sie mein Kind – mein einziges –, und so fremd sie mir auch geworden – ich liebe sie sehr –, war ihr vielleicht ein allzu schwacher Vater. Sie aber müssen das Gedicht lesen.«

Lutz entfaltete das Papier und sah darauf nieder. Er las:

»Wenn sie dein Auge erblickt,
Die schöne Melusine,
Wirst du berückt, verzückt,
Durch ihre lächelnde Miene.
Doch bringt sie den Tod dem Toren,
Der sich an sie verloren.«

Lutz fuhr auf. »Das ist die Ausgeburt einer kranken Fantasie, Herr Baron.«

Der alte Herr seufzte tief auf. »Möglich! Die Erklärung, wie das alles zusammenhängt, wird Ihnen ja meine Tochter geben, wenn Sie danach fragen, ich musste Ihnen nur mitteilen, was ich selbst darüber weiß.«

Lutz zwang gewaltsam das aufsteigende Unbehagen in sich nieder. Er las das Gedicht einige Male durch und prägte es sich ein, dann sagte er aufatmend:

»Nein, Herr Baron, ich werde Siddy nicht nach dieser Angelegenheit fragen, wenn sie nicht selbst davon spricht. Ich möchte keinesfalls quälende Erinnerungen in ihr wecken. Wie das auch alles zusammenhängt, auf jeden Fall ist Siddy unschuldig an dem Tode dieses Mannes. Ich – ich kann ja verstehen, dass sich ein Mensch, der sie liebt und keine Gegenliebe findet, ein Leid antun kann. Sie ist so schön, so liebenswert. Und ich bin sehr glücklich, dass sie mir angehören will.«

Baron Glützow nickte vor sich hin, als habe er nichts anderes erwartet. »Mögen Sie so glücklich bleiben, Herr von Berndorf. Ich habe getan, was ich für meine Pflicht hielt. Wie Sie meine Eröffnung auffassen, ist Ihre Angelegenheit.«

Lutz las nochmals das Gedicht durch und gab es dem Baron zurück. »Ich danke Ihnen jedenfalls, Herr Baron. Aber ich würde Ihnen raten, auch dieses Bild in Verwahrung zu nehmen und es vor Ihrer Tochter verbergen, damit sie durch den Anblick desselben nicht schmerzlich berührt wird.«

Der Baron sah nach dem Bild hinüber. »Siddy hat gewünscht, dass dies Bild hier hängen bleibt, sie hat selbst den Platz ausgewählt. Ich hätte es längst – vernichtet –, aber es ist ihr Eigentum, und sie gefällt sich auf diesem Bilde.«

Auch das sagte der alte Herr mit einem sonderbaren Ausdruck. Aber Lutz wurde mit einem Male das Herz wieder ganz leicht und frei. Er lächelte. »Sehen Sie wohl, Herr Baron, Siddy ist ganz unschuldig an dem Tode des jungen Malers, sonst würde sie das Bild nie mehr sehen wollen. Einen besseren Beweis ihrer völligen Schuldlosigkeit gibt es nicht.«

Der Baron verneigte sich nur. Er kannte seine Tochter, besser als Lutz sie kannte, und wusste, dass sich ihre Eitelkeit durch dieses Bild geschmeichelt fühlte. Auch dass ein Mann für sie in den Tod gegangen, schmeichelte ihr, und sie hatte keine Träne des Bedauerns um diesen Mann geweint, trotzdem sie ihn durch ihre herzlose Koketterie in den Tod getrieben hatte. Siddys Vater wusste, dass seine Tochter keine Seele, kein Herz hatte, dass nur ein grenzenloser Egoismus ihr ganzes Sein regierte. Er hatte dies unter tausend Schmerzen erkennen müssen und sich endlich damit abgefunden wie mit etwas Unabänderlichem. Der Mann, der seine Tochter heimführen wollte, tat ihm leid, aber er konnte ihm nicht mehr sagen, als er schon gesagt hatte. Seiner Pflicht als Ehrenmann war er nachgekommen. Mehr durfte niemand von ihm fordern.

Lutz brachte nun seine Bitte vor, der Baron möge dareinwilligen, dass die Hochzeit bereits am 15. Juli stattfinden würde. Der Baron gab ohne Vorbehalt seine Einwilligung. Auch darein willigte er, dass Siddy bis zu ihrer Vermählung bei Frau von Sucher bleiben sollte. Dass die Hochzeit in Berndorf gefeiert werden sollte, war dem Baron recht.

Sonst hatten sich die beiden Männer nichts mehr zu sagen. Lutz wollte den nächsten Zug nach Berlin benutzen, und der Baron hielt ihn nicht zurück.

Sie verabschiedeten sich in großer Höflichkeit, aber ohne besondere Wärme. Als Lutz aus dem Hause ins Freie trat, atmete er tief auf, als müsse er eine Last von sich werfen.

Schnell begab er sich zum Bahnhof und erreichte im letzten Moment den abfahrenden Zug. Er warf sich in eine Ecke seines Abteils und schloss die Augen. Noch einmal durchlebte er im Geiste die letzte Stunde, aber die rechte Glückseligkeit über sein Verlöbnis wollte sich nicht wieder einstellen. Das seltsame Gedicht ließ ihn nicht los. Es klang unaufhörlich in dem Rollen der Räder, und er musste es vor sich hin sagen:

»Wenn sie dein Auge erblickt,
Die schöne Melusine,
Wirst du berückt, verzückt,
Durch ihre lächelnde Miene.
Doch bringt sie den Tod dem Toren,
Der sich an sie verloren.«

Es quälte ihn – und doch kam er nicht los davon.

* * *

Aber all sein Unbehagen war mit einem Male verflogen, als er Siddy nach seiner Rückkehr nach Berlin wieder in den Armen hielt. Sie war reizender und verführerischer denn je und neckte sich mit ihm wie ein mutwilliges Kind, und als er sie einmal ernst und forschend ansah, fragte sie schelmisch: »Hat dich mein grilliger alter Papa angesteckt, Lutz. Sieh, das fürchtete ich, deshalb wollte ich dich nicht zu ihm lassen. Er nimmt alles furchtbar schwer und grübelt ohne Unterlass über fruchtlose Dinge. Man kann nicht froh sein in seiner Gegenwart. Weil er selbst glücklos ist, erstirbt alles Glück in seiner Nähe, und seine Gegenwart lag immer wie ein Alp auf mir, trotzdem ich ihm sehr gut bin.«

Er merkte nicht, dass sie ihn dabei unruhig und lauernd beobachtete. Er sah eine Weile gedankenverloren vor sich hin und sagte dann, wie geistesabwesend.

»Ja, er ist ein wenig sonderbar, der alte Herr.«

In ihren Augen blitzte es auf. Sie ahnte, was der Vater mit Lutz gesprochen hatte. Nicht ohne Absicht hatte sie ihn von der Reise zurückhalten wollen.

»Leider hat Papa seit seiner Verabschiedung zu viel Zeit zum Grübeln, und er beißt sich mit seinen Gedanken zuweilen in eine Sache fest, von der er nicht wieder loskommt. Da war zum Beispiel vor zwei Jahren etwa ein junger Maler in unserer kleinen Stadt, der sehr viel Talent hatte. Er wollte mich durchaus malen, wie er mich auf einem Kostümfest gesehen hatte, als Melusine. Ich gestattete es ihm schließlich und saß ihm einige Male zu dem Bilde. Aber ich merkte dann, dass er mir Gefühle entgegenbrachte, die ich nicht erwidern konnte, und da bin ich nicht mehr zu den Sitzungen gegangen. Das Bildchen ist auch nicht ganz fertig geworden, er hat es mir zugesandt.«

So erzählte Siddy anscheinend ganz harmlos. Lutz atmete auf. »Ich sah das Bild, Siddy.«

Sie sah ihn lächelnd an. »Nicht wahr, es ist ein hübsches Bild? Ich habe mich sehr darüber gefreut. Aber ich wollte dir ja von Papas grundlosen Grübeleien erzählen. Also denke dir, der arme junge Maler hatte oft melancholische Stunden, er litt an einer unheilbaren Krankheit und sagte mir, sie werde ihn eines Tages veranlassen, seinem Leben ein Ende zu machen. Ich hielt das nicht für einen ernsthaften Entschluss. Wie konnte ich so etwas glauben, er war ja dann wieder ganz vernünftig und vergnügt, wenn seine Leiden ihm keine Beschwerden machten. Nun denke dir mein Erschrecken, als ich erfuhr, dass er tatsächlich seinem Leben ein Ende gemacht hatte. Der Umstand aber, dass er mir kurz vor seinem Tode das Bild zusandte, hat meinem armen Papa den Wahn gebracht, er habe sich meinetwegen erschossen. Gott sei Dank wusste ich ganz genau, dass ihn nur seine unheilbare Krankheit in den Tod getrieben hatte. Aber ich konnte Papa nicht überzeugen, und er verbeißt sich eigensinnig in diese törichte Idee.«

Siddy wusste ganz genau, dass die unheilbare Krankheit, die den jungen Mann in den Tod getrieben hatte, seine Leidenschaft für sie und der Gram, dass sie herzlos mit ihm gespielt hatte, gewesen war. Sie wusste auch, dass ihr Vater die Wahrheit kannte und fürchtete, dass er in seinem starren Ehrbegriff Lutz diese Wahrheit enthüllt haben könnte. Deshalb hatte sie sich das Märchen von der unheilbaren Krankheit des Malers zurechtgelegt.

Und sie merkte sehr wohl die erlösende Wirkung, die dieses Märchen auf Lutz hervorbrachte. Er zog sie plötzlich in seine Arme und küsste sie, bis sie beide atemlos waren. Jetzt erst, da sie ihm durch ihren klugen, wenn auch erlogenen Bericht die Ruhe wiedergegeben hatte, fühlte er, wie unruhig er gewesen war.

* *
*

Am nächsten Tage reiste das Brautpaar mit Frau von Sucher als Ehrendame nach Berndorf.

Auf dem Bahnhof wartete heute der beste Landauer, und der Kutscher hatte seine beste Livree angelegt. Das hatte Lutz so bestimmt. Und Winnifred hatte, ohne dass ihr etwas gesagt worden wäre, das ganze Haus mit Blumen geschmückt und dafür gesorgt, dass die Braut des Vetters einen möglichst freundlichen Eindruck von Berndorf bekam. Sie wollte Lutz damit eine Freude machen.

Wie ihr bei diesen Vorbereitungen zumute war, wusste nur sie allein. Aber tapfer hatte sie sich bezwungen.

Da weder Tante Martha noch Käthe etwas taten, um der jungen Braut einen freundlichen Empfang zu bereiten, wollte Winnifred das Möglichste tun.

Dabei lag ihr freilich das Herz wie ein Stein in der Brust. Am liebsten wäre sie weit, weit fortgelaufen, nur um Lutz nicht an der Seite seiner Braut zu sehen. Aber sie musste natürlich bleiben. So nahm sie ihr Herz tapfer in ihre Hände und stand, blass bis in die Lippen, aber gefasst und ruhig am Fenster, als der Wagen vorfuhr.

Frau von Berndorf und ihre Tochter bequemten sich nun doch, die Gäste zu empfangen und gingen hinaus. Im Hausflur fand die Begrüßung und die Vorstellung statt. Auf Winnifred achtete niemand, bis Lutz sich ihrer erinnerte und sie herbeiholte, um sie seiner Braut vorzustellen. Sie sah sein glückstrahlendes Gesicht und zwang ein Lächeln in das ihre.

»Kommen Sie schnell, Winnifred, meine Braut will Sie kennenlernen. Ich habe ihr viel von Ihnen erzählt, und sie will Ihnen gern eine Freundin werden.«

Da ging sie mit ihm, und als er das Zittern ihrer Hand spürte, dachte er mitleidig und ahnungslos: »Das arme liebe Ding, wie verschüchtert es doch ist. Ich glaube wirklich, sie fürchtet sich vor Siddy.«

Als sie beide das Zimmer betraten, in dem sich Tante Martha und Käthe mit Frau von Sucher und Siddy befanden, blitzte es in den Augen Siddys spöttisch auf. Was war das für ein unbeholfenes linkisches Mädchen, das nach ihres Verlobten Wunsche ihre Freundin werden sollte.

»Er ist ein Fantast, der gute Lutz, und ich werde ihm, wenn wir erst verheiratet sind, mancherlei Torheiten abgewöhnen müssen. Es ist schon reichlich genug, dass seine Schwester und seine Mutter in Berndorf sind. Diese amerikanische Cousine ist vollständig überflüssig, man wird sie auf irgendeine Weise loswerden müssen.«

So dachte sie bei sich. Dabei begrüßte sie aber Winnifred mit bezaubernder Liebenswürdigkeit.

Winnifred sah wie gebannt in das schöne Gesicht Siddys. In atemlosem Staunen und rückhaltloser Bewunderung blickte sie zu ihr auf. Oh, wie war sie schön! So hinreißend schön, dass ihr alle Herzen zufliegen mussten. Kein Wunder, dass Lutz sie so sehr liebte.

Mühsam quälte sich Winnifred einige Worte ab. Siddy bemerkte lächelnd den Eindruck, den sie auf Winnifred machte, und das söhnte sie wieder ein wenig mit der Anwesenheit der jungen Dame aus.

Da Winnifred sehr still war und sich ungefragt nicht an der Unterhaltung beteiligte, war Siddys Urteil über sie schnell fertig.

»Völlig unbedeutend.«

Die Damen wurden zunächst auf ihre Zimmer geführt und eine Stunde später saß man bei Tisch. Siddy nahm alles was sie sah mit scharfen kritischen Augen in sich auf. Dass ihre künftige Schwiegermutter und Schwägerin ihr nicht viel Sympathie entgegenbrachten und sie nicht mit Begeisterung aufnahmen, hatte sie gleich gemerkt. Aber das bedrückte sie keineswegs, es war ihr zu unwichtig. Etwas anderes beschäftigte sie viel mehr. Sie fand, dass die Wirklichkeit sehr hinter ihren Erwartungen zurückblieb bezüglich der Berndorfer Verhältnisse. Das Leben wurde hier anscheinend durchaus nicht, wie sie gehofft hatte, im großen Stil geführt. Es hatte alles einen wenig glänzenden Zuschnitt. Und das nüchterne, grau getönte Gutshaus, die keineswegs feudale Einrichtung und der ganze, ziemlich bescheidene Haushalt enttäuschten sie.

Sie war allerdings zu klug, um sich das anmerken zu lassen, aber es missfiel ihr sehr.

Am Nachmittag fuhr Lutz dann mit ihr nach Wildenau hinüber, um einen Besuch bei Onkel Rudolf zu machen und Siddy vorzustellen. Und als sie das herrliche imposante Schloss und den wundervollen Park sah, als sie dann durch die mit gediegener Pracht ausgestatteten Räume ging und die zahlreiche Dienerschaft bemerkte, da zweifelte sie nicht mehr daran, dass sie wirklich eine glänzende Partie machte. Das war wirklich ein fürstlicher Besitz, wie ihr Annie von Blümer gesagt hatte.

Dass Herr von Wildenau keinen andern Erben hatte als seine Berndorfer Verwandten, hatte ihr Frau Martha auf geschickt gestellte Fragen bestätigt.

Rudolf von Wildenau kam der Braut seines Neffen sehr artig entgegen. Er sah forschend und prüfend in das schöne Gesicht und musste es bewundern.

Siddy übertraf sich selbst ihm gegenüber an bezaubernder Liebenswürdigkeit. Sie versuchte sich sogleich bei ihm einzuschmeicheln. Er nahm das lächelnd auf, und da er nicht ahnen konnte, dass sie die Absicht hatte, in Zukunft Herrin von Wildenau zu werden, nahm er ihre Liebenswürdigkeit für eine ihm erwiesene Artigkeit, der er freilich keinen allzu großen Wert beilegte.

Er versprach jedoch gern, am Abend nach Berndorf hinüberzukommen, um mit seiner neuen Verwandten zusammenzusein.

In Gedanken versunken sah er dann dem Brautpaar nach, als es wieder davonfuhr.

»Ein schönes glänzendes Geschöpf – aber Winnifred wäre mir für Lutz als Gattin wünschenswerter. Irgendetwas, das ich nicht bezeichnen kann, gefällt mir nicht an der jungen Dame. Sie flößt mir, trotz ihres bezaubernden Lächelns, ein Gefühl von Kälte ein. Hoffentlich hat Lutz mit dieser Verlobung nicht wirklich eine Torheit begangen – eine andere als seine Mutter meint.«

Siddy war auf der Rückfahrt nach Berndorf in wahrhaft blendender Stimmung.

»Dein Onkel Rudolf ist ein reizender Herr, eine vornehme Erscheinung. Aber er ist jünger als ich glaubte. Ist er wirklich so leidend, wie deine Mutter sagte?«, fragte sie vorsichtig sondierend.

»Na, Siddy, er ist sehr leidend, viel mehr als jemand ahnt. Dir kann ich ja sagen, was er mir eröffnet hat. Seine Lebenszeit ist voraussichtlich nur noch von kurzer Dauer. Die Ärzte geben ihm höchstens eine Lebensfrist von zwei Jahren. Aber bitte, sprich mit niemand darüber, auch mit Mama nicht.«

Das Aufblitzen in Siddys Augen entging ihm. »In zwei Jahren werde ich also Herrin dieses fürstlichen Besitzes sein«, dachte sie triumphierend. Aber sie sagte mit einem mitleidigen Ausdruck: »Ach, der Ärmste, wie schrecklich muss es für ihn sein, diese Gewissheit zu haben.«

»Ja, er tut mir herzlich leid, zumal er wenig Glück im Leben gehabt hat. Und man muss ihn bewundern, er erträgt sein Schicksal mit einer stillen Größe.«

»Er ist sehr nett zu dir.«

»Ja, wir harmonieren jetzt gottlob sehr gut miteinander.«

Gern hätte Siddy noch weitergefragt, um sich über die Erbaussichten ihres Verlobten genau zu informieren. Aber sie wollte nicht den Anschein erwecken, als hätte das Interesse für sie. Dass Lutz nur aus Liebe geheiratet werden wollte, wusste sie, und sie behandelte ihn so, dass er es glauben musste.

Lutz begann nun seiner Braut zu erzählen, dass er Professor Hendrichs um seine Entlassung bitten und nach Berndorf übersiedeln wollte.

»Warum hast du eigentlich studiert, Lutz? Wäre es nicht besser gewesen, du hättest als Landwirt dein Gut selbst verwaltet?«, fragte Siddy.

Er fasste lächelnd ihre Hand. »Als ich meine Studien begann, lebte mein Vater noch, er starb ja erst, als ich bereits meinen Doktor gemacht hatte. Ich hoffte, er würde viel länger leben, und Berndorf hat an einem Herrn genug. Außerdem ist Chemie mein Steckenpferd, zumal im Zusammenhang mit der Landwirtschaft. So überließ ich meiner Mutter bisher gern das Regiment auf Berndorf.«

»Aber der eigentliche Herr von Berndorf bist du?«

»Ja, mein geliebtes Herz. Und du wirst nun bald die Herrin von Berndorf sein. Das ist freilich vorläufig kein glänzendes Los, aber ich hoffe, dir bald ein glänzenderes bieten zu können. Habe nur ein wenig Geduld.«

»Zwei Jahre«, dachte Siddy bei sich. Aber laut sagte sie, innig seine Hand drückend:

»Ich wünsche mir kein glänzenderes Los als von dir geliebt zu werden, mein Lutz.«

Entzückt küsste er ihre Hand und sagte ihr liebe zärtliche Worte. Dann erzählte er ihr, dass er auf Berndorfer Boden ein Laboratorium bauen wollte, um eine Erfindung auszunutzen.

Siddy ahnte nicht, dass Lutz auf eine Verbesserung seiner Lage durch diese Erfindung rechnete. Das wäre ihr eine unsichere Aussicht gewesen.

Schelmisch legte sie ihm die Hand auf den Mund. »Lass uns doch nicht von materiellen Dingen reden, Lutz. Dies kurze Alleinsein können wir doch wahrlich anders ausnutzen.«

Er zog sie an sich, und seine Augen leuchteten zärtlich in die ihren. »Du hast recht, Siddy. Was auch kommen mag, wir haben uns und unsere Liebe.«

»Und das ist uns genug«, flüsterte sie wie selbstvergessen.

Es fiel ihr wirklich nicht schwer, die zärtlich Liebende zu spielen. So viel sie für einen Mann empfinden konnte, ja überhaupt für einen Menschen, so viel gab sie Lutz. Es war nur leider sehr wenig und reichte nur so weit, wie ihr Egoismus nicht infrage kam. Winnifred sah vom Fenster aus das Brautpaar zurückkommen, sah Siddys strahlendes Gesicht und das zärtliche Leuchten in des Vetters Augen. Da presste sie die Hände aufs Herz, als müsste sie es zur Ruhe zwingen.

»Wenn sie ihn nur glücklich macht, dann ist alles – alles gut«, dachte sie.

Lutz sah sie am Fenster stehen und winkte ihr lächelnd zu. Er machte Siddy auf Winnifred aufmerksam und diese winkte ebenfalls zu ihr hinauf.

Aber Winnifred hätte weinen mögen, weil sie nichts Warmes und Herzliches für Siddy empfinden konnte, die doch so freundlich zu ihr war. Sie schämte sich dessen in der Unschuld ihres Herzens.

**

Am Abend kam Rudolf von Wildenau nach Berndorf, und es herrschte bei Tisch eine ziemlich angeregte Stimmung. Siddy verstand es, selbst die steife Abwehr Frau Marthas und Käthes kindisches Grollen zu besiegen und war so entzückend in ihrem scheinbaren glücklich-bräutlichen Übermut, dass sie alles mit fortriss.

Auch auf Winnifreds blassem Gesicht erschien zuweilen ein Lächeln, und wenn Lutz das sah, erschien ihm sein Glück noch viel größer und strahlender. Es war, als gehöre es zu seinem Glück, zu seiner Zufriedenheit, dass Winnifred heiter war. Und er gab sich Mühe, sie heiter und fröhlich zu machen.

Nach Tisch versuchte er zwischen Siddy und Winnifred ein wärmeres Verhältnis anzubahnen. Winnifred ging ihm zuliebe darauf ein, und Siddy wollte sich liebenswürdig zeigen. So plauderte sie mit der Eleganz der Weltdame, die sich gütig mit einem schlichten Kinde vom Lande verständigen will.

Lutz merkte, dass Siddy Winnifred einschätzte, wie er selbst es zu Anfang getan hatte, als ein unbedeutendes schüchternes Geschöpf. Um Winnifreds Wesen besser zu offenbaren, bat er sie, zu musizieren.

Auch Onkel Rudolf, der nie genug Winnifreds Spiel und Gesang lauschen konnte, unterstützte ihn in seinen Bitten.

In Winnifreds Gesicht stieg eine helle Röte, sie hatte ein Gefühl, als bringe sie keinen Ton heraus, als Siddy mit ihren grünlich schimmernden Augen zu ihr herübersah, als wolle sie sagen: »Was werden wir da für eine Dilettantin zu hören bekommen?«

Siddy war selbst eine exzellente Klavierspielerin, und sie nahm sich vor, sich nach »Winnifreds Geklimper« hören zu lassen. Ihres Triumphes gewiss, nickte sie Winnifred lächelnd zu:

»Ich freue mich, Sie zu hören, liebe Winnifred.«

Es klang ein wenig gönnerhaft, und um Rudolf von Wildenaus Lippen zuckte es wie ein leises Spottlächeln. Er hatte Siddy den ganzen Abend scharf beobachtet, und je länger er ihr gegenübersaß, desto weniger gefiel sie ihm. Sie erschien ihm etwas unnatürlich in ihrem Wesen, ihre Liebenswürdigkeit hatte nichts Selbstverständliches. Und in die grünen Augen trat zuweilen ein blitzähnliches Leuchten, das ihm zu denken gab.

Winnifred spielte nun einige Piecen von Grieg, Chopin und Mendelssohn und sang einige Lieder von Schumann und Grieg. Diese Lieder lagen ihrer Stimme besonders gut. Und während sie musizierte, war wieder aus dem kleinen scheuen Mädchen eine Persönlichkeit geworden, die den ganzen Kreis beherrschte und an derem beseelten durchgeistigten Antlitz aller Augen wie gebannt hingen. Aus Siddys Antlitz verschwand zu Onkel Rudolfs heimlichem Vergnügen der überlegene gönnerhafte Ausdruck und machte einem ungläubigen Staunen Platz. Frau von Sucher nahm die Lorgnette vor die etwas kurzsichtigen Augen, als müsse sie sich überzeugen, dass wirklich das scheue kleine Mädchen von vorhin am Flügel saß. Lutz' Augen hingen wie im glückseligen Träumen an dem Antlitz der Sängerin, und Onkel Rudolf lehnte sich zurück und trank den süßen Wohllaut der weichen dunklen Stimme in sich hinein. Selbst Tante Martha und Käthe waren gefesselt, und draußen auf der Veranda lauschten heimlich die Dienstboten.

Winnifred hatte sich selbst vergessen. Ihre Seele sprach in diesen Tönen von ihrem Leid, von ihrer stillen Resignation, von dem heißen Wunsch um das Glück des einen Menschen, der ihrem jungen Herzen in so kurzer Zeit so namenlos teuer geworden war.

Endlich stand Winnifred vom Flügel auf. Siddy und Frau von Sucher applaudierten lebhaft. Da Siddy fand, dass man sich nun genug mit Winnifred Hartau beschäftigt hatte, ließ sie sich am Flügel nieder und brillierte mit einem Vortrag. Ihre Technik war glänzend, die Läufer und Triller perlten leicht und graziös unter ihren Händen hervor – aber ihrem Vortrag fehlte die Seele, das Tiefinnerliche, das Winnifreds Leistungen so wirksam machte, man empfand nichts bei ihrem Vortrag. Trotzdem machte man ihr natürlich von allen Seiten Komplimente, die sie mit einem liebenswürdigen Lächeln aufnahm.

Nachdem Siddy ihr Spiel beendet hatte, begab man sich in das Nebenzimmer. Winnifred blieb zurück, um die Noten fortzuräumen und den Flügel zu schließen.

Onkel Rudolf trat zu ihr. »Lass dir danken, Winnifred. Du hast mich wieder beglückt durch dein Spiel und deinen Gesang. Deine Lieder kommen aus dem Herzen und gehen zum Herzen. Ich wollte, ich könnte dich immer um mich haben. Dann müsstest du mich viel öfter mit deiner Musik erfreuen.«

Lächelnd sah Winnifred zu ihm auf. »Macht dir mein Musizieren wirklich einiges Vergnügen, Onkel Rudolf? Baroness Siddy hat so viel besser gespielt als ich. Sie beherrscht den Flügel meisterhaft.«

»In der Technik unstreitig. Aber die Technik allein macht nicht die Musik. Wie gefällt dir die Braut deines Vetters Lutz?«

Winnifred atmete tief auf. Ihre Augen sahen groß und starr vor sich hin.

»Oh, sie ist sehr schön. Glaubst du, Onkel Rudolf, dass sie ihn glücklich machen wird?«

Er sah sie forschend an. »Möchtest du denn, dass er mit ihr glücklich wird?«

In ihren Augen lag ein Glanz, der wie Verklärung wirkte.

»O ja – er soll glücklich sein, er ist so gut, er verdient es.«

»Du hältst ihn für einen guten Menschen?«

»Für den besten, den ich kenne. Zweifelst du daran, Onkel Rudolf?«

»Nein, jetzt nicht mehr.«

»Ach, das freut mich. Wüsstest du, wie gut er zu mir gewesen ist von Anfang an. Er hat nicht Ruhe gegeben, bis mir Tante Martha alle schwere Arbeit abnahm, weil er glaubte, es werde mir zu viel. Ganz erschrocken war er, als er mich einmal Milchkrüge tragen und am Bügelbrett stehen sah. Ich hatte solche Angst, er würde sich deshalb mit seiner Mutter erzürnen. Aber gottlob, es ging ohne Unfrieden vorüber. Und Tante Martha ist jetzt so rücksichtsvoll mir gegenüber. Das alles danke ich Lutz. Ich habe es jetzt eigentlich viel zu leicht und habe nicht mehr das Empfinden, dass ich wirklich nützen kann. Tante

Martha will mich fast gar nichts mehr tun lassen und hat auch eine neue Mamsell engagiert.«

Herr von Wildenau sah nachdenklich vor sich hin. Wieder fragte er sich, was Frau Martha damit bezweckte, dass sie Winnifred jetzt so schonungsvoll behandelte. Ein Ausfluss von Güte war es nicht, daran glaubte er auf keinen Fall.

»Dahinter steckt etwas«, dachte er wieder. In diesem Moment trat Frau Martha schnell ins Zimmer und sah scharf und forschend auf die beiden.

»Kommt ihr nicht herüber?«, fragte sie.

»Wir waren eben im Begriff, Martha. Ich habe mich nur bei Winnifred bedankt für ihr schönes Spiel und ihren herrlichen Gesang.«

»Ja, sie spielt und singt wunderschön. Es ist eigentlich schade, dass solch ein herrliches Talent in unserm stillen Berndorf verkümmern soll. Winnifred hätte viel Geld verdienen können, wenn sie Konzerte veranstaltet hätte.«

Herr von Wildenau wunderte sich über diese rückhaltlose Anerkennung. Lächelnd sah er Winnifred an. »Nun – wie denkst du darüber, Winnifred? Hast du auch die Aversion deiner Mutter geerbt, mit deinen musikalischen Leistungen in die Öffentlichkeit zu treten?«

Erschrocken streckte Winnifred die Hände aus. Sie wurde ganz blass. »Ich würde sterben vor Angst, wenn ich mich vor einer Menge fremder Menschen hören lassen sollte«, sagte sie erregt.

Da nickte ihr Onkel Rudolf zu. »Nein – du gehörst nicht auf das Konzertpodium – es wäre schade.«

»Das ist aber eine irrige Ansicht, Rudolf. Winnifreds Talent dürfte nicht brachliegen. Ich muss immer daran denken, dass sie damit vielleicht ihr Glück machen könnte. Aber nun wollen wir hinübergehen zu den andern«, sagte Frau Martha.

* * *

Nach zweitägigem Aufenthalt reiste Lutz mit seiner Braut und Frau von Sucher nach Berlin zurück.

Gleich am Tage danach begab er sich zu Professor Hendrichs und bat um seine baldmögliche Entlassung. Diese Bitte begründete er durch die Eröffnung seines Vorhabens.

Der Professor ging liebenswürdig auf sein Gesuch ein. »Ich will Ihnen nicht hinderlich im Wege stehen, Herr Doktor. Sogleich werde ich mich nach einem Nachfolger für Sie umsehen. Er wird bald zu finden sein. Dann sind Sie sofort frei«, sagte er.

Das war Lutz sehr lieb. Er traf nun eifrig seine Vorbereitungen zur Übersiedlung nach Berndorf.

All seine freie Zeit widmete er seiner Braut. Und von Tag zu Tag zog ihn Siddy fester in ihren Bann. Zwar gab ihm zuweilen irgendetwas in Siddys Verhalten zu denken und wieder und wieder überfiel ihn zuweilen sogar in den zärtlichsten Momenten das seltsame Kältegefühl, das von ihr ausstrahlte, aber sie ließ ihm nie Zeit, darüber nachzudenken.

Herr von Solms, Siddys anderer Verehrer, war durch die Nachricht von ihrer Verlobung sehr niedergeschmettert worden. Aber nachdem er sich einige Tage zurückgezogen hatte, tauchte er wieder auf und folgte Siddy abermals wie ihr Schatten. Sie hielt ihn wie mit magnetischen Banden fest, er konnte nicht von ihr loskommen, trotzdem sie ihn ziemlich schlecht behandelte.

Lutz fiel dieser »Schatten« seiner Braut unangenehm auf, und er bat sie, den Verkehr mit Herrn von Solms abzubrechen. Aber Siddy lächelte schelmisch.

»Lieber Lutz, du wirst doch nicht eifersüchtig sein? Ich habe diesem Menschen deutlich genug klargemacht, dass er hier überflüssig ist. Aber er merkt es nicht. Und da er zu den Bekannten von Frau von Sucher gehört und ich ihn, als ihren Gast, nicht brüskieren darf, muss ich mir schon seine Gesellschaft gefallen lassen. Angenehm ist sie mir nicht.«

Damit musste sich Lutz zufriedengeben. Warum Siddy Herrn von Solms nicht energischer den Laufpass gab, wusste sie selbst nicht. Es lag eben in ihrer Art, möglichst viele Männer vor ihren Triumphwagen zu spannen, und da Herr von Solms trotz seiner Blödigkeit als reicher Freier von vielen andern Damen begehrt wurde, machte es ihr Vergnügen, ihn festzuhalten. –

Schnell hatte Professor Hendrichs einen Nachfolger für Lutz gefunden, und dieser wollte nun sofort nach Berndorf übersiedeln, um den Sommer über den Bau des Laboratoriums ausführen zu lassen. Bis zu seiner Hochzeit dachte er mit der Hauptarbeit fertig zu sein, und nach der Rückkehr von der Hochzeitsreise hoffte er, das Laboratorium in Betrieb setzen zu können.

Es kam ihn schwer an, sich jetzt von Siddy zu trennen, und sie gab sich den Anschein, als würde ihr der Abschied furchtbar schwer. Sie schalt auf das dumme Laboratorium, das ihr den Liebsten entführe!

Ihr zärtlicher Unwille machte ihn glücklich, und er tröstete sie nach Kräften. Schließlich sagte sie seufzend: »Wir müssen vernünftig sein, Lutz, es hilft nichts. Was sein muss, das muss sein, und ich will dir mit meinen Klagen nicht das Herz schwer machen. Hoffentlich vergeht die Zeit der Trennung schnell. Ich werde in dieser Zeit meine Ausstattung besorgen, damit sie mir schneller vergeht.«

Sie besprachen nun noch mancherlei. Siddy sollte bestimmen, wie sie ihre Zimmer eingerichtet haben wollte, und sie war ziemlich bescheiden in ihren Wünschen, weil sie damit rechnete, dass der Aufenthalt in Berndorf nur ein Provisorium und Wildenau erst ihre wirkliche Residenz sein würde. Sie sprach aber nie mit Lutz davon, dass sie auf das Erbe von Wildenau rechnete. So wusste er nichts davon und freute sich nur ihrer Genügsamkeit. Auch von Winnifred sprach er immer wieder mit ihr. Er zeigte sich sehr besorgt um sie, wie ein liebevoller Bruder, und bat seine Verlobte, sich gut mit ihr zu stellen.

»Sie soll immer in Berndorf bleiben«, sagte er.

Siddy langweilte dieses Thema sehr. »Immer?«, fragte sie zweifelnd.

»Gewiss, Siddy, sie hat sich unter unsern Schutz begeben, und Berndorf soll ihr eine Heimat sein.«

Mit einem Lächeln sah Siddy zu ihm auf. »Aber Lutz, doch nur bis zu einer gewissen Zeit?«

»Wie meinst du das?«

»Nun, eines Tages wird sie sich doch, wie auch deine Schwester Käthe, verheiraten.«

»Verheiraten?«

Lutz fragt es fast bestürzt. Daran hatte er noch nie gedacht, dass Winnifred sich verheiraten könne.

»Aber Lutz, das ist doch so natürlich. Weshalb staunst du so sehr? Ach – ich weiß – du meinst, weil sie ein armes Mädchen ist. Nun, bin ich das nicht auch und habe doch einen herzlieben törichten Mann gefunden, der mich heimführen will?«

Er küsste ihr innig die Hand und wusste selbst nicht recht, weshalb ihm der Gedanke an eine Verheiratung Winnifreds so unangenehm war.

»Du hast recht, Siddy, und liebenswert genug ist Winnifred auch, aber sie wird in Berndorf wenig Gelegenheit haben, mit heiratsfähigen Herren zusammenzukommen.«

»Oh, dafür lass mich nur sorgen, Lutz. Wir werden ihr Gelegenheit dazu verschaffen. Soll ich großmütig sein und meinen Anbeter, Herrn von Solms, nach Berndorf einladen? Man könnte ein wenig Schicksal spielen und Winnifred dadurch eine glänzende Partie verschaffen.«

Diese Worte sprach Siddy halb ernst, halb schelmisch. Aber über das Gesicht ihres Verlobten glitt ein Schatten.

»So etwas solltest du auch im Scherz nicht aussprechen, Siddy. Wie kannst du glauben, dass Winnifred mit ihrem reichen Geist und ihrem tiefinnerlichen Wesen einem Menschen wie Solms die Hand reichen würde.«

Es zuckte ein wenig spöttisch um ihren Mund. »Vergiss doch nicht, Lutz, dass er ein mehrfacher Millionär ist. Ich glaube kaum, dass Winnifred da widerstehen könnte.«

Unmutig schüttelte er den Kopf. »Du kennst sie eben nicht. Dazu wäre sie ebenso wenig imstande wie du.«

Schon wollte Siddy sagen: »Wenn sie ihn ausschlüge, wäre sie eine Närrin.« Aber da fiel ihr plötzlich ein, dass sie damit aus ihrer Rolle fallen würde. Sie biss sich auf die Lippen und schmiegte sich an ihn. »Ach, du dummer Lutz, merkst du denn nicht, dass ich scherze?«

Da zog er sie fest an sich. »Liebling, auch im Scherz mag ich so etwas nicht von dir hören.«

»Du hast recht, Lutz, solche Scherze sind nicht schön. Aber ich dachte ernsthaft daran, dass man Winnifred und auch deiner Schwester Gelegenheit geben muss, mit jungen Herren zusammenzukommen. Ich bin doch selbst viel zu glücklich als deine Braut, als dass ich Winnifred und Käthe nicht ein gleiches Glück gönnen sollte.«

Da war er schnell versöhnt. Aber er musste darüber nachdenken, wie es sein würde, wenn Winnifred sich verheiraten würde. Der Gedanke daran verursachte ihm direkt Unbehagen.

»Also wie alle glücklichen jungen Frauen möchtest du die Ehestifterin für andere spielen?«, neckte er Siddy, sich gewaltsam von dem unbehaglichen Gedanken losreißend.

Sie nichte lächelnd. »Ich möchte versuchen, ob ich dabei eine glückliche Hand habe.«

»Das wirst du ganz bestimmt, Siddy, in allen Dingen hast du eine glückliche Hand.«

Ihre Nixenaugen strahlten zu ihm auf, und er war wieder völlig in ihrem Banne.

* * *

Seit Lutz mit seiner Braut wieder von Berndorf abgefahren war, hatte Winnifred tapfer mit ihrem Schmerz gerungen. Aber trotzdem fürchtete sie sich namenlos vor der Zeit, da Lutz seine junge Frau nach Berndorf bringen würde.

Manchmal fragte sie sich, ob es nicht besser sei, von Berndorf fortzugehen, damit sie verwinden lernte, was sie quälte. Aber dann dachte sie daran, dass sie der sterbenden Mutter versprochen hatte, nur von Berndorf fortzugehen, wenn man sie fortschickte. Auch fürchtete sie sich namenlos vor der Welt da draußen. War denn nicht auch alles besser, als wenn sie für immer von Lutz getrennt sein würde? Wie viel unglücklicher würde sie sein, wenn sie ihn nie mehr sähe.

In all ihrem Kummer hatte sie aber doch etwas, worauf sie sich freute – das war die Zeit, wo Lutz vor seiner Verheiratung in Berndorf weilen würde. Er hatte sein Eintreffen für die Mitte des Mai angesagt. Da seine Hochzeit auf den 15. Juli festgesetzt war, blieben also acht Wochen, die er ohne Siddy in Berndorf weilen würde. Und auf diese Zeit freute sie sich wie auf ein großes Glück. An das, was nachher kam, wollte sie nicht mehr denken, bis es so weit war.

Inzwischen hatte Frau Martha wieder und wieder mit Schrecken bemerkt, wie warm das Interesse Onkel Rudolfs an Winnifred wurde. Es war wirklich die höchste Zeit, sie zu entfernen, wenn nicht alles verloren sein sollte. Und nach eifrig gepflogener Korrespondenz hielt sie denn auch eines Tages ein erlösendes Schreiben von Frau von Haller in der Hand, die ihr mitteilte, es sei ihr gelungen, eine vorzügliche Stellung für Fräulein Hartau ausfindig zu machen. Sie könne sogleich als Gesellschafterin einer Dame aus der hohen Aristokratie engagiert werden, deren Gatte, ein bekannter Diplomat, viel in Geschäften an auswärtigen Höfen weile. Seine Gemahlin sei darum viel allein und verlange eine junge Gesellschafterin aus guter Familie, mit vorzüglicher Erziehung und vor allem mit großen musikalischen Fähigkeiten. Die Baronin Senden, so hieß diese Dame, sei selbst musikalisch, veranstalte öfter Hauskonzerte und empfange viele berühmte Künstler bei sich. Es dürfte also Fräulein Hartau nicht leicht wieder eine ähnliche günstige Stellung geboten werden, und sie werde viel Anregung und Förderung für ihre Talente haben. Außerdem sei die Stellung eine sehr angenehme, und Frau von Berndorf möge sofort Nachricht senden, ob Fräulein Hartau das Engagement annähme. In diesem Falle möge sie so schnell wie möglich zu Frau von Haller nach Dresden kommen, die sie dann zur Baronin Senden bringen werde.

Frau Martha war sehr beglückt durch dieses Schreiben. Sie las es am Frühstückstisch. Zu gleicher Zeit war ein Brief von Lutz gekommen, der seine Ankunft für nächsten Montag meldete.

»Winnifred muss schon aus dem Hause sein, wenn Lutz kommt, sonst redet er mir drein. Und niemand darf vorher ahnen, dass sie fortgeht, damit sie niemand daran hindern kann. Ich werde erst wieder ruhig sein, wenn dieses Mädchen aus dem Hause ist.«

Gleich nach dem Frühstück bat sie Winnifred, mit in ihr Arbeitszimmer zu kommen. Das geschah jetzt sehr oft, da Winnifred oft schriftliche Arbeiten für Frau Martha zu machen hatte, dass diese nichts Auffallendes dabei fand. Ahnungslos folgte sie der Tante.

Als sie allein waren, fasste diese mit einem liebenswürdigen Lächeln die Hand der jungen Dame. »Liebe Winnifred, ich habe dir eine sehr erfreuliche Mitteilung zu machen. Bitte, nimm Platz.«

Mit ziemlichem Staunen sah Winnifred in das lächelnde Gesicht der Tante. So freundlich war sie noch nie zu ihr gewesen.

Gehorsam nahm sie Platz. »Was hast du mir zu sagen, Tante Martha?«, fragte sie mehr beklommen als erfreut.

Frau Martha setzte sich ihr gegenüber auf einen Diwan.

»Das sollst du hören, Kind, ein großes Glück ist dir beschieden. Ich muss etwas zurückgreifen, um dir alles zu erklären. Also, seit ich dich das erste Mal in Wildenau musizieren hörte, hatte ich das Empfinden, dass es eine Sünde wäre, dein Talent hier in Berndorf verkümmern zu lassen. Es darf nicht sein. So gern ich dich hierbehalten würde – es ginge ja nur an, wenn ich den Posten der Mamsell unbesetzt gelassen hätte. Du weißt, dass wir jeden Pfennig sparen müssen. Und so anspruchslos und bescheiden du auch bist – der Unterhalt eines Menschen kostet Geld. Ich sah ja ohne Weiteres ein, dass du zu schade bist für die Arbeit, die ich dir zumuten musste, schon ehe Lutz mit mir davon sprach. Aber, was sollte ich tun? Ich wusste nicht, wie ich es auf die

Dauer ändern sollte. Aber endlich kam mir eine erlösende Idee – ich setzte mich deinetwegen mit einer befreundeten Dame in Verbindung und bat sie, sich in ihrem Bekanntenkreise nach einer besonders günstigen und für dich passenden Position umzusehen. Und zu meiner großen Freude macht sie mir nun heute die Mitteilung, dass sie etwas ganz hervorragend Günstiges gefunden hat. Das ist das Rechte, was ich für dich suchte. Eine äußerst angenehme, deinen Fähigkeiten entsprechende Stellung in einem vornehmen Hause, unter dem Schutze einer Dame der höchsten Aristokratie. Du kannst von großem Glück sagen, dass sich dir so etwas bietet. Hier, bitte, lies diesen Brief der Frau von Haller, daraus wirst du zur Genüge ersehen, wie herrlich du aufgehoben sein wirst. Man könnte dich beneiden um das gesellige anregende Leben, das du führen wirst.«

Winnifred war sehr bleich geworden und fasste nach dem Brief. Die Buchstaben tanzten ihr vor den Augen, und nur mit Aufbietung aller Willenskraft vermochte sie ihn endlich zu lesen.

Als es geschehen war, ließ sie die Hand mit dem Brief sinken. Sie erfasste nur eins – dass sie fort sollte aus Berndorf, aus Lutz' Nähe, hinaus in die fremde kalte Welt.

Es half nichts, dass sie sich sagte, es sei vielleicht gut, wenn sie künftighin nicht mit Lutz und seiner Frau zusammenleben müsse. Es tat ihr weh, unsagbar weh, dass sie von Berndorf verbannt sein würde, obwohl sie wahrlich nicht viel gute Stunden hier erlebt hatte.

Ob Lutz davon wusste, dass seine Mutter sich um eine Stellung für sie bemühte? Aber nein – nein – Lutz hatte ja immer davon gesprochen, dass sie für immer in seinem Hause bleiben sollte – nein, Lutz wusste nichts. Er würde es auch nicht gern sehen, dass man sie fortschickte. Aber was half das – sie musste ja doch gehen.

»Nun, Winnifred, du bist ja ganz sprachlos über diesen Glücksfall? Was sagst du dazu?«

Diese Worte der Tante rissen sie aus ihrer Erstarrung. Sie richtete sich auf, blass bis in die Lippen und mit wehem Herzen. Aber sie verfügte über eine große Selbstbeherrschung. »Du hast dir viel Mühe gemacht, Tante Martha, und es ist sehr freundlich von dir, dass du mir eine so gute Stellung verschafft hast. Ich danke dir«, sagte sie tonlos.

In Frau Marthas kalten Augen leuchtete es auf. »Es ist wirklich ein seltener Glücksfall, Winnifred. Du nimmst also natürlich diese Stellung an?«

Ein kurzes Zögern – dann neigte Winnifred bejahend den Kopf. »Ja, Tante Martha, ich nehme sie an. Ich sehe ein, dass ich euch zur Last falle. Verzeihe nur, dass ich es so lange getan.«

Frau Martha wurde noch liebenswürdiger. »Davon kann ja keine Rede sein, mein liebes Kind. Natürlich müssen wir jetzt leider doppelt mit jedem Pfennig rechnen, da Lutz nun auch noch eine arme Frau ins Haus bringt. Es tut mir wahrhaftig leid, dass ich dich fortschicken muss, aber es geht nicht anders. Vielleicht können wir dich später zurückrufen, wenn bessere Zeiten für Berndorf kommen.«

»Ich danke dir jedenfalls, Tante Martha, dass du mich so lange aufgenommen hast.«

»Ach, das ist gern geschehen. Deine Mutter sprach ja in ihrem Briefe auch davon, dass du wenigstens so lange hierbleiben könntest, bis sich eine Stellung für dich gefunden haben würde. Wer weiß, ob du da nicht dein Glück machst.«

Winnifreds Lippen zuckten. »Ich muss sehr froh über diese Stellung sein, Tante Martha.«

»Nicht wahr? Du wirst gute Aufnahme finden, und Frau von Haller wird dir ihren Schutz angedeihen lassen. Im Winter kommt dann Käthe nach Dresden zu Frau von Haller. Da seht ihr euch wieder. Und wie gesagt, wenn andere Zeiten für Berndorf kommen, holen wir dich zurück.«

Winnifred konnte daran nicht glauben. Sie hatte das Gefühl, dass sie nie wiederkommen würde, wenn sie einmal fort war. »Und wann soll ich diese Stellung antreten, Tante Martha?«, fragte sie.

»Natürlich sofort. Du hast ja den Brief gelesen. Ich werde an Frau von Haller depeschieren, dass du annimmst und – sagen wir – übermorgen eintriffst.«

Winnifred zuckte leicht zusammen. »Übermorgen?«, entfuhr es erschrocken ihren Lippen.

»Ja, am Sonnabend also.«

Winnifred war wie vernichtet. Sie wusste, dass Lutz erst am Montag heimkam. Wenn sie schon am Sonnabend reiste, dann sah sie ihn gar nicht wieder – konnte nicht einmal Abschied von ihm nehmen.

Tante Martha beobachtete sie scharf. »Nun, ist dir das nicht recht?«, fragte sie.

»Doch, es ist mir recht, Tante Martha, nur hätte ich gern von Vetter Lutz Abschied genommen und ihm noch einmal für alle Güte gedankt.«

»Das kannst du ja schriftlich tun. Man darf die Baronin Senden nicht warten lassen. Dresden liegt ja auch nicht aus der Welt, wir sehen uns zuweilen wieder. Jedenfalls darfst du jetzt nicht zögern, damit dir diese gute Stellung nicht verloren geht.«

Schlaff sanken Winnifreds Hände herab. »Ja, du hast recht. Ich werde also übermorgen reisen.«

»Ich freue mich, dass du so vernünftig bist. Du sollst sehen, es wird dir in Dresden gefallen. Wirklich, Kind, ich freue mich, dass du so gut untergebracht bist. Sonst hätte ich dich auch keinesfalls fortgehen lassen. Also ich depeschiere an Frau von Haller und du kannst gleich beginnen zu packen, damit du das in aller Ruhe erledigen kannst.«

»Es ist gut, Tante Martha. Aber du erlaubst doch, dass ich heut Nachmittag oder morgen nach Wildenau fahre, um Onkel Rudolf Lebewohl zu sagen?«

Das wollte jedoch Frau von Berndorf auf jeden Fall verhindern. »Das möchte ich nicht, Kind. Du weißt doch, Onkel Rudolf ist krank und muss vor jeder Erregung behütet werden. Abschied nehmen ist aber immer mit Aufregungen verknüpft. Ich kann nicht dulden, dass Onkel Rudolf einer solchen ausgesetzt wird. Es ist besser, du ersparst ihm und dir diesen Abschied. Du kannst ja auch für ihn ein Briefchen hinterlassen, in dem du ihm Lebewohl sagst. Vor Sonntag kommt er nicht nach Berndorf und so ist eine nochmalige Begegnung zwischen euch ausgeschlossen. Und das ist gut für ihn, nicht wahr, du willst doch seine Gesundheit nicht gefährden?«

Nein, das wollte Winnifred nicht. Aber bei all ihrer Unerfahrenheit und Harmlosigkeit fiel es ihr doch auf, dass Tante Martha sie weder mit Lutz noch mit Onkel Rudolf zusammentreffen lassen wollte. Wollte die Tante verhindern, dass Lutz oder Onkel Rudolf sie vielleicht zurückzuhalten versuchen? Aber da brauchte sie keine Angst zu haben. Nicht um alle Schätze der Welt wäre sie in einem Hause geblieben, in dem sie sich lästig wusste. So bescheiden sie auch war, das ließ ihr Stolz nicht zu.

Sie richtete sich entschlossen auf. »Es ist gut, Tante Martha, ich werde also auch von Onkel Rudolf nur schriftlichen Abschied nehmen.«

Befriedigt atmete Frau Martha auf. »Recht so, Winnifred, du bist ein gutes vernünftiges Kind. Und nun lass mich allein.«

Damit war Winnifred entlassen. Langsam, mit schweren Schritten begab sie sich in ihr Zimmer.

* *
*

Tante Martha und Käthe waren bei der Mittagstafel äußerst liebenswürdig zu Winnifred.

»Du kannst lachen, Winnifred, ich beneide dich um das amüsante gesellige Leben in Dresden. Wahrhaftig, ich möchte gleich mit dir tauschen, denn in Berndorf ist es so schrecklich langweilig«, sagte Käthe. Und sie war dabei nicht einmal unehrlich.

Sie plauderte lebhafter als sonst mit Winnifred und sprach davon, wie sehr sie sich darauf freute, im Winter auch nach Dresden zu kommen.

Winnifred hatte sich gefasst, wenn sie auch zum Erbarmen blass und unglücklich aussah.

Nach Tisch bat sie, sich zurückziehen zu dürfen. Sie wollte ausführlich an Kapitän Karst schreiben, dem sie ja versprochen hatte, über alles Wichtige in ihrem Leben Nachricht zu geben.

Die Tante erlaubte es gern. »Du kannst über deine Zeit verfügen, wie du willst, Winnifred. Wir sehen uns bei den Mahlzeiten wieder.«

So ging Winnifred auf ihr Zimmer und schrieb an Kapitän Karst. Sie hatte gestern Morgen von Mally Karst ein liebes drolliges Briefchen bekommen. Die fünf Flachsköpfe wechselten getreulich ab, eine nach der andern durfte an Winnifred schreiben, und diese hatte jeden der Briefe gern beantwortet.

So wusste sie, dass Kapitän Karst am nächsten Tage von einer Reise über den Ozean zurückkehrte und einige Tage in Hamburg sein würde.

Es wurde ein langer ausführlicher Brief, den sie schrieb. Es tat ihr wohl, wenigstens über Äußerlichkeiten sich aussprechen zu dürfen.

Als sie mit diesem Briefe fertig war, nahm sie ihren Hut und ging ins Freie. Sie hatte Kopfweh und verlangte nach einem Spaziergang. Da man ihr keinerlei Arbeit aufgetragen hatte, blieb ihr Zeit genug, ihre wenigen Habseligkeiten waren in einigen Stunden zusammengepackt und morgen blieb ihr noch so viel Zeit. Sie wollte in den Wald gehen und Abschied nehmen von den Stellen, die ihr lieb geworden waren.

Ganz mechanisch schlug sie den Weg ein, der nach Wildenau führte. Und als sie sich dessen bewusst wurde, blieb sie auf dem Wege. Wenigstens wollte sie das Schloss noch einmal liegen sehen, in dem sie so liebe und frohe Stunden verlebt hatte und wo sie ein Herz wusste, das in warmem Wohlwollen für sie schlug.

Sie kannte eine Stelle im Walde, wo sich ein Ausblick auf Schloss Wildenau bot. Es war eine Waldlichtung, auf die ein breiter Weg mündete, an dessen Ende das Schloss lag. Dorthin wollte sie gehen. Schnell schritt sie aus, denn sie wollte zur Teestunde zurück sein, damit ihre Entfernung nicht auffiel. Sie sah nach der Uhr und berechnete den Weg. Es blieb ihr Zeit genug. Sie konnte sogar ein halbes Stündchen an jener Stelle rasten.

Als sie am Ziel angelangt war, sank sie auf einen gefällten Baumstamm nieder, der am Rande der Waldlichtung lag. Von hier aus hatte sie einen herrlichen Ausblick. Wie eine Fata Morgana lag das Schloss vor ihr im Sonnenglanze. Die Fenster blitzten im Sonnenschein.

Mit großen sehnsüchtigen Augen sah sie auf das malerische imposante Gebäude. Sie musste daran denken, dass Onkel Rudolf gesagt hatte, er möchte sie immer bei sich haben. Hätte ihr Tante Martha nicht erlauben können, zu ihm zu gehen? Dann war sie auch aus Berndorf fort und musste doch nicht in die Fremde. Und warum wollte Tante Martha nur nicht, dass sie sich von Onkel Rudolf verabschiedete? Würde dieser Abschied wirklich schädlich für ihn sein?

Wie mit Zaubermacht zog es sie hinüber nach Wildenau. Sie war sicher, Onkel Rudolf würde sie halten. Musste sie tun, was Tante Martha von ihr forderte? Durfte sie nicht versuchen, ob Onkel Rudolf ihr eine Heimat in Wildenau geben wollte? Unwillkürlich kamen ihr Tränen.

So sehr war sie in ihren Schmerz vertieft, dass sie die nahenden Schritte nicht vernahm, die ohnedies kaum auf dem weichen Waldboden zu hören waren.

Zwischen den Bäumen hervor trat Onkel Rudolf, leicht auf seinen Stock gestützt. Das schöne Wetter hatte ihn zu einer Ausfahrt veranlasst und ihm sogar zu einem Spaziergang in den Wald Lust gemacht. Seinen Wagen hatte er drüben am Wege halten lassen und war ausgestiegen, um ein Stück zu promenieren. Und nun hörte er ein wehes jammervolles Schluchzen, ging diesen Tönen nach und erblickte plötzlich Winnifred – ganz in ihrem Schmerz aufgelöst.

Er trat erschrocken auf sie zu und legte mit einem mitleidigen Blick die Hand auf ihre Schulter. »Winnifred, warum weinst du denn so trostlos?«, fragte er gütig.

Sie zuckte erschrocken zusammen und hob das tränenüberströmte Gesicht zu ihm empor.

»Ach, Onkel Rudolf – du?«, stieß sie hervor und suchte sich zu fassen. Rudolf von Wildenau ließ sich neben ihr nieder und ergriff ihre Hand. »Willst du mir nicht sagen, was dich so haltlos weinen macht?«

Sie trocknete hastig ihre Tränen. »Ach, mein Gott – es ist nichts – gar nichts – Tante wird schelten, dass ich so weit nach Wildenau zu gegangen bin. Ich ahnte ja nicht, dass du unterwegs seist. Und ich wollte doch nur Schloss Wildenau noch ein letztes Mal liegen sehen.«

Er stutzte. »Ein letztes Mal?«

Sie fasste erschrocken nach dem Munde, als könne sie das Wort noch zurückhalten. »Ach – das hätte ich nicht sagen dürfen – du darfst dich ja nicht aufregen – Tante sagt, es sei dir schädlich, und deshalb wollte sie mir nicht erlauben, Abschied von dir zu nehmen.«

»Abschied? Wie meinst du das? Weshalb willst du denn Abschied nehmen?«

Angstvoll sah sie ihn an. »Bitte, frag mich nicht, ich weiß ja nicht, was ich sagen soll, sagen darf. Du darfst um Gottes willen nicht aufgeregt werden.« Forschend sah er sie an. »Du musst mir jetzt alles sagen, Winnifred – es wird mich nicht aufregen. Nur wenn du mir etwas verschweigst, könnte das der Fall sein. Also, warum weinst du, und was soll das heißen, dass du nicht Abschied von mir nehmen sollst? Ich muss es wissen.«

Sie atmete zitternd auf. Wieder wollten die Tränen hervorstürzen. Aber sie bezwang sich und sagte leise:

»Ich muss fort von Berndorf, Onkel Rudolf, Tante Martha kann mich nicht brauchen, ich bin überflüssig und lästig. Sie hat eine Stellung für mich gesucht und gefunden. Übermorgen früh soll ich abreisen nach Dresden. Und ich war so traurig, weil Tante Martha mir nicht erlauben wollte, von dir – und von Lutz – Abschied zu nehmen. Nur brieflich sollte ich das tun.«

Rudolf von Wildenaus Augen blitzten zornig auf.

»Oh – nun weiß ich endlich, was hinter Marthas scheinbarer Güte und Milde dir gegenüber steckte. Mein armes Kind! Also sie will dich fort haben von Berndorf? Nun, ich weiß ganz genau, weshalb du ihr im Wege bist. Aber ihr kluger Plan soll ihr nicht gelingen.«

Unsicher sah sie zu ihm auf. »Was meinst du, Onkel Rudolf?«

Er sah eine Weile schweigend vor sich hin, dann sagte er gedankenverloren. »Wie klug sie ist. Aber diesmal war sie zu klug.«

»Onkel Rudolf, was meinst du nur?«

Er streichelte ihre Hand. »Sie wollte nicht, dass ich von deinem Fortgehen erführe, weil sie ganz genau wusste, dass ich es nicht zulassen würde.«

»Aber sie hat doch darüber zu bestimmen, ob ich in Berndorf bleiben darf oder nicht.«

»O nein, darüber hat doch in erster Linie Lutz zu bestimmen. Und weil sie wusste, dass er dich nicht fortlassen würde, solltest du gehen, ehe er heimkam. Sie meint, dass an einer vollzogenen Tatsache nichts zu ändern gewesen wäre. Aber auch damit hätte sie sich geirrt. Und wenn in Berndorf kein Platz für dich ist, in Wildenau ist genug. Der Himmel, der über arme Waisen wacht, hat es wohl gefügt, dass ich heute Lust nach einer Ausfahrt und einem Waldspaziergang hatte. Beruhige dich, meine arme kleine Winnifred, du sollst nicht unter fremde Menschen. Längst hätte ich dich schon gern zu mir genommen, ich wollte nur nicht böses Blut machen. Aber nun man dich fortschickt, ist der Weg zu mir frei – du kommst zu mir nach Wildenau.«

Winnifred schoss das Blut ins Gesicht. »Onkel Rudolf!«, rief sie in freudigem Erschrecken. Aber dann erlosch der Glanz in ihren Augen. »Ach nein, es wird nicht gehen, Tante Martha wird sehr böse sein.«

»Ja, das wird sie. Und sie wird Himmel und Hölle in Bewegung setzen und vor nichts zurückschrecken, um ihr Ziel zu erreichen. Aber es soll ihr nicht gelingen!«

»Was für ein Ziel meinst du?«

Er streichelte ihre Hand. »Sie will verhüten, dass du mir noch teurer wirst und dass ich dich in meinem Testament bedenke.«

Mit großen erschrockenen Augen sah sie ihn an. »Das ist es? Ach, Onkel Rudolf – das brauchte sie doch nicht zu fürchten.«

Er lächelte warm und herzlich und streichelte ihr Haar – der Hut war ihr entfallen und lag auf dem Boden.

»Kleine Winnifred, was weißt du von der Welt und den Menschen – Sie muss es allerdings fürchten, denn du bist so gut mit mir verwandt wie sie. Und außerdem bist du mir sehr lieb geworden. Weißt du das nicht?«

Mit leuchtenden Augen sah sie ihn an. »Ach, Onkel Rudolf, das habe ich mit inniger Freude gefühlt – du und Lutz, ihr habt mich ein wenig lieb gewonnen. Und das danke ich euch von ganzem Herzen.«

»Und hast du uns auch ein wenig lieb gewonnen – mich und Lutz?«

Eine glühende Röte schoss in ihr Gesicht, aber sie sagte ehrlich: »Ja, ich habe euch lieb.«

Er streichelte ihre Hand. »Und du hast Vertrauen zu mir?«

Sie nickte ernsthaft.

»Ja, Onkel Rudolf, schrankenloses Vertrauen.«

»Willst du also dein Geschick in meine Hände legen, Winnifred, willst du alles tun, was ich von dir fordere – zu deinem Wohle von dir fordern muss, wenn ich dir eine sichere Heimat bieten, dich vor Gefahr behüten will?«

In zagender Hoffnung sah sie ihn an.

»Ach, Onkel Rudolf, wie gern will ich alles tun. Sage mir, was ich tun soll.«

Er dachte eine Weile nach. Dann fasste er wieder ihre Hand und sah sie fest an.

»Winnifred, ich muss dich zuvor etwas fragen, was du mir offen und ehrlich beantworten musst, auch wenn es dir unzart scheinen will. Ich weiß, die Beantwortung dieser Frage wird dir schwer werden. Aber ich muss Antwort haben.«

»Frage nur, Onkel Rudolf.«

»So sage mir, Kind, ob ich recht gesehen habe, wenn ich zu bemerken glaubte, dass – du dein Herz an Lutz verloren hast?«

Sie errötete jäh und senkte das Haupt, zu antworten vermochte sie nicht. Da strich er sanft und leise über ihr Haar.

»Nein, du brauchst mir nicht zu antworten, Winnifred. Ich weiß nun, dass ich recht gesehen habe. Aber mein armes Kind – du weißt doch, dass Lutz verlobt ist und im Juli heiraten wird, weißt, dass es für diese deine Neigung keine Hoffnung gibt.«

Sie schluckte krampfhaft die aufsteigenden Tränen nieder.

»Ich weiß alles, Onkel Rudolf, und ich habe nie irgendwelche Hoffnungen gehegt. Das ist so über mich gekommen, ich weiß nicht wie. Unter seiner Güte, seiner Teilnahme ist das erwacht, ohne dass ich es hindern konnte. Ich musste ihm mein ganzes Herz schenken. Aber – niemand – ach, niemand darf das wissen, außer dir. Versprich es mir.«

»Ich verspreche es dir, und glaube mir, ich hätte mich nicht in das Geheimnis deines Herzens gedrängt, wenn nicht von der Gewissheit über diesen Punkt abhängen würde, was ich tun will, um deine Zukunft sicherzustellen.«

Sie schüttelte den Kopf. »Das verstehe ich nicht.«

Er lächelte. »Das glaube ich dir. So leicht ist das alles nicht zu verstehen. Ich habe seit einigen Tagen einen Plan mit mir herumgetragen, und nun steht er fest bei mir. Also höre zu, Winnifred, und erschrick nicht, wenn dir sonderbar erscheint, was ich dir sagen will. Vor allen Dingen, lass dir gesagt sein – ich habe dich lieb gewonnen, *wie ein Vater wohl sein Kind lieb hat.* Von diesem Standpunkt sollst du alles auffassen, was ich dir zu sagen habe. Tante Marthas Vorgehen zwingt mich, ohne lange Vorbereitung mit meinem Plan herauszukommen. Willst du mir aufmerksam zuhören?«

»Ja, Onkel Rudolf.«

»Nun wohl. Also, es stand schon lange, ehe du hierher kamst und ehe ich eine Ahnung von deiner Existenz hatte, bei mir fest, dass ich Tante Marthas und Käthes erbschleicherische Berechnungen durchkreuzen würde. Sie lauern auf meinen Tod, Kind, und deshalb war ich bissig und höhnisch gegen sie, was dir so sehr missfiel.«

Winnifred erblasste. »Ach, mein Gott!«

Er nickte. »Das erschreckt dich, Kind, du kannst es nicht begreifen, dass sie auf meinen Tod lauern, weil sie mich beerben wollen. So kurz auch meine Lebensdauer bemessen ist, ich lebe ihnen zu lange. Aber sie sollen umsonst lauern. Nicht sie werden meine Erben sein, sondern du, die ich herzlich liebe und deren lauteren reinen Sinn ich kennenlernte, um mich daran zu erquicken.«

Winnifred war erschrocken zusammengezuckt. »Onkel Rudolf?«, rief sie ängstlich und beklommen.

Er legte die Hand auf ihren Arm. »Warum erschrickst du?«

»Lieber Onkel Rudolf, wie käme ich dazu, dich zu beerben? Das darfst du nicht tun! Käthe sagte mir doch, du habest ein Versprechen gegeben, dass sie deine Erben sein würden.«

»Das ist nicht wahr. Ich versprach nur Käthes Vater, dem ich in herzlichster Freundschaft zugetan war, er solle nach mir Herr auf Wildenau werden; da er vor mir starb, ist dies Versprechen hinfällig.«

»Aber dann würde ich sie berauben, wenn du mich zu deiner Erbin machen würdest.«

»Nein, das würdest du nicht, sie würden ganz sicher nicht meine Erben werden.«

»Auch Lutz nicht, der dich liebt, und den du liebst?«

»Nein, auch Lutz nicht. Um ihn sorge dich aber nicht. Ihm werde ich anders helfen, damit er sich ein eigenes Vermögen erwirbt, das ihn mehr beglücken wird als ein ererbtes. Mit ihm habe ich mich ganz offen ausgesprochen und dabei zu meiner Freude erkannt, was er für ein Prachtmensch ist. Er weiß, dass ich einen andern Erben für meinen Besitz im Auge habe, und er, das glaube mir, wird sich herzlich freuen, dass du meine Erbin sein wirst.«

Winnifred atmete tief auf. »Das sieht ihm ähnlich, er ist so gut und großherzig.«

»Ja, das ist er. Und ich muss dir gestehen, ich hätte es gern gesehen, wenn aus dir und Lutz ein Paar geworden wäre. Dann hätte ich euch gemeinsam mein schönes Wildenau hinterlassen. Aber er hat anders gewählt und – ich fürchte – nicht sehr gut. Doch er ist ein Mann und wird sich sein Schicksal zimmern. Du aber bist ein hilfloses Kind, und Lutz hat selbst gesagt, dass wir unsere Hände über dich breiten wollen. Das will ich tun. Und ich weiß, dass es sehr nötig sein wird. Denn, wenn Tante Martha erfährt, dass du meine Erbin sein wirst, wenn ich dich nun zu mir nach Wildenau nehme, dann wird sie dich mit ihrem Hass verfolgen. Ich kenne sie. Nichts würde sie unversucht lassen, dir das Erbe streitig zu machen. Sicher würde sie nach meinem Tode versuchen, einen Prozess gegen dich anzustrengen, dich möglicherweise der Erbschleicherei anklagen und dir keinen Frieden lassen. Das alles habe ich mir reiflich überlegt. Sie würde, wie ich sie kenne, auch nicht davor zurückschrecken, wenn ich dich jetzt nach Wildenau holte, deinen Ruf anzutasten, weil ich noch kein Greis bin. Vor allen ihren Nachstellungen muss ich dich behüten. Und das kann ich nur auf eine Weise. Dieser eine Weg wäre mir aber versperrt, wenn ich nicht wüsste, dass dein Herz einem Manne gehört, dem du nicht angehören kannst, also wenn ich nicht sicher wäre, dass du deine Freiheit nicht aufsparen willst für einen Mann, den du liebst.«

Unruhig fragend sah Winnifred ihn an. »Was du sagst, ist alles so sonderbar, so bedrückend, Onkel Rudolf. Es rührt mich sehr, dass du dich meiner so liebevoll annehmen willst, wenn ich mich auch vor Tante Marthas Zorn fürchte. Wie soll ich dir nur danken für deine Güte?«

»Du sollst mir dadurch danken, dass du mir die kurze Spanne Zeit, die mir noch zum Leben bleibt, mit Licht und Wärme füllst. Du sollst immer um mich sein, mir deine süßen Lieder singen, die mir eine so köstliche Ruhe ins Herz zaubern, sollst mich wie eine liebe Tochter hegen. Und wenn ich sterbe, soll mir deine liebe Hand die Augen zudrücken.«

Sie fasste erschrocken nach seiner Hand. »Nein, gehe nicht von mir, du bist ja jetzt der einzige Mensch, den ich lieb haben darf. Wie gern möchte ich bei dir bleiben und dich liebevoll pflegen. Aber du sagst ja selbst, Tante Martha würde es nicht leiden, und ich fürchte mich vor ihr.«

Mit festem Druck fasste er ihre beiden Hände und sah sie groß und ernst an. »Ich sagte dir ja, einen Weg gibt es, du müsstest eben so zu mir kommen, dass sie es dir nicht wehren könnte, und dass sie dir auch nach meinem Tode nichts anhaben könnte. Du wirst erschrecken, wenn ich dir sage, was ich meine, aber du brauchst es nicht. Nur um dir für alle Fälle Ruhe und Sicherheit zu verschaffen, ein geschütztes Heim, eine sorgenlose Zukunft, nur deshalb habe ich daran gedacht – erschrick nicht –, dich zu meiner Frau zu machen.«

Winnifred zuckte zusammen und wurde totenbleich. »Onkel Rudolf – nein – um Gottes willen – das kann nicht sein. Du weißt doch, ich liebe einen andern. Wie könnte ich mit dieser Liebe im Herzen deine Frau werden!«

Er lächelte. »Armes Kind, nun hast du dich doch erschreckt. Denkst du wirklich, dein kranker alter Onkel könnte noch Freiersgedanken haben? Nur dem Namen und dem Gesetze nach sollst du meine Frau heißen, damit dir niemand deine Rechte streitig machen kann oder dich aus meiner Nähe verdrängen. In Wirklichkeit sollst du mir nur eine liebe Tochter sein, nicht mehr, nicht weniger. Sieh, Kind, jetzt gehört dein Herz Lutz, und du wirst es so bald keinem andern Manne schenken. Geschieht dies später, wenn du diese erste Liebe einmal überwunden hast, dann bin ich nicht mehr am Leben, und du bist frei für ein neues Glück. Zwei Jahre habe ich nach ärztlichem Ausspruch höchstens noch zu leben. Diese zwei Jahre sollst du mir schenken von deinem jungen Leben und mir damit reichlich lohnen, was ich für dich tue. Als mein liebes Kind sollst du meine Einsamkeit teilen, weil ich Geselligkeit nicht vertragen kann. Dafür steht dir nach meinem Tode das Leben offen. Du bist dann reich und unabhängig, und niemand kann dir streitig machen, was ich dir hinterlasse. Sieht mein Vorschlag nun noch immer so erschreckend für dich aus, mein armes Kind?«

Winnifred war abwechselnd blass und rot geworden. Sie sah Onkel Rudolf unsicher an. Aber seine klaren ruhigen Augen nahmen ihr alle Scheu.

»Das kommt alles so überraschend, Onkel Rudolf, ich weiß wirklich nicht, was ich dir antworten soll. Es klingt alles so verlockend. Wie gerne würde ich bei dir bleiben, dich hegen und pflegen, wie ich es meiner lieben Mutter getan. Aber ob ich darein willigen darf, deine Frau zu werden, wenn auch nur dem Namen nach, das weiß ich in diesem Moment nicht. Ich muss das erst zu fassen versuchen.«

Er streichelte ihr Haar. »Ich verstehe deine Unruhe, deine Beklommenheit. Mache dir nur erst in aller Ruhe klar, dass ich es herzlich gut mit dir meine, und dass du friedlich und reinen Herzens meinen Vorschlag annehmen kannst. Es bleibt zwischen uns alles, wie es war. Ich bleibe dein alter Onkel Rudolf, du mein liebes Kind. Nur der Welt gegenüber soll es anders aussehen.«

Sie faltete die Hände und drückte sie ans Herz. »Was aber wird Lutz dazu sagen, was wird er von mir denken, wenn ich deine Frau heißen würde? Müsste er nicht annehmen, dass mich niedrige Motive zu einem solchen Schritt bewogen hätten; würde er mich nicht verachten? Ach, Onkel Rudolf – seine Verachtung ertrüge ich nicht.«

»Darüber sei ganz ruhig; er kennt dich besser, als du glaubst, und wird dir nichts Unedles zutrauen. Und außerdem werde ich ihm alles sagen, was ich dir jetzt gesagt habe. Er soll wissen, dass es nur eine Maßnahme ist zu deinem Schutz, dass ich dir meinen Namen gebe. Und er wird alles verstehen und billigen. Dafür bürge ich dir. Du sollst nicht in einem falschen Lichte vor ihm stehen. Und – wie du dich nun auch entscheiden wirst, du kannst dir ruhig alles überlegen – keinesfalls gebe ich zu, dass du diese Stellung annimmst. Das sollst du aber nicht mit Tante Martha auskämpfen, es würde dir zu viel Unruhe und Aufregung bringen. Ich muss dich deshalb schnellstens vor ihrem Zorn in Sicherheit bringen. Wir müssen da wohl oder übel zu einer List greifen. Sie darf nicht ahnen, dass wir uns gesprochen haben. Ich werde alles ordnen, ohne dass du Unannehmlichkeiten hast.«

Sie fasste seine Hand und presste sie fest zwischen den ihren. »Du bist so gut, so gut zu mir, wie verdiene ich nur so viel Liebe!«

»Dadurch, dass du bist, wie du bist, kleine Winnifred. Hat nun der Gedanke, dass du vor der Welt meine Frau heißen sollst, ein wenig von seinem Schrecken verloren?«

Sie seufzte tief auf. »Ach, lieber Onkel Rudolf, so wie du es hinstellst, hat es keine Schrecken. Ich wäre geborgen in deinem Schutz, dürfte bei dir sein und wäre auch, woran ich nicht denken mag, über deinen Tod hinaus in Sicherheit, in einer lieben schönen Heimat. Was könnte es Schöneres für mich geben! Ich werde nie einen andern Mann lieben als Lutz, nie einem andern angehören. Deshalb könnte ich ruhig Jahr um Jahr bei dir leben, wenn dich mir der Himmel noch länger erhalten sollte, als du fürchtest. Mich würde nichts von deiner Seite fortlocken, so glücklich wie ich überhaupt sein könnte, würde ich in Wildenau sein. Und ich müsste nicht hinaus in den Lebenskampf, vor dem ich mich so fürchte. Ich bin ein solcher Hasenfuß!«

Er lächelte gütig. »Und doch eine kleine Heldin, Winnifred. Nein, du sollst nicht in den Lebenskampf hinaus mit deiner stillen feinen Seele, die so leicht verletzt ist. Ich will jetzt noch gar kein bindendes Versprechen von dir fordern; du sollst dich erst in Gedanken vertraut machen mit meinem Vorschlag. Jetzt wollen wir erst noch besprechen, was zunächst geschehen muss. Also du verschweigst Tante Martha, dass wir uns getroffen haben. Du sagst ihr auch noch nicht, dass du die Stellung nicht antreten willst; du reisest übermorgen ruhig ab, schreibst aber vorher einen Brief an Tante Martha. Diesen Brief gibst du dem Kutscher mit nach Berndorf, wenn er dich zur Bahn gebracht hat. Verstehst du mich?«

»Ja, Onkel Rudolf.«

»Nun gut. In diesem Brief teilst du Tante Martha mit, dass du die Stellung nicht annehmen willst, obwohl du Berndorf verlassen hättest, wo du überflüssig warst. Du wolltest in Zukunft selbst über dein Schicksal entscheiden und – du würdest dich vorläufig in das Haus des Kapitän Karst begeben.«

Winnifred horchte auf. »Zu Kapitän Karst?«

»Ja, Winnifred. Du hast mir erzählt, wie freundlich man dich dort aufgenommen hat und dass die ›Flachsköpfe‹ mit dir im Briefwechsel stehen.«

»Ja, ich habe auch heute an den Kapitän geschrieben, dass ich nach Dresden in Stellung gehe.«

»Ist der Brief schon fort?«

»Nein, er sollte erst heute Abend in die Posttasche kommen.«

»Gut, du brauchst ihn nun nicht mehr abzuschicken. Ich werde heut noch an den Kapitän depeschieren, dass man dich für einige Zeit dort aufnehmen soll und werde einen Brief folgen lassen, worin ich die Gründe dafür angebe. Du wirst also dort auf jeden Fall erwartet werden und bist dann vorläufig in Sicherheit. Du hinterlässt auch einen Abschiedsbrief an Lutz, in dem du ihm mitteilst, er möge sich nicht um dich sorgen, du wärst in sicherer Hut, und er werde bald alles Nähere erfahren. Denn Lutz muss über dich beruhigt sein, nicht wahr?«

Sie nichte aufatmend. »Ja, er würde sich in seiner Güte um mein Schicksal beunruhigen, und das darf nicht sein.«

»Ganz recht. Also du reisest dann über Dresden nach Hamburg. Du bekommst in Dresden sofort Anschluss. Und warte – hier nimm dies Geld an dich, das ich bei mir habe, damit du nicht in Verlegenheit kommst.«

Er zog seine Brieftasche hervor und gab ihr das Geld. Sie nahm es, sich willenlos in alles fügend, und ein Lächeln huschte über ihr Gesicht.

»Ich danke dir, Onkel Rudolf, ich würde auf das Geld angewiesen sein, das mir Tante Martha für die Reise gibt, und – damit käme ich wohl nur bis Dresden.«

Lächelnd nickte er ihr zu. »Also stecke das Geld sorgfältig zu dir. Und nun weiter. Am Sonntag fahre auch ich nach Hamburg und treffe mit dir bei Kapitän Karst zusammen. Tante Martha teile ich mit, dass ich in wichtigen Geschäften auf einige Wochen verreisen muss. Da sie nicht ahnt, dass ich um deine Entfernung weiß, wird sie keinen Argwohn schöpfen. Meine Reise wird ihr im Gegenteil sehr gelegen kommen. So kann sie sich doch den Anschein geben, als sei nur meine Abwesenheit schuld, dass du dich nicht von mir verabschieden konntest, und wie ich sie kenne, wird sie das sicher tun wollen. Also weißt du nun, was du zu tun hast?«

»Ja, Onkel Rudolf.«

»Gut. Und bis wir uns wiedersehen, hast du Zeit und Ruhe gehabt, dir meinen Vorschlag reiflich zu überlegen. Wir besprechen dann alles mit dem Kapitän, dem alten Freund deiner Eltern. Und willigst du ein, dann reiche ich gleich in Hamburg das Aufgebot ein, und wir lassen uns trauen. Eine Ziviltrauung genügt. Die gibt dir vor dem Gesetz alle Rechte. Und von der Kirche wollen wir diese Scheinehe nicht sanktionieren lassen. Damit sollst du dein frommes Gemüt nicht beschweren.

Findest du nach meinem Tode einen Mann, dem du angehören willst, dann kannst du reinen Herzens mit ihm vor den Altar treten. Ist dir nun alles klar?«

»Ja, Onkel Rudolf, klar ist mir alles, und ich fühle, dass ich unbedenklich alles tun kann, was du von mir forderst. Du würdest mich zu keinem Unrecht verleiten wollen«, sagte sie bewegt.

Er küsste sie auf die Stirn. »Nein, meine kleine Winnifred, darüber kannst du ruhig sein. Ich werde mir doch den reinen Brunnen nicht trüben, an dem ich mich laben will. Doch nun geh nach Hause zurück, damit Tante Martha wegen deiner Abwesenheit nicht Verdacht schöpft. Wie ich sie kenne, wird sie keine Ruhe mehr haben, bis du aus dem Hause, aus meiner Nähe bist.«

Sie erhoben sich beide. Noch einmal schärfte er ihr ein, was sie zu tun hatte, und dann trennten sie sich mit einem festen warmen Händedruck.

* * *

Frau von Berndorf und ihre Tochter saßen schon beim Tee, als Winnifred ins Wohnzimmer trat. Sie hatte hastig ihren Hut abgelegt und ihren Anzug geordnet, ehe sie eintrat.

»Wo bleibst du denn so lange, Winnifred? Ich fand dich nicht auf deinem Zimmer. Bist du ausgewesen?«, fragte Frau Martha unruhig und misstrauisch in ihr Gesicht blickend.

Winnifred wandte sich schnell ab und füllte ihre Tasse. »Ich war ein wenig draußen im Walde, Tante Martha. Es war so schönes Wetter, und morgen komme ich vielleicht doch nicht mehr dazu. Hoffentlich habe ich nichts versäumt?«

Ihre scheue ängstliche Art fiel zum Glück nicht auf. Frau Martha lehnte sich befriedigt zurück.

»Nein, du hast nichts versäumt. Ich wunderte mich nur, dass du nicht da warst. Nun, lang dir zu. Ich habe, wie du siehst, frische Waffeln backen lassen, die du so gern isst.«

Diese Rücksicht auf Winnifreds Wünsche war etwas ganz Neues, und sie konnte sich auch nicht darüber freuen. Sie dankte aber und langte zu.

Nach dem Tee fragte sie, ob sie nicht noch Arbeit bekommen könnte; ihre Sachen seien morgen schnell gepackt. Aber Tante Martha war heute die Güte selbst.

»Nein, nein, du sollst nichts mehr tun und ganz deinen Wünschen leben, bis du abreisest. Vielleicht musizierst du ein wenig mit Käthe. Heute Abend, wenn ich mit meiner Arbeit fertig bin, plaudern wir dann noch ein Stündchen zusammen.«

Winnifred fühlte sich fast bedrückt durch diese auffallende Güte. Sie kam sich falsch und unwahr vor, weil sie nichts von dem Zusammentreffen mit Onkel Rudolf sagen durfte. Aber er hatte ihr Stillschweigen zur Pflicht gemacht.

Auch Käthe zeigte sich heute in ihrem besten Lichte, und es wurde Winnifred immer schwerer, ihr Geheimnis zu hüten. Sie war froh, als dieser Tag zu Ende war und sie sich auf ihr Zimmer zurückziehen konnte.

Und es drängte sie, noch heute Abend den Abschiedsbrief an Lutz zu schreiben, ihr war, als müsse ihr dann leichter ums Herz werden.

Sie schrieb.

»Lieber Vetter Lutz!
Wenn Sie diesen Brief erhalten, werde ich Berndorf verlassen haben. Ihre Mutter wünscht es, weil sie für mich keine Verwendung mehr hat und weil ich überflüssig bin. Tante Martha hat mir deshalb eine Stellung nach Dresden verschafft, und wie ich heute ihren Worten entnahm, eine sehr gute Stellung, für die ich dankbar sein müsste. Ich wollte sie auch antreten, aber dann bin ich zu einem andern Entschluss gekommen – nicht aus mir selbst –, ich habe mich leiten lassen. Näheres darüber werden Sie später erfahren. Ich hoffe und wünsche von Herzen, dass dann mein Tun und Lassen Ihre Billigung findet und Sie mich verstehen werden. Sonst wäre ich sehr betrübt. Um alles in der Welt möchte ich von Ihnen nicht falsch beurteilt werden, denn meine Seele ist voll von Dankbarkeit für alle Güte, mit der Sie mir immer begegnet sind. Sie dürfen niemals glauben, dass Sie sie einer Unwürdigen geschenkt haben. Und mir ist ein wenig bange vor dem, was ich tun will. Es geschieht nicht aus mir selbst, sondern unter einem andern gütigen Einfluss. Ich darf Ihnen aber heute noch nichts darüber mitteilen. Nur sollen Sie wissen, dass eine starke treue Hand mein Schicksal lenkt, und dass ich in Zukunft

vor Not und Sorge geschützt sein und eine sichere Heimat haben werde.

Ich reise vorläufig nach Hamburg zu Kapitän Karst. Bis sich mein Schicksal anderweitig entscheidet, bin ich dort gut aufgehoben. Dann hören Sie von mir – und ich hoffe, Sie wiederzusehen. Gott mag geben, dass Sie dann ebenso herzlich und gütig zu mir sind wie bisher. Ich bitte Sie sehr, den Inhalt dieses Briefes niemand mitzuteilen, er ist nur für Sie bestimmt.

Für jetzt leben Sie wohl und behalten Sie in gutem Andenken Ihre Sie herzlich grüßende

Cousine Winnifred.«

Sie las den Brief noch einmal durch; er klang ihr steif und kalt. Aber sie hatte Angst, zu viel von ihrem Empfinden zu verraten und wagte nicht, so herzlich zu schreiben, wie es sie drängte.

Sie schloss den Brief, siegelte ihn und schrieb seinen Namen darauf. Und sie beschloss, ihn lieber nicht in Berndorf zurückzulassen, denn sie hatte einmal bemerkt, dass Käthe einen an Lutz gerichteten Brief zu öffnen versucht hatte. Es war darum besser, der Brief wurde erst in Hamburg zur Post gegeben. Dann kam er an, wenn Lutz schon in Berndorf war, und er nahm ihn, wie sie wusste, dann selbst aus der Posttasche.

Auch an Tante Martha schrieb sie gleich noch. Dieser Brief sollte vom Kutscher nach ihrer Abreise überbracht werden. Er war erheblich kürzer.

* * *

Winnifred hatte Berndorf verlassen. Tante Martha und Käthe waren bis zu ihrer Abreise auffallend freundlich zu ihr gewesen. Nun war nur noch ein letzter Schein von Unruhe in Frau Martha, dass Winnifred auf dem Wege zum Bahnhofe nicht etwa mit Onkel Rudolf zusammentreffen möge. Diese Unruhe verlor sich aber, als der Kutscher vom Bahnhof zurückkehrte und ihr berichtete, das Fräulein sei abgereist. Auf ihre Frage, ob sie unterwegs jemand getroffen, schüttelte der Kutscher den Kopf.

Nein, getroffen habe sie niemand, aber einen Brief habe sie ihm gegeben für die gnädige Frau.

Er nahm den Brief aus dem Futter seines Hutes, wo er ihn platziert hatte, und übergab ihn seiner Herrin.

Diese riss das Kuvert auf, neugierig, was ihr Winnifred noch mitzuteilen habe. Sie las den Brief durch und zog die Stirne zornig zusammen.

»Das hat man für seine Güte«, sagte sie empört.

»Was denn, Mama?«, fragte Käthe.

Ihre Mutter warf ihr zornig den Brief zu.

»Winnifred dankt für die gute Stellung, die ich ihr mit so viel Mühe verschafft habe. Sie geht lieber nach Hamburg zu Kapitän Karst, wo sie gleich hätte bleiben sollen.«

Käthe las den Brief ebenfalls und zuckte die Achseln. »Warum ärgerst du dich, Mama, das ist doch sehr gut für uns.«

»Gut? Wie meinst du das?«

»Aber Mama«, sagte Käthe mit einem schlauen Gesicht, »begreifst du denn nicht, dass wir sie auf diese Weise ein für alle Mal loswerden? Jetzt haben wir doch einen Grund, uns von ihr loszusagen. Ihre Undankbarkeit veranlasst dich, jede Gemeinschaft mit ihr aufzuheben. Wenn dir jetzt Lutz dazwischenkommen will, kannst du doch ordentlich auftrumpfen.«

Frau Marthas Mienen erhellten sich. »Du hast recht, Käthe, wahrhaftig, von diesem Standpunkt aus betrachtet hat sie uns einen großen Gefallen getan. Das werde ich gleich benützen. Ich schreibe ihr sofort, dass ihre Undankbarkeit mich veranlasst, jeden Verkehr mit ihr abzubrechen, dass sie für uns nicht mehr vorhanden ist. Du hast einen sehr guten Gedanken gehabt.«

Käthe lächelte schlau. »Ist er eines Lohnes wert, Mama?«

»Unbedingt!«

»Dann schenke mir den weißen Sommerhut, der mir so gut gefiel bei der Modistin in der Stadt und der dir zu teuer war.«

»Nun gut, den sollst du haben, den hast du dir verdient. Bestelle ihn dir.«

»Danke, Mama.«

Frau Martha ging in ihr Arbeitszimmer, um an Winnifred zu schreiben, dass sie sich ein für alle Mal von ihr lossage.

So! Befriedigt legte sie die Feder hin. Das glatte, kalte »Martha von Berndorf« unter dem Brief mochte Winnifred zeigen, dass sie nun eine Fremde für sie war.

Danach schrieb sie noch gleich an Frau von Haller.

Als am nächsten Morgen ein aus Wildenau eintreffender Bote Frau von Berndorf einen Brief Onkel Rudolfs überbrachte, der ihr meldete, der Schlossherr habe unaufschiebbarer Geschäfte wegen plötzlich verreisen müssen und bedauere, deswegen heute nicht zu Tisch nach Berndorf kommen zu können, atmete Frau Martha tief auf. Vor dem heutigen Zusammentreffen mit Rudolf von Wildenau hatte sie sich ein wenig gefürchtet. Diese Meldung kam ihr sehr gelegen, so gelegen, dass sie sich gar nicht wunderte, dass er gegen seine Gewohnheit verreiste. Nun brauchte sie sich doch nicht zu entschuldigen, dass Winnifred, ohne Abschied von ihm genommen zu haben, Berndorf verlassen hatte. Er konnte nun annehmen, dass sie ihm wegen seiner Abwesenheit nicht hatte Lebewohl sagen können. Bis er zurückkam, hatte er Winnifred wohl schon ein wenig vergessen, und alles regelte sich ohne Aufregung. Nun galt es nur noch, Lutz auf gute Manier beizubringen, dass Winnifred fort war. Aber er hatte zum Glück jetzt den Kopf so voll mit seinen Bauplänen und seiner Liebe, dass er die Angelegenheit wohl auch nicht genau untersuchen würde. Er würde sie hinnehmen, wie man sie ihm darstellte. –

Als Lutz am Montag eintraf, erfuhr er von seiner Mutter so ganz nebenbei, dass Winnifred fort sei. Aber er nahm es durchaus nicht so auf, wie sie es wünschte und hoffte. Er schrak zusammen und sah seine Mutter forschend und unruhig an: »Winnifred fort? Wie meinst du das, Mama?«

Sie zuckte die Schultern und zeigte ein gleichgültiges Gesicht. »Mein Gott, Lutz, wie soll ich das meinen? Sie ist eben fort. Ich hatte es gut mit ihr im Sinn. Weil ich ihr ein besseres Leben schaffen wollte, als ich es ihr bieten konnte, hatte ich ihr durch Frau von Haller eine glänzende Stellung als Gesellschafterin der Baronin Senden verschafft, in deren musikalischem Salon Winnifreds Können zur rechten Geltung gekommen wäre. Du musst den Brief von Frau von Haller lesen. Und sie sagte auch sogleich zu und sollte am Sonnabend in Dresden eintreffen. Ich melde Frau von Haller ihre Ankunft, alles ist in schönster Ordnung – da bringt mir der Kutscher, der sie zur Bahn gefahren, dieses Briefchen. Lies es, mein Sohn, und du wirst sehen, was für eine undankbare Person diese Winnifred ist. Mir solche Unannehmlichkeiten zu machen! Aber ich habe ihr gleich nach Hamburg geschrieben, dass ihre Undankbarkeit das Tischtuch zwischen uns ein für alle Mal zerschnitten hat.«

Lutz war das Blut in die Stirn getreten. Nun fuhr er auf. »Mama, das hättest du nicht tun dürfen«, stieß er hervor.

In seinem Herzen war ein sonderbar schmerzliches Gefühl. Er hatte sich sehr auf das Wiedersehen mit Winnifred gefreut, hatte sich ausgemalt, wie ihre Augen aufstrahlen würden, wenn er sie wiedersähe.

Er las den Brief Winnifreds an seine Mutter, und eine unruhige Sorge erfüllte ihn. Was hatte man ihr getan, dass sie so fortging? Sicher hatte ihr die Mutter in unzarter Weise begreiflich gemacht, dass sie ihr lästig sei. Er wusste ja auch, wie sie sich vor fremden Menschen fürchtete. Sie hatte wohl nicht gewagt, der Mutter, solange sie hier war, zu widersprechen, und hatte deshalb geschrieben, dass sie lieber nach Hamburg gehe.

Mit finsteren Augen sah er seine Mutter an. »Nein, Mama, das hättest du nicht tun dürfen. Du weißt doch, dass ich wünschte, Winnifred sollte hier für immer eine Heimat haben.«

Sie richtete sich schroff empor. »Wir konnten sie nicht gebrauchen, wenn sie sich nicht nützlich machen sollte. Das weißt du. Jetzt, da du gar eine arme Frau heimführen willst, die noch dazu ziemlich anspruchsvoll zu sein scheint, wird es noch knapper als bisher zugehen. Du hast ja keine Ahnung, was ich für Sorge habe.«

Seine Lippen zuckten. »Diese Sorgen werde ich dir jetzt abnehmen, Mama.«

Sie lachte bitter auf. »Abnehmen? Du hast mir noch ein gutes Teil mehr aufgepackt. Ich weiß sehr gut, was ich getan habe, als ich Winnifred von Berndorf entfernte.«

»Da hätte sich doch ein anderer Ausweg finden lassen. Ich bin überzeugt, bei Onkel Rudolf hätte Winnifred sofort Aufnahme gefunden, wenn du ihn darum gebeten hättest.«

Sie machte eine bezeichnende Gebärde nach der Stirn. »Traust du mir wirklich eine solche Unklugheit zu, Lutz? Du bist doch noch viel unvernünftiger, als ich es für möglich hielt.«

Er sah sie groß an. »Ich verstehe dich nicht – will dich nicht verstehen.«

»Aber du sollst es tun, sollst begreifen, dass diese Winnifred eine Gefahr für uns war. Ich habe dich schon einmal darauf aufmerksam gemacht, dass Onkel Rudolf eine beängstigende Vorliebe für dieses Mädchen an den Tag legt. Sie musste ihm aus den Augen, damit er sie vergisst.«

Lutz sah sie mit einem fast drohenden Blick an. »Deshalb hast du Winnifred fortgeschickt? Nur um sie aus Onkels Nähe zu bringen?«

»Nun, und wenn es so wäre? Denkst du, ich sollte ruhig zusehen, wie dieses hereingeschneite Mädchen uns um unsere Erbaussichten bringt?«

Lutz sah seine Mutter seltsam an. Es schwebte ihm auf der Zunge, ihr zu sagen, dass sie sich keine Hoffnungen auf das Erbe machen dürfe, dass Onkel Rudolf anders darüber verfügen würde. Aber er sprach es nicht aus. Doch musste er sich plötzlich fragen, ob Onkel Rudolf wohl Winnifred gemeint hatte, als er von einem andern Erben sprach. Und wenn das der Fall war, wie musste es dann auf den Onkel wirken, dass man Winnifred von Berndorf entfernt hatte.

Ohne auf die Worte seiner Mutter zu achten, fragte er rau: »Und was sagt Onkel Rudolf dazu, dass Winnifred fort ist?«

»Er weiß es noch nicht. Ich hatte gestern keine Gelegenheit, mit ihm zu sprechen, denn er teilte mir mit, dass er einige Zeit in Geschäften verreisen müsse.«

In Gedanken versunken starrte Lutz vor sich hin. Dann stieß er plötzlich eine hastige Entschuldigung hervor und ging hinaus. Er war nicht imstande, dies Thema länger ruhig mit seiner Mutter zu besprechen. Ruhelos ging er in seinem Zimmer auf und ab. Seine Gedanken weilten bei Winnifred, nicht bei seiner Braut, von der er sich nach einem schmerzlichen Abschied losgerissen hatte. Er sah Winnifred im Geiste vor sich, wie sie traurig und verzagt sein Haus verlassen hatte. Ihm war, als müsse er zu ihr eilen, sie trösten und beruhigen, ihr seine Hilfe angedeihen lassen.

Was sollte er tun?

Er hatte auf diese Frage noch keine Antwort gefunden, als ihm die Posttasche gebracht wurde, in der Winnifreds Brief lag, den diese in Hamburg für ihn aufgegeben hatte.

Er öffnete ihn hastig und überflog den Inhalt. Aus ihren Zeilen glaubte er entnehmen zu dürfen, dass er sich nicht um sie zu sorgen brauchte. Er atmete auf.

Was sie von dem fremden gütigen Einfluss schrieb, erschien ihm wie eine Bestätigung seiner heimlichen Ahnung, dass Onkel Rudolf die Hand im Spiele hatte. Vielleicht wusste er um ihre Entfernung, ohne dass seine Mutter es ahnte. Vielleicht hatte er es verhindert, dass Winnifred die Stellung annahm. Diese Vermutung, überhaupt der ganze Brief beruhigten ihn wunderbar. Wer so schrieb, wie sie es tat, hegte keine Sorge für die Zukunft. Als er später bei Tisch wieder mit seiner Mutter zusammentraf, war er ganz ruhig. Sie sah ihn fragend an: »Nun, Lutz, hast du dir nun überlegt, dass ich richtig gehandelt hatte, auch in deinem Interesse?«

Er heftete seine Augen mit ernstem Ausdruck in die ihren. »Ich will hoffen, Mama, dass du nicht zu bereuen brauchst, was du getan hast. Es steht mir nicht zu, dir Vorwürfe zu machen, zumal dadurch nichts mehr geändert werden kann. Billigen kann ich nicht, dass du Winnifred entfernt hast. Und ich sage dir nochmals, baue nicht zu fest auf Onkel Rudolfs Erbe. Er kann seinen Besitz vermachen, wem er will.«

»Nein, das kann er eben nicht. Ich werde ihn halten an seinem Versprechen. Als er es deinem Vater gab, gab er es indirekt auch uns.«

»Das Versprechen wurde ungültig, als Vater starb.«

»Das ist deine Ansicht, aber nicht die meine. Ich würde jedenfalls jedes Testament anfechten, das uns nicht zu seinen Erben einsetzt. Wenn er sich verheiratet und somit natürliche Erben hätte, wäre das etwas anderes. Dann hätten ihm eben seine Frau oder seine Kinder näher gestanden. Aber da er Witwer geblieben ist und keine näheren Verwandten hat als uns, ist es sozusagen seine Pflicht, uns zu seinen Erben einzusetzen. An diese Winnifred hat kein Mensch gedacht, und ich wäre eine Törin, wollte ich zusehen, wie sie sich bei Onkel Rudolf lieb Kind macht.«

»Du hältst für richtig, was du dir wünschest, Mama. Aber du würdest tatsächlich nichts ändern können, wenn er Winnifred zu seiner Erbin machte.«

»Oh, das wollten wir sehen, da gäbe es einen Kampf bis aufs Messer. Aber es braucht ja nicht dazu zu kommen. Deshalb habe ich Winnifred eben entfernt. Es war berechtigte Selbsthilfe.«

Er lehnte sich mit blassem Gesicht zurück. »Es geschah gegen meinen Willen, und ich bedaure es tief, dass du dich zu diesem Schritt gegen die arme Waise hinreißen ließest. Und nun lass uns nicht mehr davon sprechen.«

»Wie du willst. Ich bedaure ebenso tief, dass du so wenig vernünftig bist und mir kein Verständnis entgegenbringst. – Es wäre das Ende für uns, wenn Onkel Rudolf uns nicht zu seinen Erben machte.«

»Das musst du nicht fürchten. Ich hoffe bald in der Lage zu sein, dir deine Sorgen abnehmen zu können.«

Sie zuckte die Achseln.

»Einen herrlichen Anfang hast du damit gemacht, als du dich mit der armen Baronesse verlobtest und Geld aufnahmst, um Hirngespinsten nachjagen zu können.«

Er blieb ganz ruhig. »Hast du mein Präparat, wie ich dich bat, in die Erde verschiedener Gartenbeete mischen lassen?«, fragte er.

»Ja, das habe ich getan.«

»Nun, und das Resultat bis jetzt?«

»Ich habe noch gar nicht nach den Beeten gesehen. Es ist ja doch Unsinn.«

»Ich bitte dich, Mama, begleite mich nach Tisch zu den Beeten!«

Sie wollte abwehren, aber er ließ nicht nach mit Bitten, bis sie mit ihm ging.

Und mit Staunen musste Frau Martha trotz ihrer ablehnenden Stimmung zugeben, dass die mit dem Präparat zubereiteten Beete ganz außerordentlich gegen die andern abstachen. Die Pflanzen auf diesen waren doppelt so stark und kräftig wie die auf den andern.

Sie wollte ihren Augen nicht trauen. Überzeugen ließ sie sich aber auch jetzt nicht.

»Es ist ein Zufall, nichts weiter«, sagte sie.

Lutz aber richtete sich mit zufriedenem Lächeln auf. »Du wirst aufhören zu zweifeln, ich bin meines Erfolges sicher«, sagte er ruhig. –

Und mit fester Zuversicht begann er sein Werk. Von früh bis spät war er selbst auf dem Bauplatz, den er für sein Laboratorium ausgewählt hatte. Es war ein Stück Feld, das fast brach gelegen hatte, weil der Boden steinig und hart war. Die Lage, dicht an der Fahrstraße nach dem Bahnhof, war besonders günstig.

Die Arbeit lenkte Lutz von allen andern Gedanken ab. Aber wenn er nach Hause kam, erschien ihm alles kalt und leer. Winnifred fehlte, die bei seinem letzten Aufenthalt daheim so viel Wärme um sich verbreitet hatte. Deshalb hielt er sich nur zu Hause auf, wenn es gar nicht anders zu umgehen war.

Und jeden Abend fast schrieb er ein zärtliches Briefchen an seine Braut. Das allein machte ihm das Herz warm, und die Hoffnung auf die Zeit, da Siddy bei ihm sein würde. Mit seiner Mutter und seiner Schwester tauschte er nur Höflichkeiten. Sie stießen ihn ab durch ihre Kälte.

Siddy beantwortete pflichtschuldigst alle Briefe ihres Verlobten, aber sie tat es in einer flüchtigen spielerischen Art. Sie gab ihm zwar zärtliche Namen und sandte ihm verschwenderisch Tausende von Küssen, aber auf seine innersten Gedanken ging sie nicht ein, wie es Winnifred getan hatte. Deshalb musste er wohl so viel an sie denken. Gewiss machten ihn Siddys Briefe glücklich, es kam ihm auch kaum recht zum Bewusstsein, dass ihm etwas daran fehlte, aber bis zu seinem innersten Sein drangen ihre zärtlich schmeichlerischen Worte nicht.

* * *

Wie das erste Mal war Winnifred auch jetzt im Hause des Kapitän Karst herzlichst aufgenommen worden. Das Telegramm und der Brief Herrn von Wildenaus waren schon vorher eingetroffen, und so wusste man schon, dass Winnifred in Berndorf keine bleibende Stätte gefunden hatte.

Sie musste dem Kapitän ausführlich erzählen, was geschehen war, und er hörte aufmerksam zu. Als sie ihm dann Mitteilung machte von Onkel Rudolfs Plan, sie vor dem Gesetz und der Welt zu seiner Frau zu machen, damit ihr niemand sein Erbe streitig machen konnte, sah er sie forschend an.

»Ja, meine liebe Winnifred, darüber müssen Sie nun freilich selbst entscheiden. Angenommen, dass Ihr Onkel Rudolf von den besten Absichten geleitet wird, müssen Sie doch wissen, ob Sie sich an seiner Seite wohlfühlen können, und ob Ihnen diese Fessel nicht eines Tages drückend sein wird. Sie können sich verlieben, denn Sie sind jung und haben ein warmes Herz in der Brust. Und wenn Sie dann gebunden sind, dann bereuen Sie vielleicht.«

Da fasste sie seine Hand. »Lieber Herr Kapitän, der Fall, von dem Sie sprechen – ist bereits eingetreten. Mein Herz hat gesprochen, aber für einen Mann, dem ich nie werde angehören können, weil er einer andern gehört. Onkel Rudolf weiß das. Und er ist der einzige Mensch, dem ich sonst noch zugetan bin außer Ihnen allein. Er ist der einzige, der zu mir gehört, der es gut mit mir meint, und dem ich schrankenlos vertraue. In seinem Schutz werde ich mich sicher fühlen, und nie werde ich von ihm fortverlangen.«

»Hm! Na, dann in Gottes Namen, Kind, dann ist ja nichts dagegen einzuwenden. Und wenn ich Ihr eigner Vater wäre, oder es ginge um einen meiner Flachsköpfe, ich könnte nicht anders als sagen: ›Greif zu mit beiden Händen!‹«

Da war Winnifred zufrieden und ihre letzten Bedenken waren geschwunden. Die Flachsköpfe staunten, als sie von Winnifreds bevorstehender Heirat hörten und stellten Hunderte von Fragen, die sie lachend beantworten musste.

Winnifred fühlte sich wieder sehr behaglich im kleinen Hause des Kapitäns.

Am andern Tage langte Onkel Rudolf in Hamburg an. Er hatte mit seinem Kammerdiener im Hotel Wohnung genommen und traf um die Kaffeestunde im Hause des Kapitäns ein. Ob er wollte oder nicht, er musste auf dem Sofa Platz nehmen und mithalten. Und zum ersten Mal hörte Winnifred den Onkel herzlich lachen, als die Flachsköpfe ihm ihre närrischen drolligen Fragen vorlegten.

Dann hatte er eine lange Unterredung mit dem Kapitän und Winnifred. Das Resultat war, dass Winnifred ohne Säumen Onkel Rudolfs Frau werden und ihn nach Wildenau begleiten sollte.

Inzwischen war der Brief Tante Marthas angekommen, in dem sie so energisch das Tischtuch zwischen sich und Winnifred zerschnitt. Winnifred wurde rot und blass und reichte mit zaghaftem Blick Onkel Rudolf den Brief. Der las ihn durch und lächelte ingrimmig. »Nun glaubt sie ihrer Sache ganz sicher zu sein. Sie wird sich wundern«, sagte er.

Gleich am nächsten Tage bestellte er das Aufgebot und blieb in Hamburg, bis die Ziviltrauung zwischen ihm und Winnifred stattfinden konnte.

Am Tage vor der Trauung schrieb er einen ausführlichen Brief an Lutz. Diesen Brief sandte er sogleich ab, er sollte am Tage der Trauung in Berndorf sein. In zartester liebevollster Weise hatte Rudolf von Wildenau alles geordnet, und Winnifred hatte immer das beglückende Gefühl, dass er wie ein treuer Vater für sie sorgte. Sie dankte es ihm mit schrankenloser Innigkeit.

Nach der Trauung speiste das seltsame Ehepaar in dem vornehmen Hotel in einem reservierten Zimmer mit dem Kapitän und seiner Familie. Der Kapitän und der langjährige treue Kammerdiener des Herrn von Wildenau waren die Trauzeugen gewesen. Das Menü war mit Rücksicht auf die Flachsköpfe sehr inhaltreich gewählt, und sie schwelgten in auserlesenen Genüssen. Aber sie fanden doch, dass es keine richtige echte Hochzeit sei, die man feierte, trotzdem sie alle fünf für den vornehmen, durchaus nicht alt wirkenden Bräutigam schwärmten.

Als Herr von Wildenau beim Dessert die Flachsköpfe einlud, im Spätsommer auf einige Wochen nach Wildenau zu kommen, gab es großen Jubel. Rudolf von Wildenau lachte abermals herzlich auf.

»Man vergisst über so viel Frische und Munterkeit, dass man ein alter kranker Mann ist. Es war ein guter Gedanke von dir, Winnifred, mich um diese Einladung zu bitten.«

»Wird es dir auch nicht zu viel Unruhe bringen, Onkel Rudolf?«, fragte sie.

Er musste lächeln, weil sie ihn auch jetzt noch so selbstverständlich »Onkel Rudolf« nannte. Aber er sagte nichts. Mochte sie das ruhig beibehalten wie bisher. In der Einsamkeit von Wildenau fragte kein Mensch danach, und schließlich hatte sich ja auch nichts in ihrem Verhältnis geändert – nur dass Winnifred jetzt Frau von Wildenau hieß, woran sie sich noch gar nicht gewöhnen konnte.

Nach dem Festmahl fuhr Winnifred wieder mit der Familie Karst nach Hause, während Onkel Rudolf im Hotel blieb. Am nächsten Morgen reiste er mit seiner jungen Frau nach Wildenau.

Nun sich Winnifred auf der Heimreise befand, klopfte ihr das Herz doch bänglich in der Brust. Sie vertraute Onkel Rudolf an, wie sehr sie sich vor Tante Martha und Käthe fürchte – und auch vor dem Zusammentreffen mit Lutz – davor vielleicht am meisten. Er tröstete sie und nahm ihr mit klugen gütigen Worten alle Angst und Sorge aus dem Herzen. »Lutz weiß bereits alles, Winnifred, und er wird dir nicht anders als sonst entgegenkommen. Und seine Mutter und seine Schwester sollen dir nicht zu nahe treten, dafür bin ich da.«

Sie sah ihn unruhig an. »Wirst du dich aber auch nicht aufregen, wenn es zu einer Auseinandersetzung kommt?«

Er schüttelte lächelnd den Kopf. »Lass nur alle Sorgen fahren, kleine Winnifred, und sei vergnügt und froh, wie du es mit den Flachsköpfen warst. Mit Tante Martha werde ich schon ohne alle Aufregung fertig. Der Umstand, dass du meine Frau bist, wird ihr zur Genüge klarmachen, dass sie nichts zu hoffen hat. Das erspart mir alle Weiterungen – und das ist gut so. Auf einen langen Krieg mit Frau Martha möchte ich mich nicht einlassen, und du solltest auch davor bewahrt bleiben. Deshalb griff ich zu dem Gewaltmittel dieser Scheinehe. Daran wird ihr Widerstand zerschellen. Also tapfer, kleine Winnifred, und Kopf hoch!«

»Schilt mich nur, Onkel Rudolf, dass ich so ein Hasenfuß bin!«

Lächelnd schüttelte er den Kopf. »Ich werde mich hüten, dann läufst du mir davon«, scherzte er.

Sie nahm schnell seine Hand, und ehe er es hindern konnte, presste sie schnell ihre Lippen darauf. »Du lieber guter Mensch – das tue ich ganz sicher niemals.«

Erschrocken zog er die Hand zurück. »Was tust du, Winnifred, da muss ich wirklich schelten.«

Sie schob ihre Hand unter seinen Arm und lehnte sich vertrauend an seine Schulter. »Ich kann dir ja nicht mit Worten danken für alles, was du mir Gutes tust.«

»Es braucht keines Dankes, Kind. Was ich für dich tue, geschieht nur, um mir selbst zu genügen.«

Am Spätnachmittag trafen sie in Wildenau ein. Und als Winnifred am Arme ihres Mannes den Fuß über die Schwelle setzte, sagte er warm und herzlich: »Gott segne deinen Eingang, Winnifred. Mögen dir in deinem neuen Heim nur glückliche Stunden beschieden sein.«

Winnifred drückte seinen Arm. Sprechen konnte sie nicht. Sie war blass und ergriffen.

Sonst verlief ihr Einzug in Wildenau ruhig und still. Nichts deutete darauf hin, dass sich das Verhältnis der beiden Menschen zueinander geändert hatte. Nur stellte Rudolf von Wildenau seinen Untergebenen Winnifred als ihre Herrin vor.

* * *

Lutz hatte den Brief seines Onkels in der Posttasche gefunden, als er mit Mutter und Schwester am Frühstückstisch saß. Als er die Handschrift erkannte, sah er zuerst nach dem Poststempel und nickte vor sich hin, als wolle er sagen: »Das dacht' ich mir doch!«

Hastig öffnete er und las, was trotz allem eine Überraschung für ihn war, an die er nicht gedacht hatte. Als er an die Stelle kam, wo es hieß »Ich bin Winnifred gefolgt, und morgen wird sie mir standesamtlich angetraut. Und wenn du diese Zeilen in Händen hältst, ist es wohl bereits geschehen« ließ er den Brief sinken und starrte beinahe entgeistert vor sich hin. Winnifred Onkel Rudolfs Frau! Ihm war, als müsse er aufspringen und das auf irgendeine Weise zu verhindern suchen ...

Er las das eben Gelesene noch einmal, und nun begriff er erst, dass es sich in Wahrheit nur um eine Scheinehe handle, um Winnifreds Erbansprüche vor jedem Einwand sicherzustellen.

Er atmete auf, wie von einer Last befreit, und wusste doch eigentlich nicht, warum.

Er las nun weiter:

»Gleich nach der Trauung werde ich mein notariell bereits aufgesetztes Testament unterschreiben, das Winnifred zu meiner Universalerbin macht. Ihr soll Wildenau mit allem lebenden und toten Inventar gehören und die Hälfte meines Barvermögens. Wie ich über die andere Hälfte verfügt habe, werde ich dir gelegentlich persönlich mitteilen.

Hätte ich Winnifred in Berndorf sicher gewusst, würde ich diese Ehe überhaupt nicht geschlossen haben. Es wäre mir überhaupt lieber gewesen, du hättest Winnifred als Gattin heimgeführt. Dann hätte Wildenau euch gemeinsam gehört. Aber du hast anders gewählt, und es muss auch so gut sein.

Ich stelle es dir anheim, deine Mutter von dem Geschehenen in Kenntnis zu sehen. Ich weiß, dass dir damit eine schwere Aufgabe zufällt. Ist sie dir zu schwer, überlasse es mir, sie von allem zu unterrichten.«

Lange sah Lutz gedankenvoll auf den Brief herab. Seine Augen starrten immerfort auf die Stelle: »Es wäre mir überhaupt viel lieber gewesen, du, mein lieber Lutz, hättest Winnifred als Gattin heimführen können.« Er konnte nicht davon loskommen.

»Wenn ich Siddy nicht gekannt hätte, wenn ich sie nicht so namenlos liebte, dann hätte mir Winnifred wohl als Frau gefallen können. Sie versteht mich so gut, sie würde mir eine ideale Lebensgefährtin geworden sein – natürlich nur, wenn ich sie lieben würde und sie mich wiedergeliebt hätte.«

Diesen Gedanken schob er aber plötzlich von sich. Ein anderer grub sich in sein Gehirn.

Was würde die Mutter zu dieser Nachricht sagen?

Er sah zu ihr hinüber. Sie hatte sich, ahnungslos, welcher Schlag ihr drohte, in ihre Geschäftskorrespondenz vertieft. Lange ruhte sein Blick auf ihren harten kalten Zügen. Fast wollte ihn Mitleid mit ihr überkommen. Sie würde schwer an dieser Enttäuschung tragen, sehr schwer. Und er konnte sie ihr nicht ersparen. Sie würde ihm eine furchtbare Szene machen, aber obgleich er sich davor fürchtete, dachte er doch nicht daran, es Onkel Rudolf zu überlassen, ihr diese Eröffnung zu machen. Niemand sollte Zeuge sein, wie seine Mutter diese Nachricht aufnahm.

Er faltete den Brief langsam zusammen und griff nach einem Schreiben seiner Braut. Es enthielt wie immer oberflächliches zärtliches Geplauder und einen Bericht, was für Toiletten sie sich für ihre Aussteuer angeschafft, und über verschiedene Vergnügungen, die sie mitgemacht hatte, und von den Aufmerksamkeiten, die ihr erwiesen wären, hauptsächlich von Herrn von Solms.

Sonderbar, heute missfiel ihm die oberflächliche spielerische Art ihrer Mitteilungen. Sie verursachte ihm direkt Unbehagen. Aber seine Gedanken kehrten schnell zu dem andern Gegenstand zurück. Er steckte den Brief zu sich und sah wieder zu seiner Mutter hinüber. Sie war eben mit ihrer Korrespondenz fertig geworden und sah ihn fragend an.

»Hattest du wichtige Post, Lutz?«

Er atmete tief auf. »Ja, Mama. Ich bekam ein Schreiben von Onkel Rudolf.«

Erstaunt sah sie ihn an. »Von Onkel Rudolf?«

»Ja, Mama, und ich möchte mit dir über den Inhalt dieses Schreibens sprechen, möchte es dir zu lesen geben. Aber lass uns bitte in dein Arbeitszimmer gehen. Ich möchte allein mit dir sein.«

Käthe erhob sich mit einem mürrischen Gesicht. »Ich kann ja gehen. Hab dich nur nicht so wichtig, Lutz. Was du weißt, werde ich wohl auch wissen dürfen.«

»Du sollst es auch wissen, Käthe, aber erst muss ich mit Mama darüber sprechen.«

Achselzuckend verließ Käthe das Zimmer.

Frau von Berndorf sah ihren Sohn sehr unruhig und forschend an. Sie bemerkte sehr wohl, dass er ihr etwas Wichtiges zu sagen hatte.

»Nun sprich, Lutz, du hast mir doch nichts Unangenehmes zu berichten?«

Er biss die Lippen zusammen. Dann richtete er sich entschlossen auf.

»Doch, Mama. Für dich wird es etwas sehr Unangenehmes sein. Ich bitte dich, sei gefasst und wappne dich. Was Onkel Rudolf mir mitteilt, wird dir eine bittere Enttäuschung bringen.«

Sie erblasste leicht, richtete sich aber straff, wie kampfbereit auf. »Ohne Umschweife, Lutz – ich liebe es nicht, schlimme Nachrichten teelöffelweise zu schlucken. Sage schnell und ohne Schonung, was du mir zu sagen hast«, stieß sie heiser hervor.

Er neigte sich zu ihr und fasste ihre Hand. »Liebe Mama – deine Hoffnung auf das Erbe Onkel Rudolfs ist zerstört.«

Sie zuckte zusammen und wurde noch bleicher. Aber als weise sie jede Möglichkeit von sich, rief sie schroff: »Unsinn!«

Sich zur Ruhe zwingend, forderte sie dann ungestüm: »Schnell, schnell, martere mich nicht lange. Was hast du mir zu sagen?«

Er strich sich über die Stirn. »Nun denn, Mama, Onkel Rudolf hat sich – verheiratet.«

Als sei der Blitz vor ihr niedergeschlagen, so saß Frau Martha da. Wie ein Steinbild war sie anzusehen, aus dem die Augen feurig herausglühten.

»Was sagst du?«, presste sie endlich zwischen den Zähnen hervor.

»Onkel Rudolf hat sich verheiratet und seine junge Frau zu seiner Universalerbin eingesetzt.«

Mit zitternden Händen tastete sie um sich.

»Das ist doch – das kann doch nicht möglich sein«, kam es wie ein Keuchen aus ihrer Brust.

»Es ist wahr, Mama, fasse dich!«

Sie knirschte mit den Zähnen. »Der Elende! Der Elende!«, schrie sie auf, wie in höchster Wut.

»Mama – wie kannst du das sagen. Das ist doch sein Recht!«

»Oh, das tat er nur, um mich bis ins Innerste zu treffen. Er heiraten – er – der Kranke, jetzt noch – wo ich alle Gefahr vorüber glaubte, jetzt tut er mir das an.«

Lutz atmete gepresst. »Nun lass dir noch sagen, wen er geheiratet hat.«

»Nun?«, stieß sie hervor und bohrte ihre Augen in die seinen.

»Winnifred Hartau ist seine Frau geworden.«

Da sprang sie auf und schlug sich mit den Fäusten an die Stirn. Ein Schrei, der entsetzlich klang, brach aus ihrer Brust.

»Das also – meine Ahnung – meine Ahnung! Hab ich es doch gefühlt, vom ersten Tage an, dass mir durch dieses scheinheilige Geschöpf Gefahr droht. Hätte ich sie doch auf die Straße gestoßen – mit den Hunden hinausgehetzt, ehe sie Unheil anrichten konnte.«

Aufgeregt lief Frau Martha hin und her, schlug mit den Fäusten auf die Möbel und knirschte mit den Zähnen. Und als ihr alles das keine Erleichterung brachte, und der ohnmächtige Grimm sie zu ersticken drohte, fiel sie plötzlich mit einem zornigen Aufschrei in einen Sessel und stieß eine Flut wilder Verwünschungen aus.

An den Kamin gelehnt, stand Lutz schweigend der Mutter gegenüber. Sein Gesicht verriet das Entsetzen über den Anblick, den sie ihm bot. Als sich die erregte Frau gar nicht beruhigen wollte, trat er plötzlich mit harten festen Schritten zu ihr heran, fasste ihre Hand mit einem fast rauen Griff und sah ihr ernst und strenge in die Augen.

»Nun ist es genug, Mutter. Jetzt musst du dich fassen – ich will dich nicht länger mehr so sehen, weil ich nicht vergessen möchte, dass du meine Mutter bist«, sagte er hart und laut.

Da fuhr sie auf und ballte die Hände gegen ihn. »Ach, du – du – mit deiner lammherzigen Gelassenheit! Verstehst du denn nicht, dass mich der Zorn umbringt gegen diese Heuchlerin, diese infame Kreatur, diese Erbschleicherin?«

»Du beschuldigst Winnifred zu Unrecht. Sie verdient keine dieser schlimmen Bezeichnungen. Sie ist nichts als ein armes hilfloses Geschöpf, das angstvoll nach einem Rettungsanker griff, als es abermals heimatlos werden sollte. Ohne deine Härte wäre sie vielleicht nie dazu gekommen, dieses Angebot anzunehmen. Hier, lies seinen Brief an mich, dann wirst du alles verstehen. Und nun kein Wort der Anschuldigung mehr gegen Winnifred. Ich dulde es nicht mehr, dass du sie schmähst. Deiner Erregung habe ich viel zugute gehalten. Nun ist es aber genug. Ich mag meine Mutter nicht länger so würdelos sehen.«

Seine Worte blieben nicht wirkungslos. Zum ersten Mal beugte sich diese herrschsüchtige Frau unter einen stärkeren Willen. Mit aller Kraft zwang sie den Sturm in sich nieder. Sie fasste nach dem Briefe, den er ihr gab. Während sie ihn las, lachte sie einige Male heiser und schneidend auf, und ehe sie damit zu Ende war, warf sie den Brief zusammengeballt auf den Teppich.

»Wenn ich sie töten könnte, mit meinen Händen würde ich sie erwürgen«, dachte sie zähneknirschend. Aber sie sprach es nicht aus; weil sie sich aber nicht beherrschen konnte, stürzte sie aus dem Zimmer und warf die Tür krachend hinter sich ins Schloss.

Lutz lauschte hinaus. Er hörte, dass die Mutter ihr Zimmer aufsuchte. Auch die Tür dieses Zimmers flog krachend zu.

Aufatmend hob er den Brief empor, glättete ihn und steckte ihn zu sich. Seine Stirn war finster zusammengezogen und seine Augen blickten in schmerzlichem Zorn.

Da kam Käthe hinein. »Lutz, was ist mit Mama? Sie hat sich in ihr Zimmer eingeschlossen und stöhnt und schreit, es ist fürchterlich anzuhören. Was ist denn geschehen?«

Er fuhr sich über die Stirn. »Mama ist erregt. Ich habe ihr mitteilen müssen, dass Onkel Rudolf sich wieder verheiratet hat.«

Käthe stutzte betroffen. Dann lachte sie schrill und hässlich auf.

»Verheiratet? Er ist wohl unsinnig geworden? Ein Mensch, der alle Tage sterben kann. Das kann doch nicht wahr sein, Lutz?«

»Doch, es ist wahr. Er hat sich mit Winnifred Hartau verheiratet, um sie zu seiner Erbin zu machen. So, nun weißt du, was geschehen ist. Und hoffentlich wirst du es ruhiger tragen wie Mama.«

Ein hässlicher Ausdruck kam in Käthes hübsches junges Gesicht. »Oh, wie schlau diese Winnifred gewesen ist! Fängt sich einfach den alten Narren, der lieber an sein Ende denken sollte. Nun kann ich Mamas Zorn verstehen. Aber damit lässt sich leider nichts ändern. Jetzt soll mir Onkel Rudolf aber noch mal kommen mit seiner spöttischen Art – jetzt werde ich ihm dienen. Nichts lasse ich mir mehr von ihm gefallen. Jetzt lohnt es doch nicht mehr«, sagte sie gehässig.

Lutz fasste sie bei den Schultern und schüttelte sie. »Schäme dich, Käthe.«

»Warum soll ich mich schämen?«

»Weil du nur zu Onkel Rudolf freundlich warst, damit er dir etwas vererben sollte. Recht ist dir geschehen, dass du dich umsonst bemüht hast.«

Sie sah ihn schnippisch und trotzig an.

»Nun, du wirst ja trotz aller Bravheit und Tugendhaftigkeit jetzt ebenfalls leer ausgehen. Das geschieht dir recht.«

Groß und stumm sah er sie an, sodass sie seinen Blick nicht ertragen konnte. Dann verließ er das Zimmer und begab sich auf seinen Bauplatz.

An dem Abendessen nahm Frau Martha heute nicht teil. Nur Käthe leistete dem Bruder heute bei Tisch Gesellschaft. Aber gleich nach dem Essen erhob sich Lutz und ging auf sein Zimmer, um Siddy von dem, was sich ereignet, Mitteilung zu machen, dass Onkel Rudolf Winnifred geheiratet, um ihre Zukunft sicherzustellen und ihr als seiner Universalerbin in Wildenau eine dauernde Heimat zu geben. »Was nun den sonstigen Inhalt deines Briefes anlangt«, fuhr er fort, »so bin ich gewiss nicht auf Herrn von Solms eifersüchtig. Aber ich sehe es nicht gern, dass er täglich in deiner Gesellschaft ist und dir in seiner faden Weise den Hof macht, als seist du völlig frei. Ich finde ihn nicht nur blöde, sondern auch ziemlich unverschämt, und du solltest keine Aufmerksamkeiten von ihm entgegennehmen. Das soll kein Tadel sein, Liebling, aber du wirst mich verstehen und ihn in seine Schranken zurückweisen.«

Dann schloss er mit den Versicherungen seiner Liebe und Treue, und der Hoffnung Ausdruck gebend, seine geliebte Braut bald wiederzusehen. Allein es lag kein heiterer Ausdruck auf seinen Zügen, als er den Brief schloss und ihn in die Posttasche legte.

* * *

Als Winnifred einige Stunden in Wildenau weilte, kam ein Bote von Berndorf und brachte ihr von Lutz einen Strauß roter Rosen und dazu ein Schreiben.

Sie öffnete es mit erregt zitternden Händen und las:

»Gestatten Sie mir, Ihnen von ganzem Herzen Glück zu wünschen zu Ihrer Vermählung mit Onkel Rudolf. Nun weiß ich Sie doch geborgen und in Sicherheit. Das macht mich froh. In den nächsten Tagen, sobald ich mich einige Stunden freimachen kann, komme ich nach Wildenau, um meine Glückwünsche persönlich zu wiederholen, und um Sie zu fragen, ob Winnifred von Wildenau mir ebenso herzlich zugetan bleibt, wie es Winnifred Hartau war. Ich küsse Ihnen verehrungsvoll die Hand.

Ihr getreuer Vetter Lutz.«

Winnifred drückte die Hand mit dem Brief ans Herz und barg das erglühende Antlitz in den Blumen, die von ihm kamen. Eine schwere drückende Last fiel von ihrem Herzen. Wusste sie nun doch, dass Lutz ihr nicht zürnte, dass er ihr keine verächtlichen Motive für ihre Handlungsweise unterschob.

Der Bote hatte zugleich einen Brief an Onkel Rudolf abgegeben. Winnifred brachte ihm denselben. Mit leuchtenden Augen zeigte sie ihm die Blumen und den Brief von Lutz.

»Nun bist du wohl endlich ruhig und zufrieden, nun dir Lutz so geschrieben hat, und du seine Blumen in den Händen hältst?«, fragte er lächelnd.

Sie atmete tief auf und setzte sich auf ein Sesselchen zu seinen Füßen. In kindlicher Zärtlichkeit schmiegte sie ihre Wange an seine Hand.

»Ich wäre sehr unglücklich gewesen, wenn er mir gezürnt hätte.«

Er strich ihr das Haar aus der Stirn.

»Nun wollen wir sehen, was er mir mitzuteilen hat?«

Nachdem er den Brief geöffnet hatte, las er den Inhalt vor.

»Lieber Onkel Rudolf!

Vielen Dank für deinen lieben Brief, und auch dir meinen herzlichsten Glückwunsch. Wenn auch eure Ehe nur eine Scheinehe sein soll, so bin ich doch gewiss, dass in eurer Gemeinschaft innigste Harmonie ist. Und Winnifred wird dir deine Tage lieb und angenehm machen. Sie hat das echt weibliche Talent, Harmonie um sich zu schaffen und Licht und Wärme zu geben. Ich gönne es dir von Herzen, dass du nun nicht mehr einsam bist, wenn mir Winnifred auch hier sehr fehlt. Ich hoffe, ich darf oft zu euch kommen und mich ein wenig an eurem Herd erwärmen, denn in Berndorf ist es jetzt kälter als je.

Mama hat die Kunde von eurer Verheiratung schlimmer aufgenommen als ich glaubte. Sie ist noch nicht damit fertig, und ich bitte dich, komme jetzt nicht nach Berndorf. Auch Winnifred darf keinesfalls herüberkommen. Ich möchte jetzt um jeden Preis eine Begegnung zwischen euch und Mama vermeiden.

Bald komme ich zu euch, und ich freue mich auf ein gemütliches Plauderstündchen und auf Winnifreds Musik. Auf Wiedersehen!

Herzlichst

Dein Neffe Lutz.«

Der alte Herr sah auf, als er zu Ende war, und seine Augen leuchteten.

»Er hat die Feuerprobe bestanden, Winnifred, er ist ein ganzer Mann mit einem ehrlichen Herzen.«

Winnifreds Augen strahlten. Sie errötete.

»Ich freue mich, dass du so von ihm sprichst, Onkel Rudolf, ich habe es gleich beim ersten Sehen gewusst, dass er gut und edel ist. Und nicht wahr – du hilfst ihm, dass er nicht in Sorgen untergeht?«

Er nickte lächelnd. »Sei ganz ruhig, Winnifred. Soweit er meine Hilfe braucht, ist sie ihm gewiss. Aber wahrhaft glücklich wird er nur, wenn er sich selbst sein Schicksal zimmern kann. Und das wird er tun. Nur eins macht mir Sorge für ihn – ich fürchte, er hat sich seine Lebensgefährtin nicht viel vorsichtiger gewählt wie sein Vater. Seine schöne Braut scheint mir ein Blender zu sein.«

Winnifred presste die Hände zusammen. »Davor möge ihn das Schicksal behüten!«

»Ich wünschte es auch. Vielleicht irre ich mich.«

Zwei Tage später kam Lutz nach Wildenau. Es war an einem Sonntagnachmittag. Den ganzen Vormittag hatte er fleißig an seinen Plänen gearbeitet und wollte sich nun ein paar Erholungsstunden gönnen.

Seine Mutter und Schwester gingen noch immer mit finsteren Gesichtern umher und grollten ihm, dass er nicht mit in ihre Entrüstung über Winnifred einstimmte.

Er ließ sich nicht beirren.

Und am Sonntag nach Tisch sagte er ruhig: »Ich fahre nach Wildenau hinüber.«

Seine Mutter sah ihn zornig an, erwiderte aber nichts. Käthe jedoch sagte schnippisch: »Viel Vergnügen bei dem jungen Paar!«

Er antwortete gar nicht darauf und verließ das Zimmer.

Schon auf der Fahrt nach Wildenau wurde ihm freier und leichter ums Herz. Und als er dort ankam, wurde er von Onkel Rudolf und Winnifred so warm und herzlich begrüßt, dass er das Gefühl hatte, als falle alles Quälende und Drückende von ihm ab.

Er verlebte einige schöne harmonische Stunden mit dem Onkel und Winnifred. Ein Gefühl der Rührung beschlich ihn, wenn er hörte, wie Winnifred ihren Gatten so selbstverständlich »Onkel Rudolf« nannte. Das dokumentierte zur Genüge, dass sich ihr Verhältnis in keiner Weise geändert hatte.

Und diese Gewissheit erfüllte ihn mit einem sonderbar befriedigten, befreiten Gefühl.

»Eine jungfräuliche Frau«, musste er denken, als er sie ansah. Als Winnifred dann auf den Wunsch der beiden Herren musizierte, saß er in wohliges Behagen eingesponnen in einem Sessel und sah nach der schlanken weißen Gestalt hinüber, auf deren jungem Haupte die schweren goldenen Flechten wie eine natürliche Krone lagen.

»Man möchte immer hier sitzen, sie ansehen und ihr zuhören«, dachte er. Und er empfand gar nicht, dass seine Braut momentan ganz aus seinem Denken und Empfinden verbannt war.

Nach dem Musizieren plauderten die drei Menschen wieder und freuten sich ihres geistigen und seelischen Gleichklanges. Es wurden auch ernste und tiefgründige Themen berührt. Winnifred verlor alle Scheu und bot willig alle Schätze ihres reichen Seelen- und Geisteslebens.

Sie selbst gab sich mit großer Inbrunst dem Zauber dieser Stunden hin. Wie herrlich erschien es ihr, dass Lutz hier bei Onkel Rudolf und ihr saß, und sie nach Herzenslust mit ihm plaudern konnte. Höher verstiegen sich die Wünsche ihres Herzens nicht. Es erschien ihr so traumhaft schön, wie sich jetzt ihr Leben gestaltet hatte, dass sie nach einem Mehr keinerlei Verlangen trug.

Lutz blieb bis nach dem Abendessen und versprach gern, bald wiederzukommen. Und er hielt dies Versprechen. Fast jeden Abend kam er nach verrichtetem Tagewerk auf ein Stündchen, und damit er auf den Weg nicht zu viel Zeit verwenden müsse, schickte ihm Onkel Rudolf immer sein Automobil. Da war er in kurzer Zeit am Ziel.

Mit einiger Unruhe berichtete er, dass er auf sein letztes Schreiben an Siddy, in dem er ihr die Vermählung seines Onkels gemeldet hätte, noch keine Antwort erhalten hatte. Sonst kamen ihre kleinen flüchtigen Briefchen fast täglich an. Es machte Lutz unruhig, und er ließ andere Briefe folgen, in denen er fragte, weshalb er keine Nachricht erhielt. Er fragte, ob sie krank sei. Sie möge ihm sofort telegrafische Nachricht senden, er sei in Sorge.

Onkel Rudolf und Winnifred suchten ihn zu beruhigen. Aber der Onkel hatte nachdenklich aufgehorcht, als ihm Lutz erzählte, welchen Inhalt der Brief gehabt hatte, auf den er keine Antwort bekam.

Auf seine dringenden Bitten bekam Lutz endlich ein Schreiben. Aber es war nicht von Siddy, sondern von Frau von Sucher. Sie teilte Lutz mit, dass die Baronesse einige Tage unpass gewesen sei, und dass er sich noch einige Tage gedulden möge. Unter diesen Brief hatte Frau von Sucher noch eine sehr flüchtige Bemerkung gekritzelt:

»Es wäre gut, wenn Sie selbst kommen könnten, Herr von Berndorf.«

Lutz zeigte dieses Schreiben am Abend Winnifred und Onkel Rudolf.

»Ich begreife das nicht, wenn Siddy nur unpass ist, konnte sie mir doch selbst einige Zeilen schreiben. Hat sie euch einen Glückwunsch gesandt?«

»Nein, Lutz, das ist nicht geschehen«, erwiderte der Onkel, seinen Neffen besorgt ansehend. »Vielleicht hat deine Braut schlimmes Kopfweh. Da pflegt man nicht zum Schreiben aufgelegt zu sein. Jedenfalls ist es das Klügste, du folgst dem Rate der Frau von Sucher und fährst nach Berlin. Dann kannst du dich selbst von dem Befinden deiner Braut überzeugen, und bist die Sorge los.«

»Vor Sonntag kann ich nicht abkommen – aber Sonntag reise ich«, erwiderte Lutz.

Winnifred und Onkel Rudolf suchten ihn zu beruhigen, und es gelang ihnen auch.

Am Sonnabendabend war Lutz wieder in Wildenau. Er hatte noch immer keine Zeile von Siddy erhalten, und seine Reise nach Berlin war fest beschlossene Sache. Angemeldet hatte er sich aber dort nicht.

Als die beiden Herren eine Weile allein waren, sagte Onkel Rudolf:

»Ich wollte schon immer mit dir darüber sprechen, Lutz, wie ich in meinem Testament über die andere Hälfte meines Barvermögens verfügt habe, die Winnifred nicht zufallen wird. Doch ich will es verschieben bis nach deiner Rückkehr. Heute bist du mit deinen Gedanken doch nur bei deiner Braut.«

Lutz lächelte ein wenig zerstreut. »Ich muss wirklich eingestehen, Onkel, dass ich über Siddys Zustand sehr in Unruhe bin. Sie muss kränker sein, als sie mich wissen lassen will. Sicher hat Frau von Sucher die Bemerkung, dass ich kommen solle, ohne ihr Wissen gemacht. Siddy will mir wohl die Sorge um ihren Zustand sparen. Aber die Ungewissheit ist quälender als eine schlimme Gewissheit. Ich kann sie nicht länger ertragen.«

»Das kann ich dir nachfühlen.«

Als Winnifred nach einer Weile zurückkam, sagte Lutz bittend: »Bitte, singen Sie mir einige Lieder, Winnifred. Unter Ihrem Gesang gehen immer alle meine Sorgen zur Ruhe.«

Sie errötete und sah fragend zu ihrem Gatten hinüber. Er nickte ihr zu. »Du weißt, ich bin immer in der Stimmung, deine Lieder zu hören.«

Da trat sie an den Flügel und sang ihre schönsten Lieder, sang sie mit ihrer ganzen Seele, mit all dem süßen Zauber, der in ihrer weichen Stimme lag.

Lutz fühlte, wie sich seine Unrast verlor. Wie so oft schon gab er sich mit ganzer Seele diesem reinen edlen Genuss hin. Die hohen Fenstertüren, die aus dem Zimmer ins Freie führten, standen weit offen. Die laue linde Luft des Frühsommerabends drang ins Zimmer und trug den Duft der Blumen herein, Flieder und Jasmin standen in vollster Blüte. Und am Himmel stand der Mond inmitten hell glänzender Sterne und warf sein mildes Licht auf die gesegnete Erde. Nachdem Winnifred ihre Lieder beendet hatte, trat sie auf die Terrasse hinaus. Sie stand da wie ein liebliches Bild, vom hellen Mondlicht umflossen.

Mit einem gütigen Blick sah Herr von Wildenau zu ihr hinüber. »Wie sie aufblüht in den neuen sorglosen Verhältnissen. Findest du sie nicht sehr verändert, Lutz?«, fragte er.

Auch dieser hatte seinen Blick auf Winnifred ruhen lassen. Er neigte das Haupt. »Ja, sie entfaltet sich wie eine Knospe, die ihre Hülle sprengte und sich nun in aller Lieblichkeit entfaltet.«

Sinnend sah Rudolf von Wildenau in Lutz' gebräuntes charakteristisches Gesicht. »Wie schade, dass er es zu spät erkennt«, dachte er.

Lutz erhob sich und trat zu Winnifred hinaus. »Sie träumen in den Vollmondzauber hinaus, Winnifred. Wissen Sie nicht, dass dies gefährlich ist?«, scherzte er.

Sie schrak leise zusammen und sah zu ihm empor. »Wahrhaftig, Vetter, ich habe ein wenig geträumt. Aber sehen Sie nur, wie wundervoll die Landschaft im Mondlicht liegt. Und da drüben steigen leichte Nebel auf und hüllen die Ferne in ein leichtes Schleiergewand. Ein Gleichnis vom Leben. Dicht vor uns ist alles klar und hell wie die Gegenwart, und die Zukunft liegt verschleiert.«

»Möchten Sie einen Blick in die Zukunft tun?«

Sie schüttelte heftig den Kopf. Ein leiser Seufzer entfloh ihrer Brust. »Nein – o nein! Die Gegenwart ist so schön. Ich möchte sie festhalten. Die Zukunft kann mir nichts Schöneres und Lieberes bringen.«

»Das klingt fast wie Resignation, und dazu sind Sie noch zu jung, Winnifred. Das Leben liegt vor Ihnen.«

Sie sah mit einem seltsamen Blick zu ihm auf, der ihn fast schmerzlich berührte. »Es kann mir nie Schöneres bieten als jetzt. Das ist nicht Resignation, sondern Überzeugung.«

Sie trat still an Lutz vorüber in das Zimmer zurück und ging zu ihrem Gatten. Liebevoll breitete sie eine leichte Decke über seine Knie. »Es wird kühl, Onkel Rudolf, du darfst dich nicht erkälten.«

Er nickte ihr lächelnd zu. »Es ist so schön, ein liebes Töchterchen zu haben, Winnifred.«

Lutz hatte ihr nachgesehen und wusste nicht, was es war, was ihn heute so seltsam an Winnifred berührte. »Eine jungfräuliche Frau«, dachte er wieder, als müsse er mit dieser Bezeichnung ihr Wesen erschöpfen.

Er vergaß alle Unruhe über Siddy und setzte sich mit einem Gefühl köstlichen Friedens zu den beiden Menschen, die ihm lächelnd entgegensahen.

Und während sie plauderten, sah Lutz Winnifred an. »Sie hat etwas an sich, das Traurige froh und Kranke gesund machen kann«, dachte er.

* *
*

Am andern Tage fuhr Lutz nach Berlin. Gleich vom Bahnhof aus begab er sich nach der Wohnung der Frau von Sucher. Als er klingelte, öffnete ihm eine Dienerin und sah ihn sichtlich überrascht und verlegen an.

Er ließ sich Frau von Sucher melden. Die Dienerin verschwand mit seiner Karte und kam nach einer Weile noch verlegener zurück. Sie meldete ihm, er möge einige Minuten warten, Frau von Sucher werde sogleich erscheinen.

Seine Unruhe steigerte sich. Als er den Korridor passiert hatte, sah er einen Herrenhut am Garderobenständer hängen. Er hatte eine eigenartige Form und Farbe. Diese Art Hüte pflegte Herr von Solms zu tragen. Und er glaubte auch dessen helle krähende Stimme gehört zu haben, und ein leises girrendes Frauenlachen – Siddys Lachen.

Beides war verstummt, als ihn die Dienerin verlassen hatte. Es herrschte jetzt eine lautlose Stille in der Wohnung. Und Frau von Sucher ließ ziemlich lange auf sich warten. Er ahnte nicht, dass sie mit

Siddy und Herrn von Solms eine kleine Auseinandersetzung hatte, und dass sie ratlos war, was sie Lutz sagen sollte.

Endlich erschien sie. Lutz eilte ihr entgegen in brennender Ungeduld und fasste ihre Hand, die er an seine Lippen zog.

»Gnädigste Frau, befreien Sie mich von meiner Unruhe und Sorge. Wie geht es Siddy?«

Frau von Sucher biss sich auf die Lippen wie in unmutiger Verlegenheit und bat ihn, Platz zu nehmen.

»Mein lieber Herr Doktor, Sie brauchen nicht in Unruhe und Sorge um Siddys Befinden zu sein. Sie ist auf dem Wege der Besserung. Ich bedauere, dass Sie die Sorge hierhergetrieben hat – zumal Sie Siddy jetzt nicht empfangen kann. Sie – ja – sie ist noch etwas leidend und im Negligé.«

Er sah sie unruhig an. »Gnädige Frau, verheimlichen Sie mir nichts. Ist Siddy wirklich nicht ernstlich krank?«

»Nein – nein – gewiss nicht – nur – Sie hat starkes Kopfweh und hat das Haar aufgelöst. Wie gesagt – es ist nichts von Bedeutung, und in einigen Tagen wird sie wieder wohl sein und Ihnen dann selbst wieder Nachricht geben.«

»So soll ich sie nicht sehen? Nicht wenigstens auf einige Minuten? Ich kann so nicht wieder abreisen, gnädige Frau, ich muss Siddy sehen.«

Unschlüssig sah Frau von Sucher vor sich hin, und dann sah sie ihn mit einem Blick an, in dem sich ein peinliches Unbehagen spiegelte.

»Momentan – Sie begreifen – sie ist nicht frisiert.«

Lutz hatte ein Gefühl, als schnürte ihm etwas die Kehle zusammen. Seine Braut solle krank sein, im Negligé und mit gelöstem Haar, und doch war ihm gewesen, als hätte er sie mit Herrn von Solms plaudern hören. Er richtete sich plötzlich straff auf:

»Gnädige Frau, ich werde in einer Stunde noch einmal wiederkommen. Dann aber muss ich unbedingt meine Braut sprechen – wenn auch nur auf einige Minuten. Ich kann nicht wieder abreisen, ohne sie gesehen zu haben.«

Nun richtete sich auch Frau von Sucher plötzlich straff empor, und in ihr Gesicht trat ein entschlossener Ausdruck. »Also gut, Herr Doktor, kommen Sie in einer Stunde wieder. Ich werde dafür sorgen, dass die Baronesse Sie dann empfängt.«

Lutz neigte dankend das Haupt, verabschiedete sich und ging. Als er den Korridor passierte, fiel ihm auf, dass der auffallende Herrenhut vom Garderobenständer verschwunden war. Ihm war auch gewesen, als hätte er kurz vorher die Korridortür öffnen und schließen hören.

Eilig lief er die Treppe hinab und sah sich auf der Straße um. Und da erblickte er einen übertrieben elegant gekleideten Herrn, der den bewussten Hut trug, in einiger Entfernung auf dem Fußsteig. Er bog soeben um die nächste Straßenecke, und Lutz hätte schwören mögen, dass es Herr von Solms gewesen sei.

Hatte er recht gesehen, so war Herr von Solms in der Wohnung der Frau von Sucher gewesen, und dann hatte er auch mit Siddy geplaudert – mit seiner Braut, die so krank war, dass sie ihm nicht schreiben und die ihn nicht empfangen konnte, weil sie im Negligé war und das Haar gelöst hatte.

Wie von Sinnen eilte Lutz hinter dem eleganten Herrn her. Aber als er um die Ecke bog, sah er ihn nicht mehr. Nur ein Automobil fuhr davon und über den Rand desselben schwebte der auffallende Herrenhut. In einer unbeschreiblichen Verfassung verbrachte Lutz die nächste Stunde. –

Frau von Sucher war inzwischen zu Siddy in ihren kleinen Salon getreten. Diese saß in halb liegender Stellung, in ein verführerisches lichtgrünes Negligé gehüllt, auf einem Diwan, und ihre rotgoldenen Haare fielen ihr über Nacken und Schultern herab.

»Ist er fort?«, fragte sie Frau von Sucher, sich aus ihrer lässigen Pose halb aufrichtend.

Frau von Sucher sah sie ernst und streng an. »Ja, Ihr Verlobter ist fortgegangen, Siddy. Und wie ich sehe, ist gottlob auch Herr von Solms gegangen. Ich muss Ihnen sagen, das war eine sehr peinliche und unangenehme Stunde für mich. Erst finde ich Sie bei meinem Nachhausekommen von einem Besuch in dieser durchaus nicht empfangsfähigen Toilette in Gesellschaft des Herrn von Solms, und dann muss ich Ihrem Verlobten gegenüber peinliche Ausreden gebrauchen.«

Siddy lächelte kindlich bezaubernd. »Nicht zanken, liebe teure Vizemama. Die Dienerin, die mir Herrn von Solms meldete, hatte mich wohl missverstanden. Sie sollte mir nur seine Blumen überreichen, stattdessen ließ sie ihn selber herein. Und er war bei meinem Anblick so närrisch vor Entzücken, dass ich ihn nicht gleich wieder loswurde. Und wie ich Ihnen schon sagte, er hat mir keine Ruhe gelassen – ich musste ihm versprechen – aber das wissen Sie ja. Nun bitte, sagen Sie mir, ist Herr von Berndorf wirklich fort?«

»Ja, aber er kommt in einer Stunde wieder. Er will Sie unbedingt sehen und sprechen, und ich habe es ihm versprochen.«

Ein unzufriedener Ausdruck lag auf Siddys Gesicht. »Das ist mir sehr, sehr unangenehm. Was soll ich ihm nur sagen, Vizemama?«

Frau von Sucher sah sie fest und streng an. »Die Wahrheit, Siddy! Das sind Sie ihm wenigstens schuldig. Ich muss Sie dringend ersuchen, dies falsche Doppelspiel aufzugeben. Es ist mir überaus peinlich, wider meinen Willen darin mitzuwirken. Ich möchte meine Behausung nicht zum Schauplatz einer Unredlichkeit gemacht sehen. Wenn Sie wirklich Ihre Verlobung mit Doktor von Berndorf auflösen wollen, um sich mit Herrn von Solms zu verbinden, so ist das Ihre Angelegenheit. Aber dann verlange ich von Ihnen, dass Sie Herrn von Berndorf die Wahrheit sagen – ich spiele diese mir aufgezwungene Rolle nicht mehr weiter.«

Siddy sprang auf und umarmte schmeichlerisch die erzürnte Frau. »Liebste Vizemama, nicht schelten.«

Frau von Sucher schob sie aber leise abwehrend von sich. »Ich habe den ehrlichen Willen, Siddy, Ihnen durch die Einladung zu mir Gelegenheit zu geben, eine gute Partie zu machen, weil ich einst mit Ihrer Mutter innig befreundet war. Es ist ja auch klar, dass Herr von Berndorf nach der überraschenden Verheiratung seines Onkels keine glänzende Partie mehr ist, wenn ich auch sicher bin, dass er Ihnen allzu große Sorgen fernhalten würde. Sie wollen nun die Konsequenzen dieser Verbindung nicht auf sich nehmen, und haben sich einen andern Freier gesichert, der Ihnen mehr zu bieten hat an äußeren Gütern des Lebens. Ich wüsste an Ihrer Stelle freilich ganz sicher, dass ich trotz allem lieber an der alten Verbindung festhalten würde, denn Herr von Solms kann Herrn von Berndorf in keiner Beziehung das Wasser reichen. Doch das ist Ihre Sache. Sie müssen aber unter allen Umständen jetzt Herrn von Berndorf alles sagen. Ich fürchte, er hat gehört, dass Sie andern Besuch hatten, und ich will nicht noch einmal als Lügnerin vor ihm stehen müssen.«

Siddy nagte an der Unterlippe. Dann warf sie den Kopf zurück. Sie fand, dass sie sich nun genug hatte ausschelten lassen.

»Gut, ich werde ihn empfangen. Verzeihen Sie, dass ich Ihnen Ungelegenheiten machte. Ich werde Herrn von Berndorf sagen, dass Sie gegen Ihren Willen Ausflüchte gebrauchen mussten.«

»Ich werde ihm das lieber selber sagen, sobald er zurückkommt. Nun machen Sie bitte Toilette, damit Sie Herrn von Berndorf empfangen können.«

* *
*

Als Lutz eine Stunde später zurückkam, in einer unbeschreiblichen Stimmung, wurde er sofort zu Frau von Sucher geführt.

Sie sah in sein blasses zuckendes Gesicht, in seine unruhigen Augen hinein und atmete gepresst auf.

»Mein lieber Herr Doktor, bitte, nehmen Sie Platz. Siddy wird gleich hier sein. Ehe sie mit ihr sprechen, will ich Ihnen aber ein Geständnis machen, das mich sehr bedrückt. Ich habe Ihnen die Unwahrheit geschrieben und gesagt, als ich Ihnen mitteilte, dass Siddy krank sei. Sie ist nicht krank, sie ist es nicht gewesen.«

Er stutzte und sah sie unsicher an. »Nicht krank? Aber weshalb dann das alles? Ich fühle, hier geht etwas vor, was man mir verbirgt«, stieß er rau hervor.

Sie sah ihn teilnahmsvoll an. »Siddy wird Ihnen gleich alles selbst sagen, Herr Doktor. Es kommt mir nicht zu, Ihnen darüber Auskunft zu geben. Ich möchte mich nur in Ihren Augen zu entschuldigen versuchen. Ich habe Sie nur deshalb im Unklaren gelassen, weil ich hoffte, Siddy würde sich eines Besseren besinnen. Meine Hoffnung war vergebens. Jedenfalls seien Sie versichert, dass ich Ihnen nicht in böser Absicht die Wahrheit verschwieg, sondern weil ich hoffte, Ihnen einen Schmerz ersparen zu können. Das wollen Sie bitte bedenken, wenn Sie erst alles wissen.«

Lutz war noch bleicher geworden. »Gnädige Frau, ich weiß nicht, was ich Ihnen antworten, weiß nicht, was ich hoffen und fürchten soll. Ich habe das Gefühl, als würde mir der Boden unter den Füßen fortgezogen. Bitte, sagen Sie mir eins: War Herr von Solms vorhin bei meiner Braut? Hat sie ihn empfangen, während sie mich abweisen lassen wollte?«

Sie sah peinlich berührt auf ihre Hände herab. »Ich kann Ihnen darauf nicht antworten. Sie werden gleich klarsehen, Herr Doktor. Und da Sie danach kaum in der Stimmung sein werden, noch mit mir zu sprechen, will ich mich gleich verabschieden. Bitte, verzeihen Sie mir, dass ich wider Willen an einer Komödie Ihnen gegenüber teilnehmen musste, ich bedaure, dass ich es getan. Leben Sie wohl.«

Damit erhob sich Frau von Sucher, und ehe Lutz noch etwas erwidern konnte, schloss sich die Tür hinter ihr.

Lutz starrte diese Tür an, als sei er nicht Herr über seine Gedanken. Er wusste nicht, was er denken und fühlen sollte, hatte nur das Empfinden, dass etwas Furchtbares, Unerhörtes drohend auf ihn zukam. Ehe er sich noch mühsam gefasst hatte, öffnete sich die Tür wieder und auf der Schwelle erschien, schöner als je, wieder in einem wassergrünen Gewand, Baroness Siddy.

Von seiner Erregung getrieben, trat er schnell auf sie zu, fasste ihre Hand mit jähem Griff und sah sie durchdringend an.

»Was soll das alles heißen, Siddy? Weshalb hast du mich glauben machen, dass du krank seist, weshalb hast du mir nicht geschrieben?«, stieß er rau und heiser hervor.

Sie zog die Stirn kraus. »Lass meine Hand los, du tust mir weh«, sagte sie langsam.

Wie Eiseskälte wehte es ihm aus diesen Worten entgegen, und kalt und grausam blickten ihn die grünen Augen an, die ihn sonst so betörend angestrahlt hatten.

Das Sonnenlicht, das durch das Fenster fiel, ließ ihr rotgoldenes Haar wie einen Feuerkranz um ihr Haupt wallen, was einen seltsamen Kontrast bot zu der eisigen Kälte, die von ihr ausstrahlte.

Er ließ ihre Hand los und trat einen Schritt zurück.

»Siddy!«

Wie ein Schrei brach ihr Name über seine Lippen. Sie richtete sich hoch auf und streifte langsam den Verlobungsring von ihrer Hand. Den legte sie vor ihn auf den Tisch.

»Ich bedaure, Ihnen mitteilen zu müssen, Herr Doktor von Berndorf, dass ich die Verlobung mit Ihnen auflöse.«

Nach dem Vorausgegangenen konnten Lutz diese Worte kaum noch überraschen. Er zuckte zwar zusammen, blieb aber äußerlich seltsam ruhig. In seinem Gesicht straffte sich jeder Muskel, und die Zähne bissen sich wie im Krampf aufeinander.

»Wollen Sie mir die Gründe für Ihre Handlungsweise anführen, Baronesse?«, sagte er hart und kalt.

Niemand konnte ihm anmerken, wie tief er getroffen war.

Sie stützte sich leicht auf die Lehne eines Sessels.

»Ich löse diese Verlobung auf, weil ich sie unter falschen Voraussetzungen geschlossen habe. Ich habe geglaubt, Sie seien reich und der Erbe von Wildenau. Ganz offen gestehe ich Ihnen, dass ich mich vor nichts mehr fürchte, als vor einer Zukunft, in der ich, wie bisher, ängstlich mit dem Pfennig rechnen muss. Ich will heraus, aus dieser kleinlichen Misere, will leben, genießen – auf den Höhen des Lebens wandeln. Diese Hoffnung erfüllt sich mir, wie ich nun weiß, nicht an Ihrer Seite. Ich war schon enttäuscht, als ich die schlichten Verhältnisse in Berndorf kennenlernte. Aber da hoffte ich noch auf das Erbe Ihres Onkels. Da sich dieser wieder vermählt hat, gehen Sie dieses Erbes verlustig. Mich würde an Ihrer Seite ein Leben erwarten, wie ich es um keinen Preis weiterführen möchte. Ich würde Sie und mich unglücklich machen, wollte ich Ihnen mein Wort halten und Ihre Frau werden. Deshalb habe ich den Mut zur Wahrheit und sage Ihnen, dass ich mich von Ihnen löse. Bitte, geben Sie mich frei und suchen Sie mich zu vergessen.«

Kein Zug in seinem Gesicht hatte sich verändert. Nur seine Augen brannten in heißer zorniger Verachtung. »Und Ihre Liebe, Baroness, von der Sie mir so viel gesprochen hatten?«, fragte er in bitterm Hohn.

Sie zuckte die Achseln. »Ich habe Sie gern gehabt, und es tut mir leid, Ihnen wehe tun zu müssen. Aber einer Liebe, die sich bis zur Selbstvernichtung opfert, bin ich nicht fähig. In kleinen sorgenvollen Verhältnissen will ich nicht leben, ich brauche Glanz und Reichtum, um mich glücklich fühlen zu können. Seien Sie vernünftig und sehen Sie ein, dass es das Rechte ist, wenn wir uns trennen.«

Er richtete sich mit einem Ruck empor. Die Erinnerung war in ihm emporgestiegen an die Unterredung, die er mit ihrem Vater gehabt hatte.

Jetzt verstand er plötzlich alles, was der alte Herr gesagt und angedeutet hatte. Wie eine heimliche Warnung hatte es durch seine Worte geklungen, als er ihm die Geschichte des Bildes der schönen Melusine erzählt hatte. Und hatte ihn sein Instinkt nicht selbst gewarnt, jedes Mal, wenn er in ihre Nähe kam und es ihm kalt entgegenwehte. »Die schöne Melusine« hatte er sie im ersten Moment genannt. Und »die schöne Melusine« hatte sie der junge Künstler auf seinem Bilde genannt. Sie war auch ihm als das Urbild der seelenlosen Wassernixe erschienen. Und sie hatte ihn in den Tod getrieben. Ja – jetzt wusste er es, dass sie ihn belogen, mit ihrer Erzählung belogen hatte, dass der Maler

Hand an sich gelegt, weil er an einer unheilbaren Krankheit gelitten. Ihretwegen war er gestorben, wie ihr Vater ihm gesagt hatte.

Ihm war, als würde ein Schleier von seinen Augen gezogen, er sah sie jetzt in ihrer wahren Gestalt, sah in ihre grausamen seelenlosen Augen hinein, in das kalte Gesicht, das jetzt durch kein verführerisches Lächeln verschönt wurde.

Sein Schweigen verursachte ihr Unbehagen, sie mochte einen Eklat fürchten. »Ich bitte Sie, seien Sie vernünftig, Herr von Berndorf«, sagte sie noch einmal.

Da sah er sie kalt und verächtlich an. »Fürchten Sie nichts, Baronesse, ich werde nicht zu Ihren Opfern gehören wie der junge Maler, der Sie als Melusine gemalt hat, Ihr Gewissen, wenn Sie eins haben, wird nicht durch einen zweiten Selbstmord belastet werden. Männer meines Schlages sterben nicht an der Treulosigkeit eines Weibes, dazu ist mir mein Leben zu wert. Sie sind frei.«

Er streifte seinen Verlobungsring vom Finger und steckte den ihren zu sich. Dann verneigte er sich formell und verließ das Zimmer.

Er vernahm noch ihr erleichtertes Aufatmen und biss die Zähne fest aufeinander. Aufrecht schritt er an der Dienerin vorüber, nachdem er Hut und Paletot genommen hatte, und aufrecht verließ er die Wohnung der Frau von Sucher.

Aber draußen im Treppenhaus, als er ganz allein war, lehnte er einen Moment die Stirn an die kalte Mauer und schloss die Augen. Aber nur einen Moment ließ er sich gehen, dann gab er sich einen Ruck, presste die Lippen fest aufeinander und ging die Treppe hinunter.

* *
*

Lutz hatte seiner Mutter nach seiner Heimkehr ruhig und beherrscht davon Mitteilung gemacht, dass seine Verlobung mit Baroness Glützow aufgelöst war.

Sie atmete auf. »Gottlob, dass du wenigstens in diesem Punkte zur Vernunft gekommen bist. Nun uns Wildenau verloren ist, wäre deine Heirat mit einem armen Mädchen heller Wahnsinn gewesen«, sagte sie.

Er sah aus einem müden abgespannten Gesicht mit brennenden Augen auf sie herab.

»Du irrst dich, Mutter, ich bin nicht zur Vernunft gekommen. Baroness Glützow war so vernünftig, unsere Verlobung aufzuheben, da ich keine Aussicht mehr habe, Herr von Wildenau zu werden.«

Sie sah einen Moment forschend zu ihm auf. »Damit hat sie allerdings mehr Vernunft bewiesen, als ich ihr zugetraut hätte. Du wirst ihr das vielleicht noch danken.«

»Unsere Ansichten über diesen Punkt gehen weit auseinander, Mama. Ich bitte dich, lass uns nicht mehr davon reden. Vorläufig bin ich nicht imstande dazu.«

Damit ging er hinaus.

Nach Wildenau vermochte er vorläufig nicht zu gehen. Er fürchtete die teilnahmsvollen Augen Onkel Rudolfs und Winnifreds. Vor ihnen war er sich seiner Fassung nicht sicher.

Onkel Rudolf und Winnifred warteten einige Tage vergeblich auf ihn und wurden schließlich unruhig, als er nichts von sich hören ließ.

»Es wird ihm doch nichts zugestoßen sein, Onkel Rudolf?«, fragte Winnifred und fasste seine Hand, als brauche sie einen Halt.

Er strich ihr liebevoll über das Haar. »Gib dich nicht solchen törichten Gedanken hin, Winnifred. Wäre ihm etwas zugestoßen, hätten wir längst Nachricht. Vielleicht ist er noch in Berlin. Lass uns noch bis morgen warten. Hat er bis morgen Mittag keine Nachricht gesandt, dann fahre ich auf seinen Bauplatz hinüber und sehe mich nach ihm um.«

Aber noch ehe dieser Tag verstrich, traf ein Schreiben von Lutz ein, in dem er rückhaltlos alles ihm Widerfahrene darlegte.

Eine Weile sah Rudolf von Wildenau auf die Zeilen seines Neffen nieder. Im Grunde überraschte ihn ihr Inhalt nicht. Dann ließ er Winnifred rufen.

»Es ist Botschaft von Lutz gekommen, Winnifred.«

Ihr Gesicht wechselte die Farbe. Schnell war sie an ihres Gatten Seite. »Warum ist er nicht selber gekommen?«

Er reichte ihr den Brief. »Lies selbst, was er mitzuteilen hat.«

Sie sank in einen Sessel an seiner Seite und las. Ihr Antlitz spiegelte ihre Empfindungen wider. Er sah sie forschend an und dachte:

»Man soll niemals Vorsehung für einen Menschen spielen. Meint man es auch noch so gut und glaubt man es noch so klug anzufangen, schließlich ist es doch nicht gut und richtig gewesen. Nun wäre es doch wohl besser, Winnifred wäre nicht meine Frau geworden. Vielleicht findet sich Lutz im Herzen jetzt zu ihr.«

Und die Sorge wollte in ihm aufsteigen, dass er eines Tages dem Glück zweier geliebter Menschen im Wege stehen könne. Aber dann lächelte er still vor sich hin, nein, im Wege würde er einem solchen Glücke gewiss nicht stehen. Auch wenn er wider Erwarten der Ärzte länger am Leben blieb, als sie ihm Frist gegeben, dann würde er ganz sicher einen andern Weg finden zur Vereinigung dieser beiden Menschen, falls sie zueinander strebten.

Winnifred hatte den Brief zu Ende gelesen und sah nun bleich und fassungslos zu ihm auf.

»Onkel Rudolf – ach, Onkel Rudolf – wie unglücklich wird er sein! Es ist sicher viel schlimmer, als er uns zeigen will«, stieß sie mit verhaltener Stimme hervor und warf sich trostsuchend in seine Arme.

Er nahm sie wie ein Kind auf seinen Schoß und streichelte ihre Wangen. »Denke nicht daran, was er jetzt leisten muss, mein liebes Kind, sondern daran, welchem Unglück er entronnen ist. Wunden wie die, die er jetzt erhalten hat, vernarben schnell. Er ist jung, und das Leben hat der Güter mehr für ihn. Wir werden ihm nach Kräften helfen, dass er über diese Enttäuschung hinwegkommt, nicht wahr?«

Sie sah ihn mit feuchten Augen an. »Der Ärmste! Wie weh sie ihm getan hat.«

Lächelnd und gerührt streichelte er ihre Hand. »Denkst du nur an seine Schmerzen? Du hast doch auch um ihn gelitten.«

Sie machte eine abwehrende Bewegung. »Was liegt an mir? Solange ich ihn glücklich wusste, trug ich meine Schmerzen leicht.«

»Du liebe feine Seele. Er hat recht, es ist eine Wohltat, zu wissen, dass es Frauen von deiner Art gibt.«

Sie saßen lange beisammen und schwiegen. Er sah in ihr blasses Gesicht, das einen feinen Leidenszug hatte und aus dem die Augen schmerzvoll herausschauten. Und dann sagte er plötzlich: »Tut es dir nun leid, da Lutz frei ist, dass du meine Frau geworden bist?«

Sie schrak auf und sah ihn betroffen an. Dann schüttelte sie ruhig das Haupt. »Wie kommst du darauf, Onkel Rudolf, Lutz wird niemals etwas anderes in mir sehen, als seine Cousine.«

»Und wenn nun doch? Wenn sich sein vereinsamtes Herz jetzt dir zuwenden würde. Das beste Heilmittel gegen eine unglückliche Liebe ist eine neue Liebe. Was dann, Winnifred?«

Sie nahm seine Hand zwischen ihre beiden und drückte sie an ihre Wange. »Lass uns nicht solche Fragen an das Schicksal stellen, Onkel Rudolf. Der liebe Gott wird alles fügen, wie es gut ist. Und du, mein geliebter zweiter Vater, wirst dafür sorgen, dass deine Winnifred freien Herzens und sich selbst getreu neben dir gehen kann. Mein Vertrauen zu dir ist schrankenlos – ich weiß mein Schicksal in treuester Hut bei dir, was auch kommen mag.«

Da strich er zart über ihre Wange. Seine Augen leuchteten hell und froh. »Dessen darfst du gewiss sein, Winnifred. Sei du nur immer offen, wahr und klar zu mir, damit ich erkennen kann, was nottut. Versprich es mir in dieser Stunde, dass du es mir ehrlich sagen wirst, wenn die lose Fessel, die uns verbindet, drückend für dich werden sollte.«

Sie drückte fest und warm seine Hand. »Ich verspreche es dir, damit du ruhig bist. Und ich werde dies Versprechen halten.«

Er nickte zufrieden.

»So ist es gut, meine kleine Winnifred. Und nun wollen wir dem Kommenden klaren Auges entgegengehen.«

* *
*

Einige Wochen vergingen. Mit rastlosem Eifer hatte Lutz sich in seine Arbeit gestürzt. Der Bau des Laboratoriums schritt vor, und die mit seinem Präparat gedüngten Versuchsbeete zeitigten Resultate, die selbst Lutz' Mutter allmählich Interesse abzunötigen begannen.

Mit aller Kraft und Selbstbeherrschung suchte Lutz den Schmerz über die große, ihm widerfahrene Enttäuschung zu überwinden. Als er nach einigen Wochen erfuhr, Siddy habe sich mit Herrn von Solms verlobt, spielte nur noch ein verächtliches Lächeln um seine Lippen. Und an diesem Tage fühlte er sich endlich wieder imstande, nach Wildenau zu gehen.

Mit verständnisvoller Teilnahme kam man ihm hier entgegen, sodass alles Peinliche vermieden wurde. Man sprach kein Wort von seiner Entlobung und von dem, was damit zusammenhing, aber man ließ ihn fühlen, dass er verstanden wurde und dass man ihm helfen wollte, über seine Enttäuschung hinwegzukommen.

Nachdem man plaudernd den Tee eingenommen hatte, als sei Lutz erst gestern dagewesen, entschuldigte sich Winnifred. Sie wollte in der Küche Weisung geben, dass ein Gast am Abendessen teilnahm. »Sie sollen extra gut bewirtet werden, Vetter Lutz, dafür will ich selbst sorgen«, sagte sie, ehe sie hinausging.

Nun waren die beiden Herren allein. »Also der Versuch mit deinem Präparat schlägt glänzend an, Lutz. Winnifred und ich besichtigen fast täglich die Entwicklung der Pflanzen auf den Versuchsbeeten. Ich glaube wirklich, du wirst in Bälde ein gemachter Mann sein«, sagte Herr von Wildenau, sogleich ein unverfängliches Thema anschlagend.

Lutz nickte. »Ich bin überzeugt, dass mein Unternehmen den gewünschten Erfolg haben wird.«

»Und was sagt deine Mutter jetzt dazu?«

»Sie will noch nicht eingestehen, dass der Erfolg sie überrascht. Aber ich sehe sie jeden Tag verstohlen zu den Beeten gehen.«

»Wie ist ihre Stimmung sonst, hat sie sich noch immer nicht über das Fehlschlagen ihrer Hoffnung beruhigt?«

»Wir sprechen nicht darüber. Sie zürnt mir, dass ich zu euch halte und spricht nur das Nötigste mit mir. Wenn ich ihr nur die Überzeugung beibringen könnte, dass meine Erfindung uns aus allen Sorgen reißen wird. Sie glaubt es nicht, und fast tut sie mir leid. Sie ist in dieser Zeit um Jahre gealtert.«

Herr von Wildenau sah nachdenklich vor sich hin. Dann richtete er sich lächelnd auf.

»Nun, mein lieber Lutz, ich will dir eine Eröffnung machen, die du deiner Mutter übermitteln kannst und die sie hoffentlich – zumal nach ihrer jetzigen völligen Verzagtheit – wieder aufrichten wird. Ich versprach dir, mitzuteilen, wie ich über die andere Hälfte meines Barvermögens testiert habe, die Winnifred nicht zufallen wird. Davon habe ich dir bereits einen Teil geliehen – er ist von heute an dein Eigentum.«

Lutz fuhr auf: »Onkel Rudolf!«

Der alte Herr legte ihm die Hand auf den Arm. »Es ist nur, damit du deiner Mutter sagen kannst, dass diese Schuld getilgt ist. Doch nun höre weiter, ohne mich zu unterbrechen. Außer dieser Summe wird dir noch nach meinem Tode die Hälfte des Kapitals zufallen, über das ich bisher nicht verfügt hatte. Die andere Hälfte bestimme ich für Käthe. Ein Fünftel davon will ich ihr eventuell gern schon bei Lebzeiten aussetzen, im Falle einer etwaigen Vermählung. Diese Summe mag ihr als Aussteuerbeitrag gelten. Sehr gern bin ich auch bereit, dir schon vor meinem Hintritt zur Erweiterung deines Unternehmens so viel von deinem Erbe zu überantworten, wie du haben willst. Denn ich verspreche mir etwas von deinem Projekt, und du kannst dann gleich größer beginnen.«

Lutz strich sich über die Stirn und fasste dann Onkel Rudolfs Hand. »Nicht meinetwegen erfüllt mich das, was du mir sagtest, mit Freuden – mit Ausnahme des Umstandes, dass du meinem Unternehmen so großes Vertrauen entgegenbringst –, sondern hauptsächlich meiner Mutter wegen. Ich kann ihr dann alle Sorgen abnehmen. Sie ist ja doch meine Mutter, und wenn auch unsere Wesensart verschieden ist, so bekümmert es mich doch sehr, sie leiden zu sehen. Meiner Mutter wegen lass dir innig und herzlich danken.«

Rudolf von Wildenau sah mit ernsten und gütigen Augen in sein Gesicht. »Du bist ein Prachtmensch, Lutz, und ich freue mich an dir. Je mehr ich dich kennenlerne, desto lieber wirst du mir. Aber du brauchst mir nicht zu danken. Auch wenn du mir ebenso wenig Sympathie einflößen würdest wie deine Mutter und Schwester, hätte ich nicht anders testiert. Ich glaubte es deinem Vater, meinem alten Freund, schuldig zu sein, dass ich euch nicht leer ausgehen lasse. Also eröffne deiner Mutter, was ich dir mitgeteilt habe, und wenn sie sich dann von ihrem Groll gegen Winnifred und mich so weit erholt hat, dass sie wieder in Verkehr mit uns treten will, soll sie zu uns kommen. Deinetwegen wollen wir ihr freundlich begegnen. Und ich werde ihr dann sagen, dass sie ihrem tüchtigen Sohn etwas Vertrauen entgegenbringen soll – trotzdem er – Gott sei Dank – ein Idealist ist. Deine Sorte Idealismus, der mit einem energischen Willen und frischer Tatkraft gepaart ist, kann sich jedermann wohl gefallen lassen. Bewahre ihn dir, mein lieber Lutz, denn ohne Idealismus gehen uns edle Lebensfreuden verloren. Wir entgöttern unsere schöne Welt und machen sie grau und nüchtern, wenn wir keine Ideale mehr haben.«

»Du kannst unbesorgt sein, Onkel Rudolf. Trotzdem meinem Idealismus eben erst eine herbe Enttäuschung beschieden wurde, so ist er doch nicht zugrunde gegangen. Im Übrigen möchte ich dir mitteilen, dass die Baronesse Glützow in einer heutigen Berliner Zeitung ihre Verlobung mit Herrn von Solms, einem geistig sehr minderwertigen Millionär, bekannt gibt. Das hat mir über diese Enttäuschung hinweggeholfen. Jetzt bin ich endgültig mit ihr fertig.«

»Das freut mich herzlich, mein lieber Lutz. Danke dem lieben Gott, dass du sie erkannt hast, ehe es zu spät für dich war. Und wenn ich Winnifred erzähle, dass du so gefasst und ruhig darüber urteilst, dann wird ihr ein Stein vom Herzen fallen. Sie hat sich bittere Sorge um dich gemacht.«

Lutz sah den Onkel an und atmete tief auf. »Der Gedanke an Winnifred hat mir geholfen, aus diesem Schiffbruch meine Ideale zu retten. Ich habe mir gesagt, solange es Frauen gibt wie sie, solange gibt es auch noch Ideale.«

Rudolf von Wildenau nickte lächelnd. »Nicht wahr, es ist gut, dass wir Winnifred hier haben. Du und ich, wir brauchen sie.«

»Ja, Onkel Rudolf. Das Herz wird mir warm, wenn ich an sie denke. Ich habe sie sehr vermisst, solange ich nicht hier war. Mir ist jetzt Wildenau viel mehr eine Heimat wie Berndorf.«

»Es soll dir immer eine Heimat sein, Lutz, komme zu uns, sooft du kannst. Wir werden uns immer freuen, das weißt du.«

Als jetzt Winnifred wieder eintrat, sahen ihr die beiden Herren lächelnd entgegen. Sie blickte in Lutz' Augen, und ein helles Rot trat in ihr Gesicht.

»Ach, Vetter, Sie lächeln, wie mich das freut«, sagte sie herzlich.

Er führte ihre Hand an seine Lippen. »Ich lächle, weil ich mich an Ihnen freue, Winnifred.«

Da wurde sie noch röter, setzte sich neben Onkel Rudolf und fasste seine Hand.

* * *

Noch an demselben Abend teilte Lutz seiner Mutter mit, was ihm Onkel Rudolf über sein Testament gesagt hatte. Und nachdem sie hatte fürchten müssen, dass ihre Kinder ganz leer ausgehen würden, dünkte es sie ein doppelt großes Glück, dass sie wenigstens die Hälfte von Onkel Rudolfs Barvermögen haben sollten.

Sie weinte vor freudiger Erregung. Und Lutz hatte seine Mutter sehr selten weinen sehen.

Frau Marthas Groll gegen Winnifred und Onkel Rudolf besänftigte sich nun mehr und mehr. Und am nächsten Sonntag entschloss sie sich, mit Käthe nach Wildenau zu fahren und ihren Frieden mit Rudolf von Wildenau und seiner jungen Frau zu machen. Sie sah ein, dass es, wie die Dinge nun einmal lagen, das Beste war.

Herr von Wildenau und Winnifred machten es ihr auch sehr leicht und kamen ihr entgegen, als sei nichts vorgefallen. Käthe fügte sich ebenfalls klug in die veränderte Situation, und Lutz atmete erleichtert auf, dass sich die elektrische Spannung zwischen Wildenau und Berndorf gefahrlos entladen hatte. Es herrschte nun wieder ein verwandtschaftlicher Verkehr zwischen hüben und drüben, der zwar auch jetzt nicht besonders innig war, aber doch von friedlicher Stimmung ausging ...

* * *

Mehr als ein Jahr war vergangen. Lutz' Erfindung hatte den gewünschten Erfolg, er dachte bereits ernstlich an eine Vergrößerung seines Unternehmens. Und für alle seine Gedanken und Pläne fand er bei Onkel Rudolf und Winnifred Verständnis.

Noch war er sich nicht bewusst geworden, dass sich sein Gefühl für Winnifred im Laufe der Zeit völlig verwandelt hatte. Er dachte nicht darüber nach, was ihn mehr und mehr zu ihr zog. Er wollte keine Gewissheit darüber haben.

Aber da kam wieder ein düfteschwerer Sommerabend, an dem Winnifred ihre süßen Lieder sang. Und als er sein Auge in trunkenem Entzücken auf ihr ruhen ließ, erkannte er zum ersten Mal, dass er anders als sonst für sie empfand – dass er sie liebte, wie der Mann das Weib seiner Herzenswahl liebt.

Es war nicht das stürmische leidenschaftliche Empfinden, das ihn einst, blind gegen alle Warnungen, zu Siddy gezogen hatte. Seine Liebe zu Winnifred war ein tiefes heiliges Gefühl, aus innigster Wertschätzung geboren und gewachsen an der Erkenntnis ihres reinen Herzens, ihres tiefinnerlichen Seelenlebens.

Diese Erkenntnis ließ ihn erschrecken, so sehr, dass er einige Zeit hindurch Wildenau mied. Er wagte es nicht mehr, Winnifred zu begegnen. Aber stärker als alle seine Bedenken erwies sich schließlich doch seine Sehnsucht nach ihr, und eines Tages fand er doch wieder den Weg zu Onkel Rudolfs Haus.

Als er ankam, saß Winnifred allein auf der Terrasse. Sie kam ihm hastig entgegen und sah ihn mit Angst und Sorge an. In ihrer Unruhe um ihn verriet sie mehr von ihrem eignen Empfinden, als sie es bisher getan.

»Sie blieben so lange fern, Lutz, was ist Ihnen geschehen?«, fragte sie mit halb erstickter Stimme.

Da fasste er ihre Hand und zog sie erregt an die Lippen. Und sie sahen sich an. Weltvergessen ruhten ihre Blicke ineinander – sie fühlten plötzlich beide, dass sie geliebt wurden, wie sie selber liebten, dass ihre Herzen sich in sehnsüchtiger Unrast suchten.

»Nichts ist mir geschehen, Winnifred – nur – ich konnte nicht kommen – ich – ach, gottlob, dass ich Sie endlich wiedersehe, Winnifred. Wie ich mich nach Ihrem Anblick gesehnt habe«, stieß er erregt hervor.

Sie erzitterte, und er fühlte es. Noch immer hielten sie sich bei den Händen und sahen sich an mit großen flammenden Augen.

Sie ahnten nicht, dass Onkel Rudolf sie beobachtete. Er saß am Fenster seines Zimmers in einem Lehnstuhl und hatte ein wenig geschlafen. Er war jetzt so oft müde. Sein Zustand verschlimmerte sich mehr und mehr, und trotz Winnifreds aufopferndster Fürsorge schritt er seiner Auflösung entgegen.

Als er jetzt die beiden jungen Menschen einander gegenüberstehen sah, selbstvergessen Auge in Auge versunken, da flog ein mattes Lächeln über sein Gesicht.

Und als eine Weile später Lutz bei ihm saß, nachdem Winnifred hinausgegangen war, da sagte Lutz, während seine Augen nicht wie sonst ruhig und offen in die seinen blickten:

»Onkel Rudolf – ich kann in nächster Zeit nicht mehr so oft nach Wildenau kommen.«

Der alte Herr sah ihn forschend an, dann sagte er ruhig, fast heiter: »Ich hoffe doch, dass du kommen wirst, Lutz, das, was du meinst, braucht dich nicht abzuhalten, und ich möchte deine Besuche nicht missen. Ich habe dir etwas zu sagen, Lutz.«

Dieser sah ihn unruhig an. Er fühlte sich mit der Erkenntnis seiner Liebe zu Winnifred dem Onkel gegenüber nicht so frei wie sonst. »Bitte, sprich, Onkel Rudolf«, bat er.

Der alte Herr sah ihn lächelnd an. »Es geht bald, sehr bald zu Ende mit mir, mein lieber Lutz – und du sollst täglich zu mir kommen – ich erlaube es und wünsche es. Winnifred ist ja nicht meine Frau, wenn sie auch meinen Namen trägt. Sie ist mein liebes Kind, dessen Seele offen vor mir liegt wie ein aufgeschlagenes Buch. Betrachte das, was ich dir jetzt sage, als das Vermächtnis eines Sterbenden. Ich freue mich, Lutz, dass du nun doch noch eines Tages Herr auf Wildenau wirst.«

Lutz zuckte zusammen. »Onkel Rudolf!«

»Erschrick nicht, Lutz! Ich habe herzlich gewünscht, dass es so kommen möge zwischen dir und Winnifred, wie es jetzt gekommen ist. Hätte ich es voraussehen können, hätte Winnifred nicht erst meine Frau zu werden brauchen.«

Lutz wurde sehr blass. »Du darfst nicht denken, Onkel Rudolf – dass – dass irgendwelche Wünsche –«

Der alte Herr hob die Hand. »Sei ruhig, sage nichts. Ich freue mich, freue mich innig. Ihr seid einander wert. In der Zukunft sehe ich ein reiches volles Glück auf Wildenau erblühen, wie es nur wenig Menschen beschieden ist. Mein Segen liegt darauf. Winnifred liebt dich, seit sie dich zuerst gesehen, ich war der Vertraute ihrer Liebe. Nur weil du einer andern gehörtest und sie nie einem andern angehören wollte, wurde sie auf meinen Wunsch vor der Welt und dem Gesetz meine Frau – in Wahrheit mein liebes Kind. Weißt du nun, wie ich mich freue, dass dein Herz sich zu ihr gefunden, dass du erkannt hast, wo dein wahres Glück zu finden ist?«

Lutz neigte schweigend die Stirn auf Onkel Rudolfs Hand. »Onkel Rudolf, ich bin so erschüttert, ich weiß nicht, was ich sagen soll.«

»Nichts, Lutz, hab nur noch ein Weilchen Geduld. Sag' mir offen und ehrlich, habe ich recht gesehen, liebst du Winnifred?«

Da sah Lutz zu ihm auf mit heißen brennenden Augen. »Mehr als mein Leben. Nie habe ich eine Frau so geliebt wie sie. Ich weiß es erst seit kurzer Zeit – aber ich glaube, geliebt habe ich sie unbewusst schon, als ich noch an die andere gebunden war.«

»Das ist eine innige Freude für mich, Lutz. Und nicht wahr, wir beide müssen es Winnifred ganz leicht machen. Ich lege ihr Glück in deine Hände, denn die meinen sind zu schwach geworden.«

Da beugte sich Lutz und küsste seine Hand in tiefster Ergriffenheit.

Onkel Rudolf strich ihm über die Stirn. »Ich segne euren Bund, wie ein Vater den Bund seiner Kinder segnet.

Gestern habe ich mit dem Arzt gesprochen, Lutz. In wenigen Wochen, vielleicht in Tagen schon, vollendet sich mein Geschick. Dann sollst du Winnifred an dein Herz nehmen. Hüte ihre weiche Seele wie einen köstlichen Schatz. Und bis dahin nichts mehr davon. Diese kurze Spanne Zeit schenkt ihr noch mir und du sollst dich nicht fernhalten. Deine Liebe ist kein Unrecht, denn Winnifred ist frei im Herzen. Bald wird sie es auch vor der Welt sein.«

* * *

Nicht ganz sechs Wochen nach diesem Tage, an einem hellen klaren Sommersonntag, verschied Rudolf von Wildenau, als die Sonne hinter den Parkbäumen zur Rüste ging. Lutz und Winnifred hatten ihn auf seinen Wunsch im Gartensaal auf ein Ruhelager gebettet. Eigentlich bettlägerig war er nicht gewesen. Er brauchte nur viel Ruhe bis zuletzt.

Durch die offene Tür des Saales hatte er hinaus in die sinkende Sonne gesehen. Winnifred hatte ihm ein Lied singen müssen, das war leise verklungen. Er rief sie zu sich. Lutz saß schon an seiner Seite und hielt seine Hand. Nun musste sich Winnifred an die andere Seite setzen und seine andere Hand fassen. Und leise wiederholte er die Worte des Liedes, das Winnifred ihm auf seinen Wunsch gesungen hatte:

»Schließe mir die Augen beide,
Mit den lieben Händen zu,
Geht doch alles, was ich leide,
Unter deiner Hand zur Ruh'.«

Die letzten Worte klangen nur noch wie ein Hauch. Und seine Augen weiteten sich plötzlich und sahen groß und verklärt in die Ferne.

»Elisabeth!«, flüsterte er.

Das war der Name seiner verstorbenen Frau.

Winnifred sah ihn erschrocken an.

»Onkel Rudolf, lieber Onkel Rudolf!«, rief sie leise. Da fasste er wie im Krampf ihre und Lutz' Hand und legte sie mit einer matten Gebärde ineinander.

»Gedenket mein!«

Das war sein letztes Wort. Eine Weile lag er noch still und sah wieder mit dem verklärten Blick vor sich hin, als sähe er etwas Liebes, Schönes. Dann streckte er sich. Sein Haupt fiel zurück. – Der Blick brach. Ein letzter Seufzer entfloh seiner Brust.

Winnifred sank schluchzend in sich zusammen, und Lutz beugte sich erschüttert über die erkaltende Hand des Mannes, der ihm zuletzt so lieb geworden war.

»Winnifred, erfüllen Sie seinen letzten Wunsch, schließen Sie ihm die Augen«, bat er mit verhaltener Stimme. Da richtete sie sich weinend auf und schloss ihm sanft und liebevoll die Augen. Dann sank sie, trostlos schluchzend, an seinem Lager zusammen. Lutz ließ sie gewähren. Er ging nach einer Weile leise hinaus und sagte dem im Vorzimmer harrenden Kammerdiener, was geschehen war.

* * *

Die junge Herrin von Wildenau lebte still und zurückgezogen nach dem Begräbnis ihres Gatten in Schloss Wildenau. Und täglich ging sie zur Gruft des Verstorbenen und schmückte sie, dankbaren, liebevollen Herzens, mit frischen Blumen.

Auf Lutz' Vorschlag hatte sie sich einige Wochen nach Onkel Rudolfs Tod die Frau und die Töchter des Kapitäns Karst eingeladen.

Die Flachsköpfe waren schon im vorigen Sommer, als Onkel Rudolf noch lebte, vier Wochen in Wildenau zu Gaste gewesen und hatten diesen Aufenthalt so märchenhaft schön gefunden, dass sie nur zu gern dieser neuen Einladung Folge leisteten.

Lutz hatte sie kennengelernt und versprach sich von den fünf munteren Mädchen einen heilsamen Einfluss auf Winnifreds Traurigkeit. Und dieser heilsame Einfluss blieb nicht aus.

Die Flachsköpfe blieben dieses Mal mit ihrer Mutter monatelang im Schloss und brachten sogar das Kunststück fertig, Käthe von Berndorf die Langeweile zu vertreiben.

Auch Kapitän Karst verlebte einen kurzen Urlaub in Wildenau und freute sich des herrlichen Besitzes. Und unter dem Schutz von Frau Kapitän Karst empfing Winnifred Lutz fast täglich. Sie wussten beide ganz genau, wie es um ihre Herzen stand, aber sie sprachen es nicht aus.

Im Winter ging Winnifred mit Karsts einige Wochen nach Hamburg in das kleine traute Häuschen. Aber dann trieb sie die Sehnsucht nach Lutz wieder heim.

Inzwischen hatte sich Käthe in Dresden, wo sie einige Monate mit ihrer Mutter bei Frau von Haller weilte, mit einem ziemlich vermögenden Offizier, einem Baron Sudnitz, verlobt, und die Hochzeit sollte um die Osterzeit in Berndorf stattfinden.

Frau von Berndorf und Käthe mochten wohl eine Ahnung haben, dass zwischen Winnifred und Lutz etwas spielte, und die Aussicht auf diese Verbindung ihres Sohnes, die ihm doch noch Wildenau sichern würde, bestimmte Frau Martha, Winnifred freundlicher zu begegnen, als diese zu hoffen gewagt hatte.

Um den geliebten Toten zu ehren, ließen die beiden Liebenden jedoch ein volles Jahr verstreichen, ehe sie ihrer Liebe Worte gaben. Es war am Todestage Onkel Rudolfs. Lutz und Winnifred waren zusammen an der Gruft gewesen und hatten sie mit Blumen geschmückt. Langsam gingen sie durch den Park nach dem Schlosse zurück. Lutz erzählte, dass er seiner Mutter heute Morgen seinen Geschäftsabschluss vorgelegt hätte und dass sie fassungslos vor Freude gewesen sei über das glänzende Resultat. Winnifred freute sich über diesen Bericht. Und dann schwiegen sie beide – eine lange Zeit.

Plötzlich blieb Lutz aber vor Winnifred stehen, fasste ihre beiden Hände und sah ihr tief in die Augen. Ein schwerer Atemzug kam aus seiner Brust und mit verhaltener Stimme sagte er erregt:

»Winnifred – nun lass es genug sein der Entsagung. Du weißt, wie innig ich dich liebe, und ich weiß, dass du mich mit gleicher Innigkeit wieder liebst. Onkel Rudolfs Segen ist bei uns. Ein Jahr lang haben wir ihn betrauert und uns einander versagt. Er würde es selbst nicht wollen, dass wir uns noch weiter quälen. Willst du mir nun endlich angehören?«

Mit feuchten Augen sah sie zu ihm auf. »Ich hab dich lieb, Lutz – und dein Wille sei fortan der meine. Nimm mich in deine Hut – du weißt, ich brauche einen starken Willen über mir.«

Da zog er sie aufatmend fest in seine Arme. Und sie küssten einander, wie es Menschen tun, deren Seelen ineinanderfließen, die in Freud und Leid nie mehr voneinander lassen wollen. Und dann sahen sie sich leuchtenden Auges an.

»Bist du glücklich, Winnifred?«

Sie schmiegte sich an ihn. »So namenlos glücklich, wie ich es nie zu werden hoffte, trotzdem meine Mutter mir im Traum, als ich das erste Mal nach Berndorf fuhr, verhieß, dass in der deutschen Heimat ein großes Glück meiner warte. Du bist dies große Glück, mein Lutz!«

Er sah entzückt in ihre tiefblauen Augen hinein und küsste das holde weiche Lächeln von ihren Lippen.

»Du, meine Winnifred – du, mein großes, liebes, holdes Glück, wie selig bin ich, dass du mir gehörst für alle Zeiten. Bald – sehr bald führe ich dich heim – darf ich?«

»Meine Sehnsucht ist bei dir, Lutz, wie die deine bei mir. Aber lass mich eine Bitte aussprechen.«

»Sprich, Liebling.«

»Lass uns in Wildenau wohnen. Nach Onkel Rudolfs Wunsch gehört es dir und mir zusammen. In Berndorf mag deine Mutter Herrin bleiben, bis an ihr Ende – ich möchte nicht nach Berndorf zurück.«

Er zog sie fest an sich.

»Das sollst du auch nicht. Deine erste Bitte an mich soll erfüllt werden. Ich tue es umso lieber, da ich weiß, dass es Onkel Rudolfs Wunsch war, dass unser Glück in Wildenau erblühen sollte. Bist du nun zufrieden?«

Sie nickte glücklich lächelnd zu ihm auf. Er küsste sie mit leidenschaftlicher Innigkeit wieder und wieder. »Lass mich nicht lange mehr warten, Winnifred. In zwei Monaten spätestens ist unsere Hochzeit, ist es dir recht?«

»Ja, mein Lutz, es soll so sein, wie du es haben willst.«

Glückselig gingen sie Hand in Hand in das Schloss zurück. Und Winnifred trat an den Flügel und sang ein jubelndes Liebeslied.

Lutz hörte ihr trunken vor Glück zu, und als sie geendet hatte, zog er sie in seine Arme.

»Mein – mein auf ewig!«

Und ihre Lippen fanden sich in seligstem Selbstvergessen.

Zwei Monate später feierten sie ihre Hochzeit. Und mit dieser Hochzeitsfeier waren die fünf Flachsköpfe, die natürlich mit ihren Eltern geladen waren, ganz und voll einverstanden.

Erzählungen aus dem Biedermeier

Biedermeier - das klingt in heutigen Ohren nach langweiligem Spießertum, nach geschmacklosen rosa Teetässchen in Wohnzimmern, die aussehen wie Puppenstuben und in denen es irgendwie nach »Omma« riecht.

Zu Recht. Aber nicht nur.

Biedermeier ist auch die Zeit einer zarten Literatur der Flucht ins Idyll, des Rückzuges ins private Glück und der Tugenden. Die Menschen im Europa nach Napoleon hatten die Nase voll von großen neuen Ideen, das aufstrebende Bürgertum forderte und entwickelte eine eigene Kunst und Kultur für sich, die unabhängig von feudaler Großmannssucht bestehen sollte.

Georg Büchner Lenz **Karl Gutzkow** Wally, die Zweiflerin **Annette von Droste-Hülshoff** Die Judenbuche **Friedrich Hebbel** Matteo **Jeremias Gotthelf** Elsi, die seltsame Magd **Georg Weerth** Fragment eines Romans **Franz Grillparzer** Der arme Spielmann **Eduard Mörike** Mozart auf der Reise nach Prag **Berthold Auerbach** Der Viereckig oder die amerikanische Kiste

ISBN 978-3-8430-1884-5, 444 Seiten, 29,80 €

Erzählungen aus dem Biedermeier II

Annette von Droste-Hülshoff Ledwina **Franz Grillparzer** Das Kloster bei Sendomir **Friedrich Hebbel** Schnock **Eduard Mörike** Der Schatz **Georg Weerth** Leben und Taten des berühmten Ritters Schnapphahnski **Jeremias Gotthelf** Das Erdbeerimareili **Berthold Auerbach** Lucifer

ISBN 978-3-8430-1885-2, 440 Seiten, 29,80 €

Erzählungen aus dem Biedermeier III

Eduard Mörike Lucie Gelmeroth **Annette von Droste-Hülshoff** Westfälische Schilderungen **Annette von Droste-Hülshoff** Bei uns zulande auf dem Lande **Berthold Auerbach** Brosi und Moni **Jeremias Gotthelf** Die schwarze Spinne **Friedrich Hebbel** Anna **Friedrich Hebbel** Die Kuh **Jeremias Gotthelf** Barthli der Korber **Berthold Auerbach** Barfüßele

ISBN 978-3-8430-1886-9, 452 Seiten, 29,80 €